Herzsprung Verlag

Impressum:

Das Buch spielt in Zeiten der Französischen Revolution. Geschichtliche Vorgänge und historische Personen werden hier nur – ohne Anspruch auf wissenschaftliche Richtigkeit – in belletristischer Form behandelt. Alle anderen Personen und Handlungen des Buches sind frei erfunden. Ähnlichkeiten mit lebenden oder verstorbenen Personen sind zufällig und nicht beabsichtigt.

Besuchen Sie uns im Internet:
www.herzsprung-verlag.de

Mühlstraße 10, D- 88085 Langenargen
info@papierfresserchen.de

Erstauflage 2021

Cover: © germancreative

Illustrationen Innenteil: Marie-Antoinette - © MariePascale
Ludwig XVI. - © Erica Guilane-Nachez
Jacques Necker - © Georgios Kollidas
Napoleon Bonaparte - © caifas
Bilderrahmen - © bluedesign
Alle Bilder Innenteil Stock Adobe lizenziert, Bildbearbeitung CAT creativ

Aus dem Russischen übersetzt.

Deutsche Textbearbeitung: Martina Meier MA
Lektorat und Herstellung: CAT creativ – www.cat-creativ.at
Druck: Totem Druckerei / Polen

ISBN: 978-3-98627-003-2 - Taschenbuch

KORSIKA

VERSTECKTES FEUER DER LEIDENSCHAFT

Olga Gridneva

Herzsprung-Verlag

Kapitel 1

Der pompöse goldene Spiegel zeigte die wunderbare Schönheit eines jungen Mädchens. Dickes, blondes Haar bis zur Taille, große, mandelförmige Augen in einem weichen goldenen Farbton und umrahmt von langen Wimpern. Das Mädchen war aufgebracht. Vor ihm lag ein Dutzend Kleider, eines schöner als das andere. Dennoch wusste es nicht, welches es für diesen besonderen Anlass auswählen sollte.

„Welches soll ich nur anziehen?", rief Letizia verzweifelt aus.

„Letizia, um Gottes willen, du hast eine kostspielige Auswahl an Garderoben. Wähle das Kleid aus, welches dir spontan am besten gefällt, dann können wir schon bald aufbrechen und zu den Bonapartes fahren", sprach Mariam und strich ihrer Tochter das Haar glatt.

„Mutter, hast du nicht die Kleider der Damen der oberen Gesellschaft gesehen? Und schau dir meine an! Ich muss bei diesem Empfang einfach alle überstrahlen. Immerhin hat Napoleon Geburtstag. Und er soll nur Augen für mich haben!"

„Bei unserem letzten Besuch bei ihm schien es mir, als würde Napoleon dich nicht um deiner Kleider willen bewundern ...", murmelte Mariam und runzelte die Stirn. Sie streichelte sanft das Gesicht ihres Kindes. „ ... sondern dafür."

Letizia besah sich selbst noch einmal von oben bis unten im Spiegel. Sie war die Tochter des angesehenen Adligen Philippe de Mormon, der vor einigen Jahren auf den Weltmeeren bei einem grausamen Schiffsunglück gestorben war, und einer sehr schöne Französin aus der altehrwürdigen Familie de Rambals, die in ihrer Jugend zu den begehrtesten Frauen in Frankreich gehört hatte.

Letizia glich ihrem Vater in vielen Dingen – sie war freiheitsliebend wie er, zeigte sich oft unbezwingbar und hatte manchmal eine leicht herrische Veranlagung, die sich bereits in Kindertagen manifestiert hatte.

Seit einem Jahr war das Mädchen, dessen engelsgleiches Äußere so gar nicht ihrem wilden Wesen glich, in Napoleon Bonaparte verliebt, den Sohn von Carlo Bonaparte und Letizia Ramolino, der derzeit in Frankreich an der Militärschule Brienne-le-Château studierte und nun wieder einmal nach Korsika gekommen war, um seine Familie zu besuchen.

Letizia de Mormon war stolz darauf, den gleichen Namen wie Napoleons Mutter zu tragen, sah sie doch darin einen Wink des Schicksals und eine besondere Verbundenheit zu dem Mann, den sie so sehr bewunderte.

Obwohl Napoleon vier Jahre älter war als sie, war auch er fasziniert von dieser jungen Kreatur mit fröhlichem Charakter. Sie waren von klein auf vertraut – Napoleon spielte schon in Kindertagen immer die Rolle des Beschützers und Schutzpatrons des kleinen Mädchens. Napoleons Freunde machten sich oft über die Tatsache lustig, dass ein so junges Mädchen an ihm festhielt, aber Bonaparte konnte darin nichts Negatives sehen. Ganz im Gegenteil – er fühlte sich durch die Bewunderung des Mädchens sehr geschmeichelt. Außerdem war Letizia viel schöner als die Begleitungen seiner vielen Freunde und Bekannten.

Und gerade an diesem besonderen Tag, der Wiedersehensfeier mit seiner Familie, wollte Letizia besonders attraktiv aussehen. Napoleon sollte wissen, wie sehr sie sich danach sehnte, ihm nahe zu sein. So fiel ihre Wahl schließlich auf das feuerrote Kleid, das ein Freund ihres Vaters – Jonathan Joyce – ihr von einer seiner Reisen mitgebracht hatte. Joyce liebte dieses Mädchen wie seine eigene Tochter, war es ihm doch nie gelungen, eine eigene Familie zu gründen. Letizia wusste, dass sie in diesem Kleid, das jedem Besucher sofort ins Auge stechen würde, alle anderen Frauen auf diesem Fest ausstechen würde. Dass es vielleicht ein wenig zu freizügig für ein so junges Mädchen wie sie war, interessierte Letizia nicht. Bei einem letzten Blick in den Spiegel korrigierte sie noch hier und da eine ihrer Locken, dann hakte sie sich bei ihrer Mutter unter – sie war bereit für einen besonderen Abend.

***

Letizia atmete die warme Sommerluft ein. Korsika hatte seinen eigenen, unvergleichlichen Geruch. Eine üppige Mischung aus einer unvorstellbaren Auswahl an duftenden Kräutern, Blumen und immergrünen Sträuchern, die reich an ätherischen Ölen waren: Rosmarin, Lavendel, Wacholder, wilde Pistazien und Myrte. In der sengenden Sommersonne erfüllt diese duftende Flora die Insel mit einem würzigen Duft, den man nirgendwo anders fand. Dieser Duft sowie der salzige Geruch des Meeres und der frische Atem der Berge ließen jeden schwindelig werden, der diese Insel zum ersten Mal betrat.

Letizia liebte ihre Heimat wie ihr Leben und konnte sich nicht vorstellen, diesen Ort jemals zu verlassen. Sie war sich sicher, dass nur ein Ereignis von unglaublicher Bedeutung sie zu einem solchen Schritt veranlassen konnte. In diesem Punkt unterschied sie sich dann doch von ihrem Vater, der das Reisen durch die Welt geliebt hatte – und diese Leidenschaft schließlich mit dem Leben bezahlt hatte.

***

Mariam und ihre Tochter näherten sich den Toren eines kleinen, aber ordentlich aussehenden Hauses in der Altstadt von Ajaccio. Sie fanden nicht oft den Weg in diesen Teil der Stadt, aber zu einem solchen Anlass scheuten sie den Weg von ihrer opulenten Behausung in dieses Stadtviertel nicht. Madame de Mormon blieb stehen, um die widerspenstigen Locken ihrer Tochter noch einmal zu glätten. Die winkte ihrer Mutter jedoch ungeduldig zu, rannte ungestüm zur Tür und klopfte an. Eine junge Bedienstete der Familie Bonaparte, nicht viel älter als Letizia selbst, öffnete und Letizia flog wie ein Vogel in den Flur des Hauses.

„Letizia, Liebes!“, rief sogleich Joseph Bonaparte, Napoleons älterer Bruder, bei ihrem Anblick aus.

„Guten Abend, Joseph, ich freue mich, Sie zu sehen!“ Nachdem Letizia einen Knicks gemacht hatte, lächelte sie.

„Ich bin dir gegeben, du wirst jeden Tag schönen“, rief der junge Mann inbrünstig aus und fügte hinzu: „Napoleon wird sich freuen, dich zu sehen! Er ist im Wohnzimmer und unterhält seinen französischen Freund, der mit ihm nach Korsika kam."

Letizia knickste erneut und machte sich auf die Suche nach dem Mann, für den ihr Herz schlug. Als sie ihn entdeckte, stand er umgeben von jungen Leuten, die sich ausgelassen mit ihm unterhielten. Als Letizia ihn sah, setzte ihr Herz zwei Schläge lang aus und ihr Atem stockte. Sie hatte ihn seit vielen Monaten nicht gesehen und Tränen der Freude füllten ihre Augen. Ohne an irgendwelche Konventionen zu denken, lief das Mädchen ihm entgegen und fiel ihm sogleich um den Hals. „Alles Gute zum Geburtstag, Napoleon! Ich bin so froh, dich zu sehen!" Letizia lächelte und drückte den Mann noch fester an sich.

Bonaparte nahm ihre kleinen Hände in seine und sagte schließlich: „Ich danke dir, liebe Letizia."

Dann wandte er sich an seine Freunde, die verblüfft auf dieses bildhübsche Mädchen in seinem feuerroten Kleid blickten, das den jungen Bonaparte verliebt ansah. „Liebe Freunde, ich möchte Ihnen Letizia de Mormon vorstellen, eine Freundin meiner Kindheit, die ich sehr schätze und liebe."

Letizia, die erst jetzt gewahr wurde, dass alle sie unverblümt anstarrten, drehte sich zu Napoleons Freunden um und nickte ihnen freundlich zu.

Dann sah sie ihn! Ein Bild von einem Mann, groß, muskulös und unglaublich gut aussehend. Dickes schwarzes Haar umrahmte sein gebräuntes Gesicht, durchdringende blaue Augen waren hell wie der Himmel an einem sonnigen Tag. Letizias Inneres zog sich zusammen und in ihrem Bauch zitterte es, als wäre eine ganze Horde Schmetterlinge auf einmal zu einem Rundflug gestartet.

Das Mädchen nahm seinen ganzen Mut zusammen und hielt ihm ihre Hand entgegen. Ein Affront, der Letizia allerdings nicht weiter störte. „Es freut mich, dich kennenzulernen! Napoleons Freunde sind auch meine Freunde", begrüßte sie den Fremden.

Der junge Mann verneigte sich galant und als er ihren Blick erwiderte, musterte sie sein Gesicht, das so schön wie das eines griechischen Gottes war. In seinen faszinierenden Augen konnte man ertrinken ...

„Letizia, Liebste!“, hörte Letizia plötzlich eine Stimme hinter sich und erkannte diese gleich als die von Eliza Bonaparte, ihrer langjährigen Freundin und jüngere Schwester Napoleons.

„Oh, ich freue mich so sehr, dich zu sehen, Eliza!“, rief sie zurück. Die beiden waren sich ebenfalls eine Weile nicht begegnet.

„Eduard de Gamelin“, flüsterte Eliza ihrer Freundin leise zu, denn sie hatte deren erstaunten Ausdruck auf deren Gesicht sogleich richtig gedeutet. „Er sorgt für Furore bei uns einheimischen Mädchen. Wirklich gut aussehend, findest du nicht auch?“ Sie nickte dem jungen Mann kurz zu.

„Oh“, erwiderte Letizia so gleichgültig wie möglich, obwohl die Schmetterlinge in ihrem Bauch freudig auf und ab hüpften. „Nicht schlecht“, urteilte sie schließlich und wechselte abrupt das Thema. „Wann ist Napoleon angekommen?“

Eliza seufzte und antwortete: „Gestern. Und wir sind ihm dankbar. Es ist für unsere Familie nach Vaters Tod nicht einfach. Joseph kam auch, um uns zu helfen.“

„Aha.“ Letizia wirkte abwesend. Immer wieder ging ihr Blick zu diesem außergewöhnlichen Mann.

„Eduard de Gamelin ist aus Ajaccio?“, fragte sie schließlich.

„Nein“, antwortete Eliza. „Er ist kein Korse. Er ist Franzose. Napoleon und er kennen sich von der Militärakademie. Sie sind gestern zusammen hier angereist. Eduard hat sich unseres kleinen Napoleon angenommen, als er nach Brienne-le-Château kam.“

Letizia sah, dass Eduard sie aus den Augenwinkeln heraus aufmerksam beobachtete. Die Wangen des Mädchens brannten sofort vor Hitze und nahmen die gleiche Farbe wie ihr Kleid an. Letizia wandte sich ab und sagte zu Eliza: „Ich werde ein wenig in den Garten gehen, um einmal durchzuatmen. Hier ist es so ... stickig.“ Das Mädchen ignorierte den schelmischen Blick ihrer Freundin und hob die Röcke ihres Kleides ein wenig an. Dann ging die zur offenen Tür, die direkt nach draußen führte.

Letizia fand eine abgelegene Bank bei den Apfelbäumen, unter denen sie in Kindertagen oft mit Eliza, Napoleon und Joseph gespielt hatte. Sie setzte sich und fuhr sich über die Schläfen. Das berauschende Bild von Eduard de Gamelin ging ihr nicht aus dem

Kopf und das Mädchen wurde wütend auf sich selbst. „Was ist los mit dir, du Närrin? Unter Napoleons Augen traust du dich, einen anderen Mann anzusehen. Aber es gibt niemanden, der besser ist als Napoleon!“, schalt sie sich selbst.

Letizia holte tief Luft, dann blieb ihr Herz fast stehen. Eduard de Gamelin stand vor ihr.

Kapitel 2

„Habe ich dich gestört?“, fragte Eduard und kam langsam weiter auf sie zu.

Letizias Hände zitterten und ihre Augen verdunkelten sich. Was zur Hölle war mit ihr los? Sie liebte doch Napoleon ... „Ich wollte gerade gehen“, erwiderte sie lauter, als sie eigentlich beabsichtigt hatte, und stand von der Bank auf, um ihr Kleid zu glätten.

Eduard hingegen setzte sich auf die Bank, knöpfte den Kragen seiner Jacke auf und legte seinen muskulösen Hals und seine Brust frei. „Es ist höllisch heiß im Haus. Du, so glaube ich, hast es auch bemerkt, gemessen an der Art und Weise, wie deine Wangen dort brannten“, sagte er mit einem Lächeln in den Augen.

Letizia hasste sich selbst und spürte, wie sich ihre Wangen erneut rot färbten. Solch eine Reaktion kannte sie von sich nicht und war froh, dass es draußen bereits dämmerte. So sah Eduard vielleicht nicht die erneut aufsteigende Röte in ihrem Gesicht.

„Du hast mich da drinnen unverhohlen angestarrt“, erwiderte sie. „Du bist Napoleons Freund. Das ziemt sich nicht.“

„Wenn du nicht so oft in meine Richtung geschaut hättest, hättest du nicht bemerkt, wie oft ich dich angeschaut habe“, gab Eduard zurück und lachte leise.

Letizia hob ihr Kleid an und ging schweigend auf den Weg zurück, der zum Haus führte. Sie wollte so schnell wie möglich weg von diesem unmöglichen Kerl. Deshalb bemerkte sie nicht einmal, dass der junge Mann ihr folgte und sie schließlich von hinten um die Taille packte.

„Wie kannst du es wagen! Lass mich gehen!“, rief Letizia dieses Mal wirklich erbost.

Doch das störte Eduard de Gamelin kein bisschen. Er war sich seiner Wirkung auf das andere Geschlecht durchaus bewusst. Und so fasste er sie nicht nur um die Taille, sondern zog sie sogleich noch ins nahe Gebüsch und begann, ihr Gesicht mit Küssen zu bedecken.

Letizia widersetzte sich heftig. Sie schlug und biss ihn. Eduard ergriff ihre Hände und küsste Letizia direkt auf die Lippen, nachdem er es geschafft hatte, ihren Widerstand ein wenig zu brechen.

Die junge Frau schien plötzlich wie versteinert zu sein. Eduards Lippen waren warm und weich und der Kuss war ungewöhnlich sanft und angenehm. Eduards Hände glitten weiter sanft über ihren Körper und weckten Gefühle, die ihr bisher vollkommen unbekannt gewesen waren. Ihr Herz schlug heftiger denn je und ohne es selbst zu merken, begann das Mädchen Eduards Küsse leidenschaftlich zu erwidern.

Aus dieser süßen Gefangenschaft wurde Letizia durch ein lautes Lachen aus dem Haus befreit. Und nun bemerkte das Mädchen auch, was es da überhaupt tat. Letizia schob den jungen Mann von sich weg, sprang zur Seite und richtete ihr Kleid.

„Wie kannst du es wagen, mich zu berühren?“ Letizia stampfte wütend mit dem Fuß auf.

„Es war dein erster Kuss, nicht wahr? Nicht schlecht für eine Anfängerin“, sagte Eduard mit einem strahlenden Lächeln.

Das Mädchen konnte nicht widerstehen und ohrfeigte ihn laut, aber das amüsierte ihn nur noch mehr. „Was sind wir übermütig! Ich wage anzunehmen, dass dies nicht unser letzter Kuss war.“

Letizia schäumte vor Wut, drehte sich um und rannte davon. Im Haus stieß sie unter Tränen mit Napoleon zusammen. „Letizia, ich habe dich vermisst. Wo bist du gewesen?“ Er schaute sie erstaunt an. „Ist bei dir alles in Ordnung?“

Letizia schwieg und wusste nicht, was sie antworten sollte. Sie wollte nur noch nach Hause. „Ich fühle mich nicht gut, mein Kopf schmerzt“, antwortete sie verlegen. „Ich glaube, ich werde jetzt meine Mutter suchen und dann mit ihr nach Hause gehen.“

„Ich werde dich begleiten“, antwortete Napoleon, nahm Letizia an die Hand und führte sie zu Mariam.

Madame de Mormon stand inmitten des korsischen Adels, als der junge Bonaparte ihre Tochter zu ihr brachte. Die Frau näherte sich dem Mädchen und bemerkte alarmiert, dass sie blass und müde aussah. Sie fragte Letizia: „Was ist los mit dir, meine Schöne? Fühlst du dich nicht gut?“

Letizia zuckte mit den Schultern. „Ich bin sehr müde und möchte nach Hause. Wenn es dir nichts ausmacht, Mutter, lass uns bitte gehen."

Mariam sah Napoleon verwirrt an, aber auch er zuckte nur die Achseln. „Ich weiß nicht, was mit ihr ist", antwortete er sogleich.

„Du hattest dich doch so auf diesen Abend gefreut", wunderte sich Mariam. „Ich hatte vermutet, dass ich dich heute kaum nach Hause bekommen werde. Aber nun, da es dir offensichtlich nicht gut ergeht, lass uns gehen. Verabschiede dich bitte noch von unseren Gastgebern."

Letizia knickste vor Napoleon, murmelte ihren Dank und wünschte noch einen schönen Abend. Das Mädchen ging vor, während sich ihre Mutter von der adeligen Gesellschaft verabschiedete und allen mitteilte, wie leid es ihr täte, dass es ihrer Tochter ausgerechnet an diesem Abend nicht gut sei.

***

Es war eine wunderschöne Sommernacht. Der Vollmond stand am Firmament und Grillen zirpten im Gras. Der süße Duft der Sommerblumen hing in der Luft. Musik und lautes Lachen kamen aus den offenen Fenstern des Saals. Letizia war traurig. Dieser Abend hätte unvergesslich werden sollen, so sehr hatte sie auf eine Erklärung Bonapartes gewartet. Und nun dies! Alle ihre Pläne waren durch ihre Bekanntschaft mit diesem unverschämten französischen Jungen zunichtegemacht worden. Frech und arrogant war er ... Das Mädchen lenkte seine Gedanken erneut auf Eduard de Gamelin und ging langsam den Weg zum Tor hinunter. Ihre Mutter würde ihr sicherlich bald folgen.

Sie trat auf die inzwischen leere Straße und schaute sich um. Besonders eine schöne goldene Kutsche, die von schneeweißen Pferden gezogen wurde, fiel ihr sofort ins Auge. Diese wollte sie näher betrachten und ging die wenigen Meter auf die Kutsche zu.

„Ich wünschte, ich könnte eines Tages ein solch wundervolles Gefährt mein eigen nennen", sprach sie zu sich selbst und berührte mit ihrer behandschuhten Hand den Hals der Pferde. „Würde diese Kutsche mir gehören, so würde ich stolz und hocherhobenen Hauptes damit durch die Straßen Korsikas fahren und jeder würde sofort wissen, dass diese Kutsche mit diesen schönen weißen Pferden Madame Letizia de Mormon gehört", dachte das Mädchen verträumt. Letizias Finger streichelten nun die goldene Pracht, als sich plötzlich eine Hand auf ihre eigene legte. Dabei hatte sie tatsächlich in ihrer Träumerei niemanden kommen hören. „Du rennst vor mir weg?", flüsterte eine samtige Stimme direkt in Letizias Ohr.

Das Mädchen zog seine Hand unter der Handfläche des Mannes hervor und drehte sich zu ihm um. „Verfolgst du mich?", fragte sie herausfordernd und sah dabei direkt in Eduards blaue Augen. Der junge Mann trat noch näher an das Mädchen heran und drückte es zärtlich gegen die Wand des Wagens. Von ihm ging ein würziges, berauschendes Aroma aus, das Letizia schwindlig machte und sie alles auf der Welt vergessen ließ.

Eduard vergrub sanft seine Nase in ihrem Haar und murmelte leise: „Du bist das schönste Mädchen, das ich je kennengelernt habe. Ich bin verrückt nach dir."

Wieder setzte Letizias Herz für einen Moment aus. Was machte dieser Mann nur mit ihr? Gefühle, die sie noch nie erlebt hatte, stiegen heiß in ihr auf. Was geschah hier mit ihr? Trotz dieser Wirrungen sprach sie nun mit fester Stimme: „Ich liebe Napoleon. Niemanden sonst. Vergiss diesen Abend und das, was vorhin im Garten geschehen ist." Der magische Moment verschwand sofort, als hätte es ihn nie gegeben. Mit einem distanzierten und kühlen Blick zog sich Eduard zurück, verbeugte sich leicht und ging zurück zum Haus.

Letizias Kopf war völlig leer. Die Ereignisse des Abends stellten ihr Leben auf den Kopf. Erst gestern hatte sich das Mädchen wie verrückt darauf gefreut, Napoleon zu treffen. Und jetzt? Letizia konnte nicht glauben, dass das Treffen mit einem vollkommen Fremden ihre Gefühle für Bonaparte erschüttert hatten. Sie lehnte sich gedankenverloren an die goldene Kutsche. Ein warmer Wind wehte in ihr Gesicht und ihre Locken, die sich wieder einmal aus ihrer Frisur gelöst hatten, kitzelten sanft ihre rosa Wangen.

Kapitel 3

Letizia saß auf dem dicken Ast eines alten Baumes und flocht einen Kranz aus leuchtend gelbem Löwenzahn. Bereits im Morgengrauen war sie zu einem weiter entfernten Feld gegangen, das mit allerlei duftenden Blumen bedeckt war, um ihren geliebten Freund zu treffen. Es war *ihr* Ort. Schon viele Male hatte sie sich zu Spaziergängen mit Napoleon dort getroffen. Immer wenn er auf Korsika weilte, nutzten sie die Gelegenheit dazu. Auch dieses Mal war sie sich sicher gewesen, dass er kommen würde, auch wenn sie sich nicht direkt verabredet hatten. Inzwischen hatte die Sonne schon längst ihren höchsten Punkt erreicht und es wurde Letizia klar, dass Napoleon nicht kommen würde. Sie konnte nicht nachvollziehen, warum er ihre Lieblingstradition aufgegeben hatte. Nach und nach verdrehten Aufregung und Angst ihr Inneres. Es kamen Zweifel. Vielleicht hatte Eduard ihm etwas von dem leidenschaftlichen Kuss erzählt? Natürlich würden die Ereignisse von gestern Abend Napoleon wütend gemacht haben. Deshalb war er nicht zu seinem Treffen mit seiner Freundin erschienen.

Letizia warf wütend ihren schönen Blütenkranz zu Boden und sprang von dem Ast zu Boden, zog ihre Schuhe wieder an, die sie wegen dieses wunderbaren Gefühls, mit nackten Füßen über eine Wiese zu laufen, Stunden zuvor ausgezogen hatte, und rannte über das grüne Feld nach Hause. Ihr seidiges Haar flog in alle Richtungen, funkelte in der Sonne und schimmerte und spielte mit dem seichten Wind.

Das Mädchen wollte selbst herauszufinden, warum Napoleon nicht zu dem Treffen gekommen war. So sollte ihr Weg sie nicht gleich zur Mutter, sondern zunächst in Napoleons Elternhaus führen. Den Weg hatte sie schon oft alleine unternommen, nicht zuletzt, weil dort ja auch ihre liebe Freundin Eliza wohnte.

Nicht auf den Weg achtend, stand Letizia plötzlich vor einem Pferd mit Reiter. Ein Bote ihrer Mutter. Der Junge errötete bis zu den Haarwurzeln, als er gewahr wurde, wer ihm da über den Weg gelaufen war. Mit stotternder Stimme sagte er: „Entschuldigen Sie, Mademoiselle Letizia, aber Ihre Mutter hat mich geschickt. Ich soll Sie nach Hause geleiten. Ihr Cousin und Ihre Cousine sind aus Frankreich angekommen und möchten Sie sehen."

Letizia sah ihn entrüstet an. „Ich bin auf dem Weg zu den Bonapartes", rief sie aufgebracht. „Ich komme später nach."

Aber der Bote versperrte ihr den Weg und sagte klagend: „Bitte, Mademoiselle, lassen Sie uns gehen, haben Sie Mitleid mit mir. Ihre Mutter wird sehr wütend auf mich sein, wenn ich Sie nicht mitbringe. Es war ihr ausdrücklicher Wunsch, dass Sie sofort kommen."

Mit einem Seufzer fügte sich das Mädchen schließlich, es hatte tatsächlich ein wenig Mitleid mit dem Jungen, wusste sie doch nur zu gut, wie ungemütlich ihre Mutter werden konnte, wenn man ihre Befehle missachtete. Der Bote überließ sein Pferd dem Mädchen, das eine hervorragende Reiterin war.

Als Letizia zu Hause angekommen war, fragte sie sogleich die erstbeste Zofe, die ihr begegnete, wo sich Mutter und Gäste aufhalten würden.

„Im Salon", erhielt sie zur Antwort.

„Sagen Sie meiner Mutter, ich komme gleich", entgegnete sie und huschte sogleich in ihr Zimmer, um sich noch ein wenig frisch zu machen. In diesem Aufzug und mit Blättern im Haar konnte sie sich auf keinen Fall der vornehmen Verwandtschaft, die eigentlich auf einem Château in Fontainebleau lebte, zeigen.

***

Schon vor der Salontür hörte Letizia wenig später das gurgelnde Lachen ihrer Mutter gemischt mit einem dicken, männlichen Bass. Charles de Rambal amüsierte seine Schwester wie üblich mit scharfen Witzen, die am Hofe des französischen Königs Ludwig XVI. aktuell sehr beliebt waren. Letizia flog mit einem Lächeln auf den Lippen in den Raum und begrüßte die Gäste herzlich.

„Mein Kleines! Wie lange habe ich dich nicht gesehen! Lass dich betrachten", rief ihr Charles de Rambal sogleich zu und zog sie in eine seiner herzlichen Umarmungen, die Letizia so liebte. Ihr Onkel war ein stattlicher Mann mit prallem Bauch, denn er liebte gutes Essen über alles. Sein Bart und sein Anzug waren nach der neuesten Pariser Mode gestylt. Sie hatte einmal eines dieser Modejournale in Händen gehalten, die allerdings nur schwer ihren Weg nach Korsika fanden, deshalb wusste sie, was derzeit in Paris en vogue war.

Ihren Onkel hatte Letizia schon einige Jahre nicht mehr gesehen. Wenn er sich nicht in seinem Château aufhielt, lebte in Paris und hatte eine Ehrenposition am Hof inne. Seine Frau Regina de Rambal, eine bezaubernde französische Schönheit, war vor einigen Jahren an einer schweren Krankheit gestorben und Charles mit zwei damals noch unmündigen Kindern alleine gelassen. Eine mütterliche Zofe hatte sich um die Kinder gekümmert, denn Charles war beruflich stets sehr eingebunden gewesen, sodass er auch nur äußerst selten den Weg zu seiner Schwester fand, die seit ihrer Vermählung mit Philippe de Mormon auf der Mittelmeerinsel Korsika lebte. Sie hatte auch nach dem Tod ihres Mannes ihren Wohnsitz dort nicht aufgeben wollen. Zu gerne hätte es Charles gesehen, wenn sie mit ihrer Tochter in sein Haus gezogen wäre. So hätten die drei verwaisten Kinder doch Vater und Mutter in ihm und seiner Schwester gehabt. Die wilde Letizia hätte hin und wieder eine starke Männerhand gebraucht und seinen eigenen Kindern hätte mütterliche Liebe sicherlich auch gutgetan.

Seine Tochter Margarita war ein sehr kluges, frühreifes Mädchen, ruhig und vernünftig, wie Charles fand. Armand, sein Sohn, war ein stattlicher junger Mann, der vor nicht allzu langer Zeit achtzehn Jahre alt geworden war und bereits jetzt, zu Charles' Leidwesen, am französischen Hof in dem Ruf stand, ein wahrer Frauenheld zu sein. Und dabei spielte es für den jungen Mann offensichtliche keine Rolle, wie alt seine Damen waren oder in welcher gesellschaftlichen Stellung sie lebten.

„Was für eine Schönheit du geworden bist, Letizia, du kannst wahrlich mit der Sonne konkurrieren", sagte Charles entzückt und küsste seine Nichte auf die Wange.

Letizia lächelte ihren Onkel an und setzte sich schließlich neben ihre Mutter. Cousin und Cousine nickte sie freundlich zu, was beide lächelnd erwiderten. Ihr entging dabei allerdings nicht, dass Armand sie nicht aus den Augen ließ.

„Was ist los mit dir, Cousin, du schaust wie ein Frosch?“, lachte sie auf.

Armand sagte nichts, nahm stattdessen das Glas mit dem von der Zofe angebotenen Kirschlikör.

„Ihm ist langweilig hier in der Provinz. Armand braucht großartige Feste, schöne Frauen, nicht irgendein Stück Land mitten im Mittelmeer oder die Gesellschaft von kleinen Mädchen.“ Der Unterton in Charles’ Stimme war deutlich zu hören. Er wischte sich den Bart ab, den er versehentlich mit seinem süßen Getränk etwas befleckt hatte.

„Was ist besser an erwachsenen Frauen? Wir sind jünger und hübscher als sie! Außerdem macht alles mit uns mehr Spaß“, rief Letizia übermütig und sprang vom Stuhl. „Lass uns tanzen, Armand, lehre mich die Tänze, die jetzt am französischen Hof beliebt sind“, forderte sie ihn auf.

„Letizia, Gott sei mit dir, unsere Gäste waren lange unterwegs. Sie werden müde sein und du willst mit deinem armen Cousin tanzen. Sie werden länger als einen Tag bei uns bleiben, du wirst genug Zeit haben, von Margarita und Armand die neuesten Dinge aus Paris zu erfahren“, fuhr ihre Mutter dazwischen.

„Aufgeschoben ist nicht aufgehoben“, antwortete Letizia frech. „Dann werden wir morgen zusammen mit Armand und Margarita angeln gehen. Und am Nachmittag tanzen wir ....“

Charles nickte zustimmend und lehnte sich bequem in seinem Stuhl zurück. „Wie geht es unserem Jonathan Joyce? Ich habe seit Ewigkeiten nichts mehr von ihm gehört. Wo ist er jetzt, der alte Wolf? In Amerika oder in England?“, wollte er von Mariam wissen. Jonathan und er waren ebenfalls gute Freunde.

„In England, soweit ich von meinen Quellen gehört habe. Ich habe ihn auch schon lange nicht mehr gesehen. Er ist ein seltener Besucher auf Korsika geworden“, sagte Mariam.

„Sein ganzes Leben lang war er ein Wanderer, ein unruhiger Geist. Er hat nie geheiratet?“

„Nein. Ein unruhiger Geist. Ich denke, dass die Ehe nicht ganz seinem Lebensstil entspricht", erwiderte Mariam und ein Hauch von Melancholie überzog ihr Gesicht.

Dann wurde das Essen serviert und die Gäste ließen sich die aufgetischten Köstlichkeiten der mediterranen Küche vorzüglich schmecken. Bei diesem kleinen Festmahl lachten alle, erinnerten sich an die guten alten Momente mit Letizias Vater Philippe und tranken viel hausgemachten Wein. Mariam und Letizia saßen bis zum Abend mit den Gästen zusammen und erst als Charles anfing, auf dem Stuhl immer wieder einzunicken, hob Madame de Mormon die Tafel auf. Sie wies die Diener an, dem Marquis de Rambal zu helfen und ihm sein Gemach im zweiten Stock des Hauses zu zeigen. Armand und Margarita verneigten sich vor Mariam und wünschten ihr eine gute Nacht.

„Gute Nacht, Kinder", sagte Madame de Mormon.

Armand und Margarita schliefen bei Besuchen auf Korsika immer in denselben Räumen, sodass sie ihnen nicht eigens gezeigt werden mussten.

Als sich alle für die Nacht gerichtet hatten, klopfte es an Margaritas Tür.

„Oh, wie viel muss ich dir sagen!", rief Letizia aus, nachdem sie leise die Tür zum Zimmer ihrer Cousine geöffnet hatte.

Die lag bereits in ein Nachthemd gehüllt in ihrem Bett, setzte sich aber auf, als sie die Verwandte sah und nahm einen mitfühlenden Blick an. Letizia setzte sich ihr gegenüber, ihre Augen brannten wie ein goldenes Feuer oder wie die Augen einer Katze bei Nacht.

„Ich bin verliebt!", stieß sie sofort hervor.

Margarita hatte viel erwartet, aber nicht das. Es kam ihr seltsam vor, dass ausgerechnet eine aufgeklärt wirkende Person wie Letizia, die ihren freien Lebensstil so sehr liebte, von Gefühlen für einen Mann übermannt wurde. „Und wer ist er?", fragte sie dennoch neugierig.

„Napoleon Bonaparte. Vielleicht hast du schon von ihm gehört?", brach es aus Letizia hervor.

„Dieser kleine Adlige aus Ajaccio?", fragte Margarita mit gelangweiltem Blick. Sie hatte natürlich bereits von ihm gehört.

Letizia antwortete nicht darauf und ging schweigend zum Fenster. Sie öffnete es, um der dunklen Nacht zu begegnen und den frischen Duft einzuatmen. Eine seltsame Sehnsucht ergriff plötzlich ihr Herz. Aber es war nicht das Bild von Napoleon, das in ihrem Kopf auftauchte, sondern die Augen des Mannes, die blau wie das Meer an einem klaren, sonnigen Tag strahlten. Letizia setzte sich langsam auf die breite Fensterbank und seufzte schwer.

„Was ist los mit dir?“, fragte Margarita sogleich und legte sich einen Schal um die Schultern.

Nachdenklich biss sich Letizia auf die Unterlippe. Lohnte es sich, Margarita von ihrem seltsamen Abend im Hause Bonaparte zu erzählen oder sollte sie diese mit so einem Unsinn nicht weiter belästigen? „Ich habe jemanden beim Empfang der Bonapartes getroffen“, antwortete sie ausweichend. „Aber ich denke, du wirst nicht allzu interessiert sein, davon zu hören.“

Dieses Mal war Margarita allerdings sehr interessiert. Sie setzte sich auf und blickte ihre Cousine auffordernd an. Ein bisschen Tratsch war schließlich nicht zu verachten.

„Er ist Franzose, besucht mit Napoleon zusammen die Militärakademie. Wenn ich nur an ihn denke, werde ich wütend!“

Jetzt war Margaritas Neugier endgültig geweckt, denn sie wusste, dass Letizia üblicherweise schwer aus dem Gleichgewicht zu bringen war. Was hatte dieser mysteriöse Franzose also getan? Auf die Antwort auf diese nicht laut gestellte Frage musste sie nicht lange warten.

„Er küsste mich!“ Als Letizia sah, wie schnell Margaritas Augenbrauen in die Höhe schnellten, beeilte sie sich, hinzuzufügen: „Natürlich gegen meinen Willen.“ Und in Gedanken gab sie sich selbst Auskunft, ohne diese aber laut zu äußern: „Nein, natürlich nicht gegen meinen Willen. Ich antwortete mit einem Kuss ... und mochte es. Allein Eduards Hände ...“

Als Margarita sah, dass ihre Cousine in großer Verwirrung war, fragte sie sanft: „Magst du ihn?“

Letizias Augen blitzten auf. Wütend auf sich selbst für solch ein Gefühlschaos antwortete sie fast widerwillig: „Weiß nicht. Ich liebe doch Napoleon.“

Margarita lächelte nachsichtig. Sie glaubte nicht daran, dass man der wahren Liebe, von der so viele Erwachsene redeten, schon in Kindertagen begegnete. Eine erste Verliebtheit. Vielleicht, aber keine echte Liebe. Dazu gehörte mehr als nur eine Schwärmerei. Man konnte nur herausfinden, was wahre Liebe war, wenn man alle Hindernisse des Lebens, alle Wechselfälle des Schicksals gemeinsam überwand, aber in der Lage war, trotzdem die leidenschaftlichen Gefühle füreinander zu erhalten. Für die wahre Liebe wurde man geprüft. Die fiel einem nicht einfach so in den Schoß. Aber wie sollte sie das einem so störrischen Mädchen wie Letizia erklären? Sie tätschelte ihrer Cousine sanft die Hand und sagte: „Wenn deine Gefühle für Napoleon aufrichtig sind, kann dich niemand daran hindern, mit ihm zusammen zu sein. Dies ist das Gesetz des Lebens. Denk nicht zu viel nach. Eine Frage ist jedoch viel wichtiger: Liebt er dich so, wie du ihn liebst, Liebes?“

Letizia wurde von dieser Frage bis ins Mark getroffen. Natürlich liebte Napoleon sie, anders konnte es gar nicht sein. Sie hatten schon so viel wundervolle Zeit miteinander verbracht, so viele fabelhafte Erlebnisse tauchten dabei in ihrer Erinnerung auf. Warum also sollte Napoleon sie nicht ebenso lieben wie sie ihn? Aber dann kettete die Kälte ihr Inneres an. War es nicht erst gestern gewesen, dass sie auf dem Ast einer hohen alten Eiche auf ihn gewartet hatte und er nicht gekommen war? Sie gab Eduard die Schuld an diesem Verhalten. Sicherlich hatte er über sie schlecht bei Bonaparte geredet. Anders konnte es nicht sein.

Letizia schüttelte den Kopf. Nein, anders konnte es nicht sein. Napoleon liebte sie. Immer noch. Es musste einen anderen Grund für sein Fernbleiben gestern geben.

„Ich bin mir seiner Gefühle für mich sicher. Es kann nicht anders sein“, stellte Letizia fest und sprang vom Fensterbrett.

Margarita seufzte nur und blies die Kerze aus, als Letizia ihr Zimmer verlassen hatte.

Kapitel 4

Im Morgengrauen rannten Armand, Letizia und Margarita barfuß zum nächsten Bach, um zu fischen. Armand vergaß schließlich seine Pariser Attitüde, amüsierte sich und lachte mit den Mädchen. Gegen Mittag wurde es sehr heiß und die jungen Leute beschlossen, ein Bad zu nehmen und Fisch auf dem Feuer zu braten. Letizia zog ihr Oberkleid aus und zeigte sich nun in einem dünnen durchscheinenden Hemd, unter dem man bereits die kleinen Brüste und die weiblichen Rundungen erahnen konnte. Das Mädchen rannte lachend in den Fluss und spritzte Wasser um sich herum.

Armand, der alles genau beobachtete, konnte seinen Blick nicht von der schlanken Gestalt seiner Cousine abwenden. Das nasse Hemd klebte an ihrem gebräunten Körper und zeigte den ganzen Charme ihrer schönen Formen. Ihre Brustwarzen spannten sich durch das kalte Wasser und ragten verlockend unter dem dünnen Stoff hervor. Die Brust war für ein solch junges Mädchen bereits wohl geformt. Und darüber konnte er sich gewiss ein Urteil erlauben, denn er hatte bereits so manche Frauenbrust liebkosen dürfen.

Armand verspürte in diesem Moment erstmals das brennende Verlangen, seine Cousine zu besitzen. Sie in die Lust der Liebe einzuführen. Seit er sie das letzte Mal gesehen hatte, war sie zu einer wahren Schönheit herangewachsen. Damals noch ein Kind, heute eine begehrenswerte Frau. Buchstäblich von der ersten Minute an, als er sie so halb nackt gesehen hatten, war es um ihn geschehen und er konnte sich kaum noch beherrschen, sie nicht an sich zu ziehen.

Margarita, die ihren Bruder und seine Eskapaden nur zu gut kannte, hatte die Szene ebenfalls beobachtet. Wie naiv Letizia doch noch war. Sie warf ihrem Bruder einen strengen Seitenblick zu. Nachdem Margarita in seinem Gesicht wie in einem offenen Buch gelesen hatte, rief sie ihrer sorglosen Cousine zu: „Letizia, geh aus dem Wasser, sonst erkältest du dich. Der Fisch ist fertig, lass uns essen." Margarita griff nach dem Kleid des Mädchens und ging zum

Flussufer, um sofort den fast völlig nackten Körper von Letizia zu bedecken. Das Mädchen zog das nasse Unterkleid aus und das trockene Kleid an, Margarita schützte Letizia dabei vor allzu neugierigen Blicken ihres Bruders – so gut es ging – mit einem großen Tuch. Dann setzten sich die drei an das Lagerfeuer, auf dem ein riesiger Fisch köstlich röstete und göttliches Aroma verbreitete.

„Das Wasser ist einfach wunderbar, ich rate euch, auch ein wenig zu schwimmen. Margarita, Armand, los, seid nicht feige“, zwitscherte Letizia fröhlich.

Armand schüttelte jedoch den Kopf, als würde er aus einem tiefen Schlaf erwachen, holte schweigend einen den Fisch aus den Kohlen und reicht ihn seiner Cousine. Letizia stürzte sich sogleich mit Appetit darauf. Als Armand sah, dass auch seine Schwester damit beschäftigt war, sich den Fisch schmecken zu lassen, wandte er seinen Blick wieder Letizia zu. „Gott, wie schön ihre Haut ist“, dachte er aufgewühlt. „Seidig mit bronzefarbener Bräune. Und ihre Haare ... Wie schön muss es sein, darin zu versinken.“ Armand spürte, wie heißes, aufwallendes Blut durch seine Adern floss. Er musste die Augen schließen und sich auf etwas anderes besinnen, denn sonst würden seine Hormone verrückt spielen.

Plötzlich gab es wie zu seiner Warnung in der Ferne dröhnenden Donner. Dunkle und schwere Gewitterwolken näherten sich. Letizia und Margarita warfen ihr Picknick in den Korb und die drei machten sich auf den Heimweg.

***

An diesem so abwechslungsreichen Tag hatte Letizia Napoleon aus ihren Gedanken vollends verbannt. Aber ironischerweise erschien gerade jetzt auf halbem Weg nach Hause sein Pferd mit ihm bei den drei jungen Leuten. Letizia winkte und Napoleon hielt das Tier an. In diesem Moment gab es direkt über ihnen ein schreckliches Grollen, ein Blitz zuckte auf und strömender Regen setzte ein.

„Was sollen wir tun?“ Margarita rief in Verzweiflung, schaut sich in dem doch recht verlassenen Gebiet um, wo es nichts gab, unter dem sie sich verbergen konnten.

„Ich schlage vor, dass Sie und der junge Mann mein Pferd nehmen und nach Hause reiten. Letizia und ich werden im verlassenen Haus des Försters Unterschlupf finden. Bis dahin ist es nicht weit. Wir warten dort das Gewitter und den Regen ab, dann folgen wir Ihnen nach Hause“, schlug Napoleon vor.

„Warum können wir nicht zusammen dorthin gehen? Wer sind Sie überhaupt?“, fragte Armand.

„Ich habe euch nicht vorgestellt, tut mir leid“, warf Letizia ein und holte die Vorstellung gleich nach. „Das ist Napoleon Bonaparte, mein guter Freund aus Kindertagen. Napoleon, das sind Armand und Margarita de Rambal, meine Cousine und mein Cousin.“ Dann wandte sie sich an Armand. „Mutter und euer Vater werden sich Sorgen machen, wenn keiner von uns nach Hause zurückkehrt. Ihr könnt sie beruhigen, wenn ihr sagt, dass Napoleon mich nach Hause bringen wird. Und zu viert können wir ja schlecht auf dem Pferd reiten.“ Damit hatte sie natürlich recht. Der Regen begann, sich zu verstärken, und der Donner lauter und lauter.

Armand durchzuckte etwas wie Eifersucht. Er kannte diesen Fremden nicht, aber er hatte das Gefühl, dass Letizia nicht mit ihm allein gelassen werden sollte. Da er nicht wusste, wie er es anstellen sollte, seine Cousine selbst nach Hause zu bringen, zögerte er mit einer Reaktion. Napoleon war unterdessen sofort klar, was sich in dem jungen Mann abspielte. So hob er, ohne ein weiteres Wort zu sagen, Margarita auf sein Pferd.

Doch als diese realisierte, dass Napoleon sie jetzt ohne ihren Bruder allein nach Hause schicken würde, begann sie sofort, laut zu protestieren: „Ich werde nicht alleine gehen, ich werde nicht ohne Armand gehen! Ich habe Angst!“ Armand biss wütend die Zähne zusammen. Er verstand, dass seine Schwester ihn in eine hoffnungslose Position brachte und er mit ihr gehen musste.

„Armand, beeilt euch, nach Hause zu kommen. Warum zögerst du? Ich bin bei Napoleon in Sicherheit!“, rief Letizia in ein erneutes Donnergrollen hinein. Margarita schrie vor Angst, Napoleon aber packte Letizia an den Schultern und zog sie an seine Brust.

„Gehen Sie beide sofort nach Hause, wenn Sie nicht den Tod suchen!“, rief nun Napoleon aus. Sein Gesicht war vor Wut verzerrt.

Armand ballte die Fäuste, als er sah, wie Letizia sich an die Brust des Rivalen klammerte. Eifersüchtig pochte das Blut in seinen Schläfen. Wer war dieser unverschämte Kerl, der ihm diese schöne Blume, die er selbst so gerne pflücken wollte, abspenstig machte? Dann aber fiel Armands Blick auf seine Schwester, die vor Angst weinte, und sein Geist wurde klarer. Er sprang besorgt auf das Pferd hinter Margarita und trieb die überraschte Stute an, ohne einen weiteren Blick in Richtung Letizia und Napoleon zu verschwenden.

Im selben Moment packte Napoleons eiserne Hand Letizias Handgelenk und zog sie mit sich. Bis zum Haus des Försters war es nicht weit und das war auch gut so, denn über ihnen entluden sich bereits dunkelste Gewitterwolken. Sie waren beide bis auf die Haut durchnässt, als sie schließlich kurze Zeit später an der Hütte ankamen. Napoleon half Letizia die Stufen hinauf und öffnete mühsam die verrostete Tür.

Es war dunkel und unangenehm im Inneren. Letizia zitterte vor Kälte und Aufregung. Napoleon verriegelte die Tür von innen und ging zu seiner Freundin. Er hob ihr Kinn, küsste sie sanft auf die Stirn und sagte leise: „Hab keine Angst, nun bist du bei mir in Sicherheit."

Letizia lächelte schwach. Sie fror entsetzlich.

„Ich werde ein Feuer entzünden", sagte Napoleon.

Als er das getan hatte, wandte er sich wieder an Letizia. „Du musst die Kleider ausziehen, wenn du dich nicht fürchterlich erkälten willst", raunte er ihr zu.

Letizias Herz schlug plötzlich doppelt so schnell wie zuvor. Es war eine Sache, sich vor einem Cousin auszuziehen, weil er sie sicherlich nur wie eine Schwester liebte, und eine ganz andere Sache, sich vor Napoleon nackt zu zeigen. Er hatte sie doch noch nie nackt gesehen. Kein anderer Mann hatte sie je nackt gesehen. Letizia war sich nicht sicher, ob sie das nun wollte oder nicht.

„Ich helfe dir", sagte Napoleon und fuhr langsam mit den Fingern in die Verschnürung ihres Kleides. Letizia konnte vor Aufregung kein Wort sagen, spürte aber instinktiv, dass er dies nicht zum ersten Mal bei einer Frau tat.

Ihr Körper fing Feuer, als Napoleon mit sanften Bewegungen

seiner Finger das Oberteil ihres Kleides löste. Das nasse Tuch fiel schwer zu Boden und ließ das Mädchen so, wie Gott es schuf, zurück. Denn das nasse Unterkleid hatte Letizia nach dem Baden ja nicht mehr angezogen. Jetzt bereute sie es.

Der Sturm tobte weiter vor dem Fenster. Und in Letizias Innerem. Noch nie hatte sie Vergleichbares erlebt. Napoleon musterte unterdessen leidenschaftlich den perfekten Körper, der sich ihm nun unverhüllt präsentierte. Wie lange hatte er sich schon gewünscht, dieses schöne Kind zu besitzen. Letizia schloss die Augen und lauschte den hallenden Schlägen ihres Herzens. Napoleon trat noch näher an sie heran und fuhr mit seiner Hand durch ihr nasses Haar. Letizia öffnete seufzend die Augen und sah Bonaparte an. Er nahm sanft ihr Kinn in seine Hand und verbiss sich mit einem leidenschaftlichen, fordernden Kuss in Letizias Lippen. Sanft streichelte er den Nacken dieser attraktiven Frau, ging dann tiefen zu ihren Schultern und strich zärtlich über Letizias Rücken. Diese stöhnte vor lauter Lust auf.

Wie herrlich war es, von einem geliebten Mann so berührt zu werden. Dann spürte sie etwas Hartes, das sich ihr immer fordernder näherte, und Napoleons Hände kamen langsam zu dem geschätzten Hügel zwischen den schlanken Beinen des Mädchens, den er so sehr begehrte.

Plötzlich jedoch spürte Napoleon den Widerstand, der von Letizia ausging, denn sie drückte ihn leicht mit ihren Händen von sich. Nun wusste auch Letizia, was ihr Geliebter wirklich wollte. Bonaparte trat einen Schritt zurück und sah Letizia verwirrt an. „Was ist los?", fragte er barsch.

Das Mädchen bedeckte schüchtern seine Brüste und senkte die Augen. „Ich bin *dafür* noch nicht bereit, Napoleon. Bitte vergib mir."

Im Raum herrschte plötzlich eine bedrückende Stille. Man hätte eine Stecknadel fallen hören können. Napoleon nahm die feuchte Jacke, die er zuvor achtlos auf einem Stuhl abgelegt hatte, und faltete sie über seinem Arm. Er ging langsam durch den Raum und sah aus dem Fenster. „Der Regen ist fast vorbei. Zieh dich an", sagte Bonaparte leise.

Letizia hob mit tränenreichen Augen ihr feuchtes Kleid vom Boden und begann, sich mit zitternden Händen zu bekleiden.

„Sie kommen gleich zu uns, beeile dich", sagte Napoleon mit derselben leisen Stimme, ohne sich jedoch zu dem Mädchen umzudrehen.

„Wer kommt?", wollte Letizia wissen und begann hastig, die Tränen aus dem Gesicht zu wischen.

„Mein Bruder und Eduard", antwortete Napoleon und drehte sich zu ihr um. Er warf schnell einen Blick auf Letizias verweinte Augen, sagte jedoch nichts weiter. Seine Chance hatte er hier und heute verspielt. Das ärgerte ihn, denn er war davon ausgegangen, seine Begierde stillen zu können. Schon lange hatte er kein so hübsches Mädchen mehr in seinen Armen gehalten. Und noch nie hatte ihm eine Frau Widerstand entgegengesetzt. Ganz im Gegenteil ...

***

Wenig später war ein Klopfen an der Tür zu hören. Napoleon schob den Riegel auf und Joseph Bonaparte und Eduard de Gamelin traten ein. Woher wussten sie, dass sie hier waren? Letizia bemerkte sogleich den aufmerksamen Blick Eduards und gab mit all ihrer Kraft vor, gleichgültig zu sein, obwohl sie in Wirklichkeit am liebsten lauthals geweint hätte. Was war nur in Napoleon gefahren? Wie hatte er sich ihr in dieser despektierlichen Art und Weise nähern können? Und nun schien es auch noch so, dass sie an diesem verregneten Tag Napoleons Liebe für immer verloren hatte. Sie konnte nicht verstehen, warum das so war. Warum er plötzlich, nach ihrer Weigerung, das Lager mit ihm zu teilen, so kühl reagiert hatte. Sie hatte dieser Liebe so bedingungslos vertraut und er hatte gleich die erste sich bietende Gelegenheit genutzt, sich ihr zu nähern. Sie war doch keine dieser käuflichen Damen, die sofort zu allem bereit waren, wenn es ein Mann nur verlangte.

Eduard de Gamelin schaute Letizia unterdessen unverhohlen an. Er versuchte, in ihrem Gesicht abzulesen, was hier gerade passiert war. Hatte Napoleon es geschafft, ihr die Unschuld zu rauben? Ein Gefühl der Niederlage gegenüber dem Freund verzehrte ihn innerlich und er musste sich eingestehen, dass er mehr als nur freundschaftliche Gefühle für dieses Mädchen, nein, für diese bildschöne Frau hegte. Natürlich wusste er als guter Freund Napoleons, dass dieser schon lange scharf auf die Kleine war. Oft genug hatte er ihm von seinen begehrlichen Gedanken ihr gegenüber in Brienne erzählt. Und natürlich wusste auch Napoleon nur zu genau darüber Bescheid, mit welcher kindlichen Liebe Letizia an ihm hing. Für ihn schien es ein Leichtes, sie ganz zu erobern. Es wäre also immerhin in dieser Situation einen Versuch wert gewesen, ihr die Jungfräulichkeit zu nehmen und der erste Mann zu sein, mit dem sie ihr Bett teilte, war Eduard überzeugt.

Er ging langsam zu dem Mädchen hinüber und warf ihm seinen warmen, mit Pelz gefütterten Umhang über die Schultern, weil er sah, wie sehr es fröstelte. Letizia wickelte sich sofort darin ein und spürte, wie sich Eduards Wärme auf ihrer eigenen Haut ausbreitete.

„Wie fühlst du dich? Es ist ja kein trockener Faden mehr an dir", fragte nun Joseph Bonaparte.

Bei seinen Worten schien Letizia wie aus einem Traum aufzuwachen und erst da bemerkte sie bewusst, dass es Eduards Umhang war, der ihr diesen würzigen Geruch nach Mann in die Nase trieb und solch zarte Wärme verlieh. Sie hatte nicht einmal ansatzweise bemerkte, dass es Eduard gewesen war, der ihr seinen schweren Umhang über ihre Schultern geworfen hatte. Und dann sah sie in seinen Augen die Frage, die ihm auf der Seele brannte. Das Letzte, was Letizia wollte, war, ihm alles zu sagen, was hier passiert war. Es war besser für ihn und für seine Freundschaft zu Napoleon, das nicht zu wissen. So dachte sie zumindest in ihrer naiven Einfalt. Dass die Männer schon früher öfter über sie und ihre verführerischen Reize gesprochen hatten, wusste Letizia natürlich nicht. Sie wusste nur, dass sie all das hier schnell vergessen musste. Niemals würde sie jemandem davon erzählen.

„Joseph, setzt du mich an der Gabelung am Fluss ab, von dort gehe in zu Fuß nach Hause", bat sie Napoleons Bruder, als sie sah, dass der Regen ganz aufgehört hatte. „Ich würde gerne einen kleinen Spaziergang machen."

Joseph stimmte, ohne zu zögern, ihrem Vorschlag zu. Er interessierte sich nicht für Letizia und ihm war es vollkommen egal, wem sie sich hingab.

Mit einer Handbewegung schüttelte diese Gamelins luxuriösen Umhang ab. „Danke für Ihre Sorge, Eduard. Ich bin nun aufgewärmt."

Der Mann ging zu dem Umhang, der auf den Boden gefallen war, und warf ihn erneut über das Mädchen. Sie wollte sich widersetzen, aber Eduard sagte mit fester Stimme: „Da Sie lieber zu Fuß unterwegs sind, brauchen Sie ihn mehr als ich. Ihre Kleider sind noch feucht, ohne ihn fangen Sie sich womöglich eine Lungenentzündung ein. Und wer weiß, vielleicht müssen wir Sie dann alle noch bitter betrauern." Er warf einen Seitenblick auf Napoleon, der gänzliches Interesse an Letizia verloren zu haben schien. „Es wäre mir auch egal um Sie, aber Ihre liebe Mutter täte mir leid, wenn sie Sie betrauern müsste", fügte Eduard wenig höflich hinzu.

Auf diese spitze Bemerkung reagierte Letizia nicht. Sie war jedoch froh, als Joseph sie schließlich zu besagter Kreuzung begleitete und sie dort von seinem Pferd absteigen ließ. Letizia musste jedoch nicht zu Fuß nach Hause gehen, Armand kam ihr bereits entgegen ...

Kapitel 5

Nach der Heimkehr schalt Madame de Mormon ihre Tochter streng wegen ihrer Verantwortungslosigkeit und schickte sie, um über ihr Verhalten nachzudenken, in ihr Zimmer. Es ziemte sich nicht, mit einem Mann alleine in einem Haus zu verweilen. Das Mädchen kümmerte sich allerdings wenig um diese Vorwürfe. Es wollte so schnell wie möglich in sein Zimmer und sich in den Schlaf weinen. Zu viel war heute passiert.

Letizia wachte spät in der Nacht auf. Sanftes Mondlicht strömte in den Raum. Im Kandelabern zitterte die Flamme einer Kerze friedlich vor sich hin. Völlig unerwartet klopfte es plötzlich an ihrer Tür und Margaritas hübsches Gesicht erschien im Türrahmen.

„Schläfst du schon?", flüsterte sie leise.

Letizia lächelte und winkte sie mit einer Handbewegung zu sich. „Bin gerade aufgewacht. Kannst du auch nicht schlafen?"

Margarita setzte sich auf die Ecke des Bettes und fragte leise seufzend. „Was war in dieser Försterhütte zwischen dir und Napoleon, Letizia? Sag mir die Wahrheit."

Letizia tauchte wieder in diese unangenehmen Erinnerungen ein, setzte sich langsam auf und steckte ihre Beine von sich. Napoleons Gesicht schwebte vor ihr und rief in ihr Gefühle hervor, die jetzt ganz anderer Natur waren als noch vor wenigen Stunden. Enttäuschung und Schmerz herrschten vor statt Liebe und Bewunderung.

„Nichts ist passiert ...", sagte sie langsam. „Aber es hätte leicht etwas passieren können, doch ich habe mich gewehrt. Ich weiß nicht, warum Männer so sind. Ich weiß nur, dass ich mich mit einer inneren Kraft von ihm wegschieben konnte. Nur deshalb ist nicht mehr geschehen." Sie blickte aus dem Fenster.

„Könnte es sein, dass du ihn vielleicht doch nicht liebst?", entgegnete Margarita.

„Ich weiß nicht, liebe Cousine. Aber diese Situation vorhin in der Hütte hat meine Welt völlig auf den Kopf gestellt. Ich dachte, Napoleon würde mich lieben. Aber nur meine Ablehnung hat verhindert, was er mir antun wollte. Und dann ist da auch noch Eduard." Letizia zögerte.

„Was ist mit Eduard?", fragte Margarita eifrig.

„Eigentlich nichts." Letizia schüttelte leicht den Kopf und lächelte, als wäre weiter nichts geschehen. Sie sah Margarita offen an. „Ich glaube, er mag mich." Letizia lachte kurz auf, aber als sie sah, dass ihre Cousine über etwas nachdachte, fragte sie besorgt: „Was ist los mit dir?"

Margarita begann, nervös die Bänder ihres Oberteils zu kräuseln. Es war offensichtlich, dass sie Mut brauchte, um ihrer Cousine etwas zu erzählen. Letizia brannte vor Ungeduld und rutsche näher an sie heran.

„Weißt du ... Ich bin mir nicht sicher, ob ich das, was ich jetzt tue, wirklich tun sollte. Ich sehe, dass ich dich verwirre. Aber ich habe das Gefühl, wenn ich es nicht tue, bin ich vielleicht die Ursache für dein künftiges Unglück", sagte Margarita traurig.

Letizias Augen folgten Margaritas Fingern, die sich langsam dem Oberteil ihres Nachtgewands näherten, aus dem sie schließlich ein Stück Papier herausfischte.

„Während du hier oben in deinem Zimmer warst, habe ich einen kurzen Spaziergang im Garten unternommen. Die Luft war wunderbar und rein. Es tat so gut. Als ich so lief, kam plötzlich Eduard de Gamelin zum Tor herein und rief nach mir. Ich wollte nicht mit ihm sprechen. Ehrlich nicht. Ich fand es nicht gut. Aber ich tat es dann doch. Er sagte mir, dass er dich unbedingt sehen wolle, aber ich sagte ihm, dass du dich nicht gut fühlen würdest und bereits ins Bett gegangen wärst. Er wirkte bedrückt. Dann gab er mir diesen Brief mit den Worten: Gib diesen Brief bitte an Letizia weiter. Sei ihr eine gute Freundin, wirf den Brief nicht weg oder verbrenne ihn sogar. Es steht Wichtiges in diesem Brief, das sie wissen muss. Versprich mir, dass du ihn Letizia in die Hände gibst. Wenn nicht, so schwöre ich, machst du mich zum unglücklichsten Menschen auf dieser Welt", flüsterte Margarita leise und reichte Letizia den Brief. „Ich halte hiermit also mein Versprechen Eduard gegenüber. Ich hoffe, der Brief enthält gute Nachrichten für dich."

Mit diesen Worten verließ Margarita den Raum.

Mit zitternden Händen faltete Letizia den Brief auseinander, der gleich mehrere Seiten beinhaltete, die mit einer zack scharfen Handschrift gefüllt waren. Sie machte es sich gemütlich in ihren weichen Kissen und begann, den Brief zu lesen.

Meine liebe Letizia!
Ich entschuldige mich schon jetzt, dass ich deinen Frieden mit diesem Brief störe. Ich weiß nicht, was mich dazu veranlasst, das alles zu schreiben, was du gleich lesen wirst, aber ich kann nicht länger schweigen. An dem Tag, als ich dich zum ersten Mal sah, in diesem wunderschönen, feuerroten Kleid, in dem du wie ein exotischer Vogel aussahst, wurde mir klar, dass ich verloren bin. Deine Augen, die in der hellen Sonne wie Bernstein funkelten, deine Haare, die wie Seide im Wind flatterten, deine dünne, schlanke Gestalt, das alles machte mich beinahe verrückt.
Ich weiß nicht, wie ich weiterleben soll ohne dich. Ich verstehe, dass meine Liebe nicht auf Gegenseitigkeit beruht. Du bist verliebt in Napoleon, das hast du mir deutlich gesagt. Und der heutige Vorfall hat es voll und ganz bewiesen. Ich bin gequält von den Schmerzen der Eifersucht und stelle mir vor, wie er dich streichelt und dich auf deine schönen Lippen küsst. Er hat mir alles erzählt. Wahrscheinlich waren es diese Höllenqualen, die mich dazu gebracht haben, diesen Brief zu schreiben.
Ich möchte dir sagen, dass ich trotz alledem in dich verliebt bin. War es von der ersten Minute an. Es mag mich demütigen, aber ich denke nicht, dass sich das je ändern wird. Ich möchte, dass du über alles Bescheid weißt. Wenn ich über meine Gefühle zu dir sprechen kann, fühle ich mich gleich besser.
Morgen früh fahren wir zurück nach Frankreich. Ich möchte mich von dir verabschieden, aber wenn du nicht kommst, werde ich das verstehen und dir nicht böse sein. Wenn du kommst, wirst du mich zum glücklichsten Menschen auf dieser Welt machen. Ich werde im Morgengrauen in der Nähe derselben Eiche auf dich warten, an der du so lange vergeblich auf Napoleon gewartet hast.
Eduard de Gamelin

Tränen strömten aus den Augen des Mädchens. „Er hat ihm alles erzählt." War Napoleon wirklich so tief gefallen, dass er gleich alles, was zwischen ihm und ihr in der Hütte passiert war, seinen Freunden berichten musste? Niemand sollte es wissen. Besonders Eduard nicht. Jetzt würde sie ihm niemals mehr in die Augen sehen können. Letizia warf den Brief in einem Anfall von Wut weg und eilte durch den Raum. „Eines Tages wirst du für diese Demütigung bezahlen, Napoleon. Das verspreche ich dir", murmelte Letizia leise und rang verzweifelt die Hände. An Schlaf war in dieser Nacht nicht mehr zu denken. Sie war innerlich viel zu aufgewühlt.

***

Im Morgengrauen klopfte Margarita wieder leise und kehrte zu Letizia zurück. Diese saß auf dem Bett, hielt wieder den Brief in den Händen und starrte vor sich hin.

„Geht es dir gut?", fragte die Cousine und setzte sich auf die Bettkante. Letizia reichte Margarita schweigend den Brief. Sie verstand die lautlose Geste und las Eduards Nachricht.

„Und warum bist du noch hier? Warum willst du dich nicht von ihm verabschieden?", fragte Margarita stirnrunzelnd.

Letizia senkte ihre Augenlider und seufzte. „Nein, ich werde nicht gehen." Sie sah sofort, dass Margarita ihr Handeln nicht verstand, und erklärte sich. „Erstens geht er heute und es ist so, dass wir uns danach nicht wiedersehen werden. Und zweitens schäme ich mich, ihm in die Augen zu schauen. Ich fühle mich gedemütigt und erbärmlich. Napoleon hat seinen Freunden alles über uns erzählt."

„Ich denke, dass du es später bereuen wirst, wenn du jetzt nicht zu ihm gehst", sagte Margarita in einem mütterlichen Ton. Sie war zwar nur gut ein Jahr älter als ihre Cousine, aber wirke viel erwachsener, was sicherlich daran lag, dass sie ohne Mutter aufgewachsen war.

Letizia zuckte schweigend mit den Schultern. Sie hatte Angst, sich selbst aufzugeben, hatte Angst, dass sie ihn nicht loslassen könnte, wenn sie ihn jetzt wiedersehen würde. Eine unbekannte Kraft wütete in ihr und sie wusste nicht, sich zu entscheiden. Es war sicherlich besser, alles so zu belassen, wie es war. Andernfalls bestünde die Gefahr, dass ihr Herz in eine Million Stücke zerbrechen würde. Und dann war da ja auch noch Napoleon ...

***

Eduard saß unter der breiten Krone einer alten Eiche und seine Finger rissen nervös an den grünen Blättern. Die Sonne war schon vor langer Zeit aufgegangen und gab ihre tröstende Wärme an ihm ab. Die Felder dufteten nach Blumen und erinnerten Eduard an den Duft von Letizia. Sie war nicht gekommen – und das verstand er. Aber er wartete immer noch, obwohl es kaum noch Hoffnung für ihn gab, sich zu verabschieden. Das Schiff fuhr in genau einer Stunde ab. Frankreich wartet auf ihn. Dort würde er alles vergessen, was ihm in diesen wenigen Tagen auf Korsika passiert war. Er würde versuchen, dieses einzigartige Mädchen zu vergessen, doch er wusste jetzt schon, dass ihm das nicht gelingen würde.

Noch einmal warf Eduard einen Blick in die Ferne ... und dann sah er sie. Er seufzte erleichtert auf, klopfte die Reste der Eichenblätter von seinem Gewand, steckte nachdenklich die Hände in die Hosentaschen und ging langsam auf sie zu. Sie stand am Rand der Klippe unweit der Eiche. Ihre Haare wehten leicht im Wind. Ihr Blick war dem Hafen zugewandt und es erweckte den Eindruck, als würde sie nach einem Schiff Ausschau halten. Nach seinem Schiff?

„Ich hätte nicht gedacht, dass wir uns noch treffen“, sagte Eduard leise.

Letizia zuckte bei dem Klang seiner Stimme zusammen und drehte sich sogleich zu ihm um. „Was machst du noch hier? Ich dachte, du bist schon längst an Bord!“, rief sie verwirrt aus, denn sie hatte Eduard nicht kommen hören.

„Ich habe auf dich erwartet“, sagte er leise.

Das Mädchen sah verlegen zur Seite. „Bis jetzt?“ Letizia hatte sich schließlich doch noch von ihrer Cousine überzeugen lassen, den Weg zur Eiche zu gehen. Da sie aber nicht damit gerechnet hatte, ihn noch anzutreffen, hatte sie den Weg zur Klippe gewählt, um ihn wenigstens mit seinem Schiff noch auslaufen zu sehen.

De Gamelin sagte nichts, doch er streckte die Hand aus und streichelte sanft ihre Haare. „Dass du hier bist, bedeutet, dass du meinen Brief erhalten hast. Aber du bist anscheinend nicht gekommen, weil du mich noch einmal sehen wolltest", sagte Eduard nachdenklich.

Letizia sah zu ihm auf. Ein heißer Schauer lief ihr über den Rücken, als sich seine Finger in ihren Locken verfingen. „Du liegst falsch", sagte sie und blickte direkt in seine Augen, in denen sie hätte versinken können. Sie drangen mit ihrem hellen Licht tief in ihre Seele ein. Sie konnte ihren Blick nicht von ihm abwenden und dennoch lag darin auch eine stumme Frage, die sie nur zu deutlich lesen konnte.

Letizia legte ihre Hand auf seine Hand, als sie sagte: „Du wirst mir das Herz brechen, genau wie Napoleon es getan hat."

Noch immer antwortete Eduard nicht, doch er zog sie abrupt an seine breite Brust. Und plötzlich schlug sein Herz im gleichen Takt wie Letizias Herz. Er begann, ihre Wangen mit Küssen zu bedecken, und flüsterte: „Ich werde niemals dein Herz brechen. Weil ich dich abgöttisch liebe." Eduards Herz schmerzte vor lauter Zärtlichkeit für diese schöne kleine Fee, und er drückte, ohne weiter nachzudenken, seine warmen Lippen auf ihre. Letizia erwiderte diesen Kuss voller Leidenschaft. Und sie spürte, wie ernst er es meinte. Seine Arme hielten sie so fest, als hätte er Angst, dass dies alles nur ein Traum wäre. Sie aber hatte das Gefühl, ihr würde gleich die Luft wegbleiben, und sie glaubte, zu träumen. Aber nein, als sie ihre Augen, die sie während des Kusses geschlossen hatte, wieder öffnete, stand er noch immer neben ihr. Sie hätte hier ewig so mit ihm stehen können ...

Plötzlich donnerte ein Kanonenschlag unten im Hafen. Das Schiff, das nach Frankreich segeln sollte, gab das Signal für eine vorzeitige Abfahrt. Eduard seufzte und presste seine Lippen ein letztes Mal auf Letizias Stirn. „Wann werden wir uns wiedersehen?", fragte er.

„Das weiß nur unser Schicksal", antwortete Letizia und sah auf das spiegelglatte Meer hinunter.

Eduard streichelte ihre Haare. „Ich hoffe, es geht schneller, als wir denken."

Ein leichtes Lächeln umspielte Letizias Lippen. Sie legte ihre Hand auf Eduards Wange und berührte sie sanft. Sie wollte sich immer an seine schönen, edlen Züge erinnern und seine Wärme spüren.

Eduard nahm die Hand des Mädchens und hob sie an seine Lippen. Nachdem er einen langen Kuss auf sie gegeben hatte, ließ er sie los und ging, ohne den Blick von dem Mädchen abzuwenden, zum Hafen.

Letizia aber wollte von ganzem Herzen glauben, dass die Trennung nur von kurzer Dauer sei und er einen Weg finden würde, wie sie bald wieder zusammen sein konnten.

Kapitel 6

Im selben Herbst trat Letizia de Mormon in ein katholisches Pensionat für junge Mädchen ein, in der ihr Tanz, Etikette, Lyrik, Geschichte und vieles mehr beigebracht werden sollte. Drei Jahre lang sollte die Ausbildung dauern und aus dem ungestümen Kind eine erwachsene Frau machen. Sie lernte fleißig, lief aber oft vom Pensionat davon, sobald sie einen Brief aus dem fernen Brienne-le-Château erhielt. Sie flüchtete dann in den Schatten einer Zypresse, die stand im Hof des Pensionats, und las mit angehaltenem Atem die nächste Nachricht ihres Geliebten. Eduard schrieb ihre oft wundervolle Liebesbriefe, in denen er viele Worte über seine Sehnsucht und das tiefe Gefühl für Letizia fand. Jedem Brief fieberte sie entgegen. Hatte die den einen gelesen, hoffte sie bereits auf den folgenden.

So gingen viele Monate lang Briefe zwischen den Liebenden hin und her. Doch dann, nach etwa zwei Jahren, blieben Eduards Briefe plötzlich aus. Letizia konnte sich nicht erklären, warum dies so war, und fand es besonders bedrückend, dass ihr niemand sagen konnte, warum Eduard das Schreiben eingestellt hatte. Liebte er sie nicht mehr? Oder war ihm gar etwas zugestoßen? Ihre Mutter konnte die junge Frau nicht fragen, denn der hatte sie von ihrer Verbindung zu Eduard noch nichts erzählt. Die Einzige, die etwas von dieser Verbindung wusste, war ihre Cousine Margarita. Doch was sollte diese schon von Eduard gehört haben?

Viele Wochen und Monate schwebte Letizia im Ungewissen. Langsam näherte sich der Tag des Abschlusses im Mädchenpensionat, ihre drei Jahre waren rum. An einem kalten Herbsttag kam ein Jean, ein Bediensteter der Familie de Mormon, zu ihr, um sie abzuholen. Er wartete aufgeregt darauf, das Mädchen im Salon des Hauses in Empfang zu nehmen. Als Letizia den Raum betrat, war er vor Bewunderung fassungslos. Er hatte sie drei Jahre lang nicht gesehen und während dieser Zeit war aus dem Kind eine unbeschreiblich schöne Frau geworden.

Letizia bemerkte mit Vergnügen die Reaktion des jungen Dieners und setzte sich stolz ihm gegenüber auf das Sofa. „Schön, dich zu sehen, Jean! Was bringt dich zu mir?“ Ihre Frage war zwar nur rhetorisch gemeint, aber sie wollte den Jüngling ein wenig aus der Reserve locken.

Prompt wurde Jean rot, senkte die Augen und fing an, an seinem alten Hut herumzuspielen. Das Mädchen wartete geduldig darauf, bis er sich gefasst hatte und sagte: „Madame de Mormon hat befohlen, Sie nach Hause zu bringen. Ihr Studium ist nun vorbei. Ich soll Sie holen.“

Letizia sprang in einem Anfall von Freude auf und rannte sogleich zur Oberin. Sie konnte es kaum abwarten, nach Hause zu kommen und etwas über Eduard zu erfahren.

Die Oberin begrüßte ihre Schülerin freundlich. „Nun, meine Tochter“, sagte sie, „dein Aufenthalt hier ist nun vorbei. Ich hoffe, dass unsere Erziehung und unser Unterricht dir in Zukunft nützlich sein werden. Du hast dich als sehr fähige Schülerin erwiesen. Ich segne dich, Mädchen, möge dein Weg hell und gottesfürchtig sein.“

„Amen“, antwortete Letizia demütig, doch in ihr raste das Glück. Endlich würde sie nach Hause gehen und ihrer Mutter von Eduard und seinen Briefen erzählen können. Die konnte ihr sicherlich helfen und eine Auskunft über den geliebten Mann die Familie de Gamelin erhalten.

***

Als Letizia schließlich nach einigen Stunden anstrengender Fahrt im Hause ihrer geliebten Mutter ankam, wartete auf dem Tisch ein festliches Abendmahl. Die Mutter küsste Letizia auf beide Wangen, in ihren Augen sah man Stolz und Freude zugleich. Ihre Tochter war hübscher als alle anderen Mädchen auf Korsika, das wusste sie. Und mehr als einmal hatte Frau Oberin geschrieben und auf den scharfen Verstand und den Einfallsreichtum des Mädchens hingewiesen. Ja, Letizia war mit allem gesegnet, was sich eine junge Frau nur wünschen konnte.

Vor dem Essen machte sich Letizia frisch und zog zur Feier des

Anlasses eines ihrer neuen Pariser Kleider an, das ihr die Mutter ins Pensionat hatte schicken lassen.

Madame de Mormon wartete am Tisch auf ihre Tochter. Sie hat keine Kosten für dieses festliche Abendessen gescheut und alle Lieblingsgerichte ihrer Tochter zubereiten lassen. Die Gespräche am Tisch hörten nicht auf, Letizia erzählte über ihr Studium, über die Nonnen, über lustige Situationen, die in der Zeit ihres Aufenthalts im Mädchenpensionat passiert waren. Auch Madame de Mormon berichtete von allen Neuigkeiten auf Korsika, die sich im Laufe der drei Jahre zugetragen hatten. Ganz nebenbei berichtete sie auch, dass Margarita verheiratet sei und eine sehr glückliche Ehe mit einem jungen Adeligen führen würde. Und dann, ganz unverhofft für Letizia, sagte sie: „Auch du wirst bald heiraten, liebes Kind."

Letizia hatte mit allem gerechnet, aber nicht mit solch einer Ankündigung. Sie sah ihre Mutter stumm an, sicherlich hatte sie sich nur verhört.

Doch dann wiederholte ihre Mutter diesen schicksalsträchtigen Satz: „Ja, meine Liebe, du wirst heiraten. Und nun möchtest du sicherlich wissen, wer der Glückliche ist, der dich zur Frau bekommt?"

Letizia nickte und hoffte zutiefst, dass jetzt gleich der Name Eduard de Gamelin fallen würde. Vielleicht hatte er ja heimlich bei ihrer Mutter und ihre, um Letizias Hand angehalten.

Mariam lächelte ihrer Tochter zu. „Er ist einfach verrückt nach dir und er liebt dich von ganzem Herzen. Ich habe bereits alle Details mit seinem Vater besprochen und wir sind beide der Meinung, dass ihr wundervoll zusammenpasst ..."

„Jetzt muss sie einfach Eduards Namen nennen", schoss es Letizia durch den Kopf, die vor lauter Nervosität und Angespanntheit nicht mehr still sitzen konnte.

„... du heiratest Armand, deinen Cousin."

In diesem Moment brach für Letizia eine Welt zusammen. „Was?", schrie sie vor lauter Empörung und vergaß dabei alles, was ihr die Mutter Oberin und die Schwestern im Pensionat beigebracht hatten. Sie sprang auf und ging auf ihre Mutter zu. Wie konnte ihre Mutter nur ihre einzige Tochter mit ihrem Cousin verheiraten?

„Ich werde ihn nicht heiraten, Mutter!", sagte sie entschieden.

Madame de Mormon wirkte zunächst ein wenig verwirrt. Sie verstand nicht, was ihre Tochter so wütend gemacht haben könnte. Armand war jung, gut aussehend, seine Familie war reich und genoss einen gewissen Einfluss am Hof in Versailles. Das betonte sie ihrer Tochter gegenüber noch einmal und fragte schließlich: „Was willst du mehr? Einen alten, dicken Mann, der dich nur als hübsches Spielzeug haben möchte?" So deutlich hatte Mariam noch nie gesprochen. Streng fügte sie hinzu: „Letizia, setz dich, beruhige dich und erkläre den Grund für deine Ablehnung."

Das Mädchen setzte sich gehorsam auf seinen Stuhl zurück, aber seine Augen funkelten weiterhin aufgebracht. „Ich liebe einen anderen", platzte Letizia heraus.

„Oh, wenn du über Napoleon sprichst ..." Mariam wollte abwinken, doch Letizia kam ihr zuvor: „Nein, es ist nicht Napoleon. Ich spreche von Eduard de Gamelin."

Madame de Mormons Augenbrauen hoben sich ungläubig. „Eduard de Gamelin? Ist das dieser Freund Napoleons, mit dem er vor drei Jahren hier nach Korsika gekommen ist?"

„Genau der." Letizia atmete auf. Jetzt war es endlich raus.

„Aber mein liebes Mädchen, der Mann ist ... bereits verheiratet!" Madame de Mormon blickte ihre Tochter überrascht an.

In diesem Moment brach der Himmel über Letizia zusammen. Das Herz setzte zwei Schläge lang aus und sie hatte das Gefühl, es würde gleich für immer stehen bleiben. Das konnte nicht wahr sein. Nicht nach dem, was er ihr alles geschrieben hatte. Ihre Mutter musste sich täuschen. „Wovon redest du, Mutter?", fragte die junge Frau mit zitternder Stimme und fühlte den Kloß in ihrem Hals.

„Doch", bestätige die Mutter sogleich. „Ich habe es persönlich von Bonapartes erfahren. Napoleon selbst hat es der Familie erzählt. Seine Trauung muss vor acht, neun Monaten gewesen sein."

Mit einem Mal wurde Letizia alles klar. Deshalb hatte er aufgehört, ihr zu schreiben. Er hatte geheiratet! „Gott, wie dumm ich doch war", ging es ihr durch den Kopf. All seine Liebesbekundungen, all seine Liebesschwüre – alles nur Lüge. Und sie hatte sich nachts, wenn es die Schwestern nicht sahen, nach ihm verzehrt und sich die Augen ausgeweint. Wie dumm sie doch gewesen war. Er hatte ebenso auf ihren Gefühlen herumgetrampelt wie einst Napoleon. Nein, noch schlimmer!

„Mutter, es tut mir leid, aber ich habe meinen Appetit verloren. Reden wir ein anderes Mal über alles", bat Letizia mit farbloser Stimme und stand vom Tisch auf.

Mit schwerem Herzen sah Miriam ihrer Tochter nach und befahl den Dienern, den Tisch abzuräumen. Sie selbst hatte ebenfalls keinen Appetit angesichts des Leidens ihrer Tochter.

***

Letizia stürmte in ihr Zimmer, ließ sich auf das Bett fallen und bedeckte ihr Gesicht mit den Händen. Tränen brannten in ihren Augen, aber sie wollte ihnen nicht nachgeben. Sie war so sehr gedemütigt worden, dass sie über diesen Mann nicht auch noch weinen wollte. Anscheinend hatte es ihn nur eitel gemacht, dass sich ein junges Mädchen in ihn verliebt hatte. Und weil sie sich ihm nicht gleich hingegeben hatte, hatte er alles versucht, ihre Liebe für sich zu gewinnen. Als er dann sein das Ziel erreicht hatte, warf er sie aus seinem Leben, tauschte sie einfach gegen eine andere Frau aus, die er gleich zum Altar führte. Was für ein Heuchler! Letizia holte tief Luft und wischte sich die Tränen ab. Dies würde für sie eine Lektion fürs Leben sein. Niemals würde sie sich selbst wieder erlauben, sich in jemanden zu verlieben.

In dieser Nacht konnte Letizia nicht schlafen. Alle ihre Gedanken waren mit Eduard und seiner beschämenden Tat beschäftigt und ließen sie nicht zur Ruhe kommen. Erst kurz bevor der Morgen dämmerte, zog die junge Frau ihr Abendkleid aus und bestellte sich das Frühstück ans Bett. Als das Dienstmädchen dieses brachte, trug sie ihr auf, Madame de Mormon auszurichten, dass ihre Tochter sie sprechen wolle.

Beide trafen sich wenig später im Schreibzimmer, in das die Mutter die Tochter beordert hatte. Letizia machte einen Knicks und bat die Diener, sie alleine zu lassen. Als sich die Tür hinter diesen geschlossen hatte, hob das Mädchen seinen Blick zu seiner Mutter und sagte mit fester Stimme: „Ich bin damit einverstanden, Armand zu heiraten."

***

Eine Woche später traf Jonathan Joyce im Hause de Mormon ein. Er hatte sich als Freund der Familie bereit erklärt, Letizia auf dem Weg nach Paris zu begleiten, wo die Hochzeit stattfinden sollte. Madame de Mormon konnte aufgrund eines akuten Leidens ihre Tochter nicht begleiten, was ihr in der Seele wehtat.

Der alte Seebär freute sich sehr, die beiden Frauen zu treffen, die ihm sehr ans Herz gewachsen waren. Und jetzt, da Letizia zu einer jungen Frau herangewachsen war, konnte er nicht aufhören, seine Ziehtochter mit unbeschreiblicher Freude und großem Stolz anzusehen. Jonathan Joyce war schon seit vielen Jahren der beste Freund der Familie de Mormon und hatte nach dem frühen Tod des Vaters Vaterstelle bei Letizia angenommen. Er besuchte die beiden oft auf Korsika und erst später, als Letizia in das Mädchenpensionat eingetreten war, hatte er sich wieder vermehrt seinen eigenen Handelsgeschäften zugewandt und die Besuche auf Korsika waren seltener geworden.

Joyce war ziemlich reich. Er hatte ein herrschaftliches Anwesen in seiner Heimat England sowie eine große Ranch in Amerika. Oft half er Mariam de Mormon mit Geld aus und es war auch ihm zu verdanken, dass Letizia eine anständige Ausbildung erhalten hatte. Madame de Mormon hatte zwar das Anwesen ihres Mannes geerbt, aber auch seine Schulden, denn Philippe de Mormon war ein Spieler gewesen. Wäre Jonathan Joyce nicht gewesen, ein alter Freund ihres Mannes, so hätte sie längst alles verkaufen und sich wohl in eine Ehe mit einem anderen Mann begeben müssen. Denn allein hätte sie ihren Lebensstil gar nicht finanzieren können. Und so war Mariam de Mormon nun auch froh darüber, dass Joyce die Mitgift für Letizia stellte und sie ein Stück des Weges nach Paris begleiten wollte. Darum hatte Mariam ihn gebeten, als sie ihm von der Hochzeit berichtet hatte ... und Joyce hatte ohne Zögern zugesagt.

***

Am Vorabend ihrer Abreise saß Letizia auf einer Bank und bewunderte den Sonnenuntergang am Horizont über dem Meer. Bald würde dieser Ozean sie aus der Heimat tragen, direkt in die Arme ihres Gatten. Die junge Frau konnte immer noch nicht verstehen, wie das passieren konnte. Wahrscheinlich war Armand ebenfalls aufrichtig verwirrt, denn sie konnte sich nicht vorstellen, dass er wirklich um ihre Hand angehalten hatte. Er hatte doch nie über Liebe zu ihr gesprochen, sie waren doch immer nur Cousin und Cousine und gute Freunde gewesen. Mehr nicht. Auf jeden Fall musste sie sich sicherlich keine Sorgen um irgendwelche körperlichen Belästigungen durch Armand machen, wenn ihre Ehe zustande kam, denn er liebt sie wie eine Schwester, als Frau interessiert sie ihn sicherlich nicht.

Letizia machte sich wenig Gedanken um das Zusammenleben mit Armand. Sie würde ihm eine gute Ehefrau sein – nach außen. Und er konnte sich, wenn es nach ihr ginge, gerne die ein oder andere Mätresse halten. Denn die Ehe hatte die Eltern, ihre Mutter und sein Vater, arrangiert. Mehr Gedanken machte sie sich allerdings darum, dass Eduard sie betrogen und eine andere geheiratet hatte. Wer mochte diese Frau sein, die sein Herz erobert hatte?

Letizia entschied sich, einen langen Spaziergang am Meer zu machen, als plötzlich Jonathan Joyce hinter ihr auftauchte. Letizia war mit ihren Gedanken so beschäftigt gewesen, dass sie nicht bemerkte hatte. „Oh, Mr. Joyce, Sie sind es", rief sie überrascht und es war ihr fast peinlich, dass sie sich so erschreckt hatte.

Jonathan schmunzelte und reichte ihr den Arm. „Ich scheine dich erschreckt zu haben. Du warst sicherlich in Gedanken schon bei deiner bevorstehenden Hochzeit. Bist du überhaupt glücklich über dieses Ereignis? Es kam ja doch wohl ein wenig überraschend für dich, oder?", fragte Joyce besorgt.

Letizia beobachtete den Sonnenuntergang einige Minuten lang schweigend. Jonathan drängte sie nicht zu einer Antwort und bewunderte ebenfalls das schöne Bild, das sich ihm bot. Wie schön Korsika doch war! Jedes Mal, wenn er hierherkam, war er überzeugt, dass dies der Himmel auf Erden war. Es gab freundliche Menschen, leckeres Essen, laute Musik, eine atemberaubende Landschaft ...

und diese Frau, die er liebte. Auch wenn er es ihr noch nie gesagt hatte, denn sie war die Frau seines Freundes gewesen. Mariam de Mormon ging ihm einfach nicht aus dem Sinn. Joyce schüttelte den Kopf, um diesen Gedanken schnell zu vertreiben.

In diesem Moment antwortete Letizia: „Nein, ich bin nicht glücklich über diese Verbindung."

Jonathan runzelte die Stirn und fragte überrascht: „Warum hast du dann deine Zustimmung gegeben?"

Letizia seufzte und antwortete: „Ich denke, es wird keine Hochzeit geben. Ich bin sicher, mein Cousin ist zurzeit genauso ratlos wie ich. Unsere Eltern haben die Vermählung arrangiert. Außerdem ist Armand ein schrecklicher Draufgänger. Bereits vor einigen Jahren hatte er enge Beziehungen zu den erwachsenen Frauen des Hofes Ludwigs XVI. Ich glaube nicht, dass er sich jetzt gerne mit einer Ehe belasten möchte. Er hat auch so alles, was ein Mann braucht. Wenn ich in Paris ankomme, werde ich mit ihm sprechen und auch meinen Onkel davon überzeugen, dass diese Idee völlig absurd ist. Ich gab meine Zustimmung, um meine Mutter zu beruhigen. Während Armand und ich diese unliebsame Angelegenheit regeln, werde ich in Frankreich bleiben. Ich hoffe, dass meine liebe Cousine Margarita, Armands Schwester, zustimmt, und mich eine Weile bei sich aufnimmt. Dann werde ich versuchen, in den Dienst der Königin von Frankreich zu treten. Ich komme aus einer guten Familie und habe eine exzellente Ausbildung genossen."

Was sie Joyce nicht berichtete, war die Tatsache, dass sie sich noch immer danach sehnte, Eduard zu treffen, um ihn persönlich zu fragen, warum er sie so hintergangen hatte. Er war ihr einfach eine Antwort schuldig. Und es war nur dieser eine Wunsch, den das Mädchen veranlasste, ihr Zuhause überhaupt zu verlassen.

Am nächsten Morgen begleitete Madame de Mormon ihre geliebte Tochter unter Tränen zum Hafen. Letizia versicherte ihr, dass sie oft über all die interessanten Ereignisse sowie über ihr Familienleben mit Armand schreiben würde. Sie schämte sich ein wenig vor ihrer Mutter, weil sie den wahren Zweck ihres Besuchs in Frankreich verborgen hielt. Aber so war es besser.

Kapitel 7

Am nächsten Tag erreichte das Schiff den Hafen von Marseille. Dort warteten eine Kutsche mit dem Wappen derer de Rambals sowie mehrere für Letizia abgestellte Bedienstete auf sie. Das Mädchen verabschiedete sich traurig von Mr. Joyce, küsste und umarmte ihn herzlich und dankte ihm für alles, was er für sie getan hatte. Jonathan versprach, Letizia nach der Hochzeit oder eben bei Margarita zu besuchen.

Sie brauchten mehrere Tage, um mit der Kutsche nach Paris zu gelangen, die schließlich vor einem eleganten großen Palais hielt. Die ganze Familie de Rambal wartete auf der Veranda auf sie. Charles de Rambal schien, obwohl in diesen drei Jahren natürlich etwas älter geworden, ernsthaft erkrankt zu sein. Sein Gesicht hat einen gelben Farbton angenommen und er selbst viel Gewicht verloren. Warum hatte ihre Mutter ihr nichts von der Krankheit des Onkels erzählt?

Dann sah sie Armand, der mit den Jahren tatsächlich noch attraktiver geworden war. Er hatte sein jungenhaftes Aussehen verloren und war zu einem echten Mann gereift. Jede Frau würde sich sicherlich sofort in diesen gut aussehenden Mann verlieben, nur nicht Letizia, denn ihr Herz gehörte noch immer einem anderen. Auch Margarita war gekommen und stand an der Seite eines Mannes, der Letizia unbekannt war, höchstwahrscheinlich aber war es ihr Ehegatte.

Charles de Rambal ging mit offenen Armen auf Letizia zu, um die junge Frau herzlich zu begrüßen. Er küsste sie auf beide Wangen und bemerkte schmeichelnd, dass Letizia alle Mädchen in Frankreich an Schönheit übertreffen würde. Dann stellte Margarita ihren Ehemann Graf Bertrand de Ducre vor. Er war ein sehr angenehmer Mann mit intelligenten Augen und galanten Manieren, der, wie es schien, seiner Frau in Liebe ergeben war.

Schließlich war Armand an der Reihe. Er kam auf Letizia zu und seine braunen, fast schwarzen Augen verfingen sich lächelnd in den schönen Gesichtszügen des Mädchens. Letizia konnte keine tiefer gehende Regung im Gesicht ihres Cousins erkennen und dankte Gott dafür, dass sie sich in Bezug auf Armands Reaktion wohl nicht zu irren schien. Sie beugte sich leicht zu ihm und flüsterte: „Wir müssen privat reden."

Armand de Rambal nickte und brachte Letizia unter dem Vorwand, dass er dem Mädchen das Haus zeigen wolle, in einen kleinen Raum im ersten Stock. Es war ein helles Wohnzimmer, geschmackvoll mit dem neuesten Pariser Interieur eingerichtet. Das Haus war überhaupt charmant, gemütlich und wunderschön.

Letizia und Armand setzten sich auf das weiche Sofa und das Mädchen drückte fest die Hand ihres Cousins. „Was ist los, Armand? Wie kam dein Vater auf die Idee, uns zu verheiraten?"

Der junge Marquis zog die Brauen zusammen und fragte überrascht: „Hat Madame de Mormon dir den Grund nicht genannt?"

Letizia rang mit sich. „Sie hat gesagt, dass du sehr verliebt bist, buchstäblich verrückt nach mir, aber ..."

„Kein Aber. Das ist genau der Grund", unterbrach Armand die junge Frau.

Letizia war fassungslos. Sie sah ihren Cousin an, konnte aber nicht sprechen. Was bedeutet das alles? Liebte er sie wirklich? Hatte sie sich so in ihm getäuscht?

„Hast du denn nicht bemerkt, dass ich schon damals auf Korsika diese Gefühle für dich hatte?", fragte Armand.

Letizia sagte nichts. Nein, sie hat nichts bemerkt. Und sie konnte sich das alles in ihren Gedanken noch nicht einmal vorstellen. Sie ging jede ihrer Begegnungen der letzten Jahre durch ... und plötzlich blitzte in ihrem Kopf die Erinnerung an den Tag auf, an dem sie mit Margarita und Armand am Fluss gewesen war. Halb nackt planschend im Wasser. Letizia schloss die Augen und lehnte sich seufzend gegen die Rückenlehne des Sofas. Nur da konnte es passiert sein, dass sich ihr Cousin in sie verliebt hatte. Wie dumm sie doch damals gewesen war.

„Ich liebe dich, Letizia. Als mein Vater und ich nach unserem letzten Besuch nach Frankreich zurückkehrten, war ich nicht mehr ich selbst. Mein Vater sah mir an, was mit mir geschehen war. Er sagte, er würde mit seiner Schwester, deiner Mutter, darüber sprechen, uns zu verbinden, wenn du das Pensionat verlassen hättest. Ich war mir sicher, dass du mich ablehnen würdest, denn soweit ich mich erinnere, warst du in Napoleon Bonaparte verliebt. Aber als mein Vater mir sagte, dass du unserer Vermählung zustimmst, war ich der glücklichste Mann auf Erden. Du bist doch auch glücklich, oder?“, fragte Armand.

Letizia wusste nicht, was sie antworteten sollte. Mit dieser Erklärung hatte sie nicht gerechnet. Aber als sie jetzt in die Augen ihres Cousins sah, erkannte sie deutlich seine leidenschaftliche Liebe und Anbetung. Ein herzloses Nein konnte sie ihm nun nicht mehr entgegnen. So stand sie vom Sofa auf und ging zum Fenster. Im Hof wurden Tische gedeckt, die Bediensteten liefen mit Getränken, Essen und Blumensträußen hin und her. Letizia erkannte in diesem Moment ganz deutlich, dass sie durch ihre übereilte Zustimmung dazu verdammt hatte, den Ungeliebten zu heiraten. Dabei war sie sich so sicher gewesen, dass Armand ebenfalls gegen dieses Bündnis war – nun aber lief alles in die falsche Richtung. Letizia wandte sich wieder Armand zu und sagte: „Ich muss mich frisch machen und möchte mich gerne noch umziehen, bevor wir uns im Garten mit der Familie treffen.“

Armand näherte sich ihr und streichelte sanft die Haare der Frau, die es so sehr liebte. „Ich verspreche dir, dass ich dich auf jeden Fall glücklich machen werde. Du bist das Kostbarste, das ich habe.“

Letizia lächelte leicht, um ihn zu beruhigen, aber in ihrer Seele war es schwärzer als eine Nacht es sein konnte.

Armand verließ den Salon, statt seiner trat nun Margarita ein. Als ihr Bruder die Tür geschlossen hatte, umarmte sie die Cousine und sagte glücklich: „Meine Liebe, wenn du nur wüsstest, wie froh ich bin, dich zu sehen. Ich habe dich schrecklich vermisst.“ Schon wollte sie wieder gehen.

Letizia jedoch hielt sie zurück „Margarita, warte. Bitte sage mir, wie konnte ich damals auf Korsika nicht sehen, dass Armand in mich verliebt war?“, fragte sie bitter.

Margarita seufzte kaum hörbar und winkte mit der Hand zum Sofa. „Lasst uns hinsetzen. “

Die jungen Frauen setzten sich nebeneinander und Letizia blickte forschend in das Gesicht ihrer Cousine.

„Ich habe es gleich bemerkt, als wir dich in Ajaccio besuchten. Armand hat sich nach unserem Bad im Fluss so seltsam verhalten. Du weißt, was ich meine ... Und als wir in diesem grässlichen Gewitter Napoleon trafen und Armand dich nicht mit ihm allein lassen wollte, da verstand ich alles. Ich stürzte mich auf ihn, als wir nach Hause kamen, zitternd vor Angst und Kälte. Ich fragte ihn, was zum Teufel mit ihm los sei. Er sagte nichts, doch dann fragte ich ihn geradeheraus, ob er in dich verliebt sei. Er gestand, bat mich aber, dir nichts zu sagen. Ich habe wirklich lange darüber nachgedacht, ob ich es dir sagen soll oder nicht. Aber dann tauchte dieser Eduard de Gamelin mit seinem Brief auf und ich beschloss, dir nur von den Gefühlen meines Bruders zu erzählen, wenn dir Eduards Botschaft gleichgültig wäre. Du solltest selbst entscheiden. Dann bist du zu Eduard gegangen und ich habe beschlossen, mein Versprechen an Armand, dir nichts von seiner Liebe zu sagen, zu halten. Als wir in Frankreich ankamen, begann er, buchstäblich vor lauter Liebe nach dir zu schmachten. Mein Vater spürte, dass etwas nicht stimmte, dachte aber, dass er vielleicht krank geworden sein könnte. Mein Bruder wollte unserem Vater zuerst nichts sagen, sodass ich schließlich beschloss, ihm alles zu beichten, um meinen Vater zu beruhigen. Er sprach dann mit Armand und schrieb an deine Mutter, um in Armands Namen um deine Hand anzuhalten. Beide kamen sie zu dem Schluss, dass ihr heiraten solltet. Armand reiste wenig später noch einmal zu deiner Mutter, erklärte sich und sprach von der großen Liebe, die er für dich empfinden würde. Von dem Tag an war es beschlossene Sache. Doch zuerst glaubte Armand nicht, dass du ebenfalls einwilligen würdest. Als du es tatest, war er überglücklich." Margarita sah Letizia lange an. „Und was ist mit Eduard?", fragte sie schließlich.

Letizia senkte die Augen: „Er hat vor ein paar Monaten geheiratet."

Margarita verdrehte die Augen und bedeckte ihren Mund mit der Hand. „Woher weißt du es?"

„Von Mutter. Die Bonapartes haben es ihr erzählt."

Margarita legte mitfühlend ihre Hand auf Letizias Schulter. „Gräme dich nicht weiter", sagte sie. „Mein Bruder liebt dich wirklich. Vielleicht kann er dich glücklich machen."

***

Die nächsten Tage waren damit erfüllt, alles für die Hochzeit vorzubereiten. Als dann der Morgen gekommen war, an dem Armand und Letizia vor den Traualtar treten sollten, lag der Braut ein schwerer Stein auf der Seele. Sie ging in ihr Ankleidezimmer und fand es dort, das schneeweiße Kleid, luftig wie eine Wolke, das ihr Schicksal besiegeln sollte. Es funkelte im Sonnenlicht des anbrechenden Tages, seine Diamanten und Perlen blendete die Augen aller Anwesenden. Sogleich begannen die Dienstmädchen, Letizia herzurichten für ihren großen Tag. Sie frisierten ihr widerspenstiges Haar und kämmten duftende Öle hinein. Vorsichtig zogen die Mädchen Letizia das Brautkleid an und befestigten den Schleier mit einem mit Diamanten besetzten Diadem im Haar.

Margarita besah die Braut mit Bewunderung, als sie für den großen Tag gerichtet war, und glaubte nun noch fester daran, dass ihr Bruder die Cousine glücklich machen würde.

Die Trauungszeremonie wurde in der Kirche Saint-Roch von Pater Gaben gehalten, dem geistlichen Führer der Familie de Rambal. Anschließend wurde im Garten der Villa gefeiert. Viele Gäste hatten sich versammelten: wichtige Damen der Gesellschaft und gestandene Herren, die der neuen Gräfin de Rambal zu ihrer Hochzeit gratulierten und immer wieder ihre göttliche Schönheit rühmten.

Alle waren glücklich – bis auf Letizia und Armand. Das Mädchen lächelte den ganzen Tag nicht und ihr Mann war sehr besorgt. Was war, wenn sie ihn gar nicht hatte heiraten wollen? Seine Augen wirkten leer und sein Gesicht steinig. Armands Herz blutete bei dem bloßen Gedanken daran, dass Letizia ihn nur geheiratet hatte, um ihre Pflicht zu erfüllen, und sie ihn niemals lieben würde.

Gegen Einbruch der Dunkelheit wurde Letizia immer nervöser. Es war, als ob eine schreckliche Erkältung ihr Inneres traf, denn sie begann wie unter Fieber zu zittern. Sie wollte nicht mit Armand das

Bett teilen. Für sie war das, was nun zwangsläufig auf sie zukommen würde, ein wahrer Albtraum. Sie wollte sich niemandem hingeben, den sie nicht liebte. Als dann noch einige Gäste riefen, es sei Zeit für das Brautpaar, seine eheliche Pflicht zu erfüllen, wusste sie, dass es nun kein Entrinnen mehr gab.

Charles de Rambal stand mit einem Lächeln vom Tisch auf und ging zu Braut und Bräutigam. Der Schwiegervater legte seine Hand auf Letizias halb nackte Schulter und spürte, dass das Mädchen gnadenlos zitterte. Er schaute in das Gesicht seiner Schwiegertochter, führte ihr Zittern aber nur darauf zurück, dass sein Sohn sie in dieser Nacht noch zur Frau machen würde. Also segnete er beide, wünschte ihnen eine glückliche Ehe und sprach auch den Wunsch aus, bald Großvater werden zu wollen. Dann begleitete er beide zur Veranda des Hauses.

„Ab heute gehört dieses Haus euch", sagte er. „Ich ziehe mich auf mein Château in Fontainebleau zurück, wo ich endlich ruhig ins Alter kommen kann. Lebet in Frieden und Harmonie und vergesst nicht, zumindest gelegentlich einen alten Mann zu besuchen."

Letizia berührte leicht die Wange ihres Onkels mit ihren Lippen und wünschte ihm eine gute Nacht.

Dann nahm Armand nahm seine junge Frau am Arm und führte sie ins Schlafzimmer. Bevor er jedoch das Schlafzimmer betrat, hielt er Letizia fest und sah ihr in die Augen. „Wenn du nicht willst, dass ich dir beiwohne, werde ich in ein anderes Zimmer gehen und dich nicht belästigen. Ich werde darauf warten, dass du mich liebst und mich begehrst. Ich werde alles tun, um dich glücklich zu machen."

Letizia sah die Begierde und Leidenschaft in den Augen ihres Mannes und wusste, dass dieser Moment, den er so herbeisehnte, niemals kommen würde. Ihr Herz würde für immer Eduard de Gamelin gehören, egal, was dieser auch getan hatte. Aber warum sollte sie nun zögern und Armand warten lassen. Sie wollte all das so schnell wie möglich hinter sich bringen

„Ich habe keine Zweifel, Armand, und ich möchte diese Nacht mit dir verbringen", sagte Letizia und öffnete die Schlafzimmertür.

Das Dienstmädchen warteten im Zimmer, um die junge Marquise de Rambal auf ihre Hochzeitsnacht vorzubereiten, aber Letizia lehnte ihre Hilfe ab. Als das Mädchen sich verabschiedet hatte, trat Armand hinter seine Frau und umarmte sie. Mit seinen zärtlichen Lippen berührte er leicht Letizias Haar und atmete ihren wunderbaren Duft ein. Seine Finger zogen flink alle Haarnadeln aus ihrer Frisur und die Haare wallten über ihre nackten Schultern. Armands Lippen küssten eifrig ihren Nacken. Das Kleid lag bald auf dem Boden. Der Marquis hob seine Frau auf seine Arme und ließ sie sanft auf das Bett sinken. Letizia schloss fest die Augen und dachte an Armands vielseitigen Erfahrungen im Umgang mit Frauen. Sie lächelte leicht. Es war sicherlich besser, einen erfahrenen Liebhaber im Bett zu haben als einen unfähigen Idioten, der von Frauen nichts verstand.

Es tat nicht weh, als Armand nach einem für ihn lustvollen Vorspiel in sie eindrang, denn er versuchte, alles auf die bestmögliche Weise zu tun. Aber sie hatte keine Freude daran und verspürt nichts von der Lust, von der unter den Schülerinnen heimlich im Pensionat gesprochen worden war.

Der Marquis lehnte sich in angenehmer Glückseligkeit in seine Kissen zurück, nachdem er seine Befriedigung erfahren hatte. Er zog seine Frau an sich und umarmte sie zärtlich. „Ich liebe dich", sagte Armand leise und küsste Letizia auf die Stirn.

Diese lächelte, tat aber sogleich so, als wäre sie furchtbar müde, um nicht antworten zu müssen. Armand seufzte kaum hörbar und schlief ebenfalls ein, ohne seine Frau aus seiner liebevollen Umarmung zu entlassen.

Kapitel 8

Die Wochen gingen ins Land und Letizia lebte sich im Hause ihres Gatten in Paris gut ein. Noch hatte sie wenig Kontakt zu den Frauen der Gesellschaft, denn Armand hatte ihr mitgeteilt, dass das Land in eine schwierige Situation gefallen sei und das Leben am Hof fast gänzlich eingeschlafen war. Letizia selbst hatte bereits bemerkt, dass die Lage in Frankreich keineswegs friedlich war. Sie hatte das Gesinde über die Zustände reden hören und wusste, dass die Bevölkerung, die so sehr unter den wirtschaftlichen Schwierigkeiten des Landes litt, während die oberen Zehntausend in Saus und Braus lebten, immer unzufriedener wurde. Die Zahl der unzufriedenen Menschen wuchs von Tag zu Tag. Armand war sich jedoch sicher, dass bald alles vorüber sein und König Ludwig XVI. einen Ausweg aus dieser Situation finden würde.

Oft kam Margarita zu Besuch, um ihrer neuen Schwägerin das Einleben in ihrem neuen Heim und in der fremden Stadt ein wenig zu erleichtern. Außerdem wusste sie, dass der Marquis de Rambal ihren wunderbaren Schokoladenkuchen über alles schätze. Doch Armand war oft nicht im Haus, wenn sie kam, und so zogen sich die jungen Ehefrauen in den blauen Salon zurück, um ungestört zu sein. Margarita fragte, wie es ihrer Cousine ginge, insbesondere in Bezug auf ihren Bruder. Mit einem falschen Lächeln versicherte die Marquise dann jedes Mal, dass alles in Ordnung sei. Armand sei sehr sanft und zärtlich zu ihr.

Doch Letizia brannte auch eine Frage auf der Seele. „Vor wenigen Tagen teilte Armand mir mit, dass mich das königliche Paar jetzt nicht im Schloss empfangen könne und Marie-Antoinette keine neue Gesellschafterin bräuchte“, sagte Letizia traurig und fügte hinzu: „Ich hatte so darauf gehofft, am Hof in Versailles empfangen zu werden.“

„Der König und die Königin sind dem nicht gewachsen, was zurzeit in Frankreich passiert. Das ist wahr.“ Margarita lächelte, doch

Marie-Antoinette

Letizia verstand nicht ganz, was sie zu einem Lächeln veranlasst haben könnte. Auf sie wirkte das Ganze einfach nur bedrohlich.

Margarita bemerkte die Verwirrung im Gesicht ihrer Schwägerin. Sie stellte eine Tasse heißen aromatischen Tee auf eine Untertasse und rückte ein wenig näher an Letizia heran. „Der König und die Königin sind zum Scheitern verurteilt, da bin ich mir sicher“, sagte Margarita leise und beugte sich noch weiter zu Letizia hinüber. „Mein Mann versammelt einmal pro Woche einen kleinen Kreis von mehreren bedeutenden Herren um sich. Sie führen Gespräche und diskutieren hauptsächlich die aktuelle politische und wirtschaftliche Situation im Königreich. Ich bin bei den Treffen nicht anwesend, aber Bertrand erzählt mir vieles und aus seinen Worten höre ich heraus, dass es Ludwig XVI. und Marie-Antoinette bald sehr schwerfallen wird, sich an der Macht zu halten. Es gibt zu viele unzufriedene Menschen in unserem geliebten Frankreich, viele sind sehr wütend auf den König und die Königin. Beide geben rücksichtslos Staatsgelder für alles Mögliche aus, vor allen Dingen aber für ihre eigene Unterhaltung. Die Leute im Land hungern. Aus diesen und vielen anderen Gründen kann man schließen, dass bald etwas passieren wird. Die Menschen werden auf das Schweigen der herrschenden Familie reagieren, denn die äußert sich nicht zu den Missständen“, erklärte Margarita flüsternd.

„Warum sprichst du so leise?“, fragte Letizia verwirrt.

„Armand geht mit den Reden von Bertrand und seinen Freunden nicht d’accord. Er ist ein Monarchist durch und durch und unterstützt das königliche Paar voll und ganz. Auch unser Vater ist auf der Seite der Majestäten ..."

„Das verstehe ich trotzdem alles nicht", sagte Letizia. „Schließlich bist du wie die ganze Aristokratie Frankreichs vom König abhängig. Ich verstehe Armand und euren Vater vollkommen ..."

„Es tut mir leid, das zu hören. Und es tut mir leid, mein Land in einem solchen Niedergang zu sehen. Ich glaube allerdings auch, dass man Ludwig XVI. durch einen würdigeren Herrscher ersetzt sollte", sagte Margarita und ihr Blut wallte auf.

Letizia winkte ab: „Ich werde nicht mit dir über Politik streiten, aber ich werde dich auch nicht unterstützen. All diese politischen Fehden sind überhaupt nichts für mich. Korsika hatte noch nie solche Probleme, daher weiß ich nicht, was für unser Land am besten wäre und was nicht. Ich habe einen Ehemann und den werde ich immer bei allem unterstützen, was er tut. Nichts für ungut."

In diesem Moment flog die Tür des blauen Salons auf und Armand erschien mit einem breiten Lächeln auf den Lippen. „Wie ich höre, sprecht ihr von mir", sagte er zur Begrüßung und gab seiner Frau einen Kuss aufs Haar.

Letizia schaute nachdenklich zu ihm auf. Was, wenn Margarita recht hatte und es bald einen Staatsstreich im Land gäbe? Schwester und Bruder befanden sich auf gegenüberliegenden Seiten. Was würde ein solcher Staatsstreich für ihre Familie bedeuten?

Dann lächelte sie Armand an und sagte: „Wir reden nur Gutes über dich."

***

Madame Marchand faltete die Bündel duftender Kräuter ordentlich in ihre Tasche, während Letizia nach ihrer Geldbörse mit Goldmünzen griff. Bereits seit einem halben Jahr besuchte die Heilerin die junge Ehefrau und brachte jedes Mal ihre Johanniskraut mit, das dafür bekannt war, unerwünschte Schwangerschaften zu verhindern.

Die Alte verstand diese korsische Schönheit nicht, die kein Kind von einem so gut aussehenden Ehemann wie ihrem Armand haben wollte. Sie wusste nur zu gut, dass manch andere Hofdame nur zu gerne ihr Bett mit ihm geteilt hätte. Immerhin hatte sie schon einigen dieser Damen in ähnlichen Situationen geholfen. Doch Armand sah seit seiner Hochzeit keine andere Frau mehr an.

Letizia hatte längst bemerkt, mit welch abweisenden Blick diese Kräuterfrau sie ansah. Und jedes Mal, wenn sie diesen Blick bemerkte, führte die Marquise die Heilerin aus der Tür und schob ihr schnell einen Geldbeutel in die Hand. Sie mochte diese Alte zwar nicht sonderlich, wusste aber auch, dass sie ohne die Hilfe der Engelmacherin nicht auskommen konnte. Letizia wurde wild bei dem Gedanken, von Armand schwanger zu sein. Sie wollte kein Kind von ihm unter ihrem Herzen tragen. Sie liebte ihn als seine Cousine, mit dem sie ihre Kindheit verbracht hatte, aber nicht als Mann.

Armand selbst war jedoch eindeutig anderer Meinung. Leidenschaftlich gerne wollte er mit seiner geliebten Frau eine starke Familie gründen. Das Haus seiner Familie sollte voller Kinderlachen sein. Inzwischen waren sechs Monate seit der Hochzeit vergangen und nichts hatte sich geändert. Letizia war freundlich und entgegenkommend zu ihm, aber er konnte den Funken der Liebe in ihren Augen nicht entzünden. Und sie schaffte es nicht, ihm das lang erwartete Kind zu geben. Er wohnte ihr oft bei, denn er begehrte sie körperlich mehr, als er jemals eine andere Frau begehrt hatte, doch sie wurde einfach nicht schwanger. Das war das eine Problem, das ihn belastete.

Das andere war die stetig wachsende Unzufriedenheit der Menschen. Das Feuer der Revolte verlöschte nicht. Im Gegenteil, es flammte mit noch größerer Kraft auf. Riesige Mengen an Geldern aus der königlichen Schatzkammer wurde bereitgestellt, um den Amerikanern im Unabhängigkeitskrieg zu helfen. Frankreich verlegte immer mehr Truppen in die Neue Welt. In Lyon aber gingen die Seidenweberei aufgrund des Mangels an Seidenkokons zurück, was zu einem Anstieg der Arbeitslosenzahlen und der weiteren Verelendung der Bevölkerung führte. Auch in vielen Provinzen hatte in diesem Jahr schwerer Hagel alle Getreidekulturen zerstört und die Lebensmittelpreise stiegen ins Unermessliche.

Armand schien, wie viele andere Adlige, die Probleme, die Frankreich und das einfache Volk beschäftigten, nicht wirklich zu interessieren. Natürlich hatte er von ihnen gehört und sich Gedanken dazu gemacht, aber er war sich auch sicher, dass es nicht seine Aufgabe war, eine Lösung für diese Probleme zu finden. Er sah den König und die Königin weiterhin als Souverän des Staates an und zweifelte nicht an deren Kompetenzen. Margarita und ihren Mann, von deren Machenschaften er natürlich gehört hatte, betitelte er als Verräter des Adels. Letizia blieb auf der neutralen Seite, sie wollte weder die Beziehung zu ihrer Cousine noch zu ihrem Ehemann und Schwiegervater verderben.

***

Charles de Rambal sah immer kränker aus. Die Ärzte stellten ihm die Diagnose eines akuten Magengeschwürs. Der alte Mann hielt jedoch mit aller Kraft am Leben fest und die Familie hatte immer noch die Hoffnung, dass er sich erholen würde. Ihm wurden eine strenge Diät und Erholung im Freien verschrieben, daher kamen die Familien von Margarita und Armand meistens nach Fontainebleau, um den alten Marquis de Rambal auf seinem luxuriösen Landgut zu besuchen.

Letizia ging gern im Park um das alte Herrenhaus spazieren, atmete die saubere Waldluft ein und spürte im Winter den knarrenden Schnee unter ihren Füßen. Es gab starke Fröste. Die junge Frau war an ein solches Klima nicht gewöhnt, denn auf Korsika waren die Winter mild und warm. Zitternd schob sie bei einem ihrer Ausflüge ihre gefrorenen Hände in den flauschigen Muff und sah aus dem Augenwinkel auf das gerötete Gesicht ihrer Cousine, die sie dieses Mal begleitet hatte. „Und warum lädst du nicht Armand zu diesem Empfang ein, sondern nur mich?“, fragte Letizia.

„Ich habe ihn gefragt. Als er jedoch die Namen einiger Gäste hörte, weigerte er sich, zu kommen. Alte Feindschaften, weißt du ...“ Margarita verdrehte die Augen.

Letizia nickte, sagte aber nichts.

„Du musst einfach zustimmen. Du warst hier in Paris noch auf keinem Empfang und alle sind so gespannt, dich kennenzulernen.“

Damit hatte Margarita natürlich recht. Seit ihrer Hochzeit hatte Armand seine schöne Frau noch nirgendwo vorgestellt. Die königliche Familie gab keine Empfänge. Und die paar Abendessen mit engen Bekannten von Armand bedeuteten gesellschaftlich wenig. So stimmte Letizia schließlich zu. Margarita lächelte zufrieden.

Auf dem Weg zurück zum Herrenhaus funkelten die Eiskristalle wie Diamanten in der Sonne. Überall herrschte eine erstaunliche Stille, die nur durch das Knirschen des Schnees unter ihren Füßen unterbrochen wurde. Es war ein schöner sonniger Tag, keine Wolke am Himmel. Der Park lag im tiefen Winterschlaf, die Bäume standen in schweren weißen Mänteln und gelegentlich fiel Schneestaub von den Wipfeln.

Als sie wieder das Haus betraten, sah der alte Marquis de Rambal etwas besser aus als zuvor und beschäftigte bald Margarita mit einem Kartenspiel, während Letizia sich mit einem Glas Glühwein am Kamin aufwärmte.

Armand setzte sich zu Letizia, zündete sich eine Zigarette an, die Jonathan Joyce aus der Neuen Welt mit einem besonderen Gruß geschickt hatte. Letizia mochte den starken bitteren Rauch, den ihr Mann jedes Mal aus seinem Mund blies, wenn er einen langen Zug an seiner Zigarette nahm.

„Letizia, ich möchte dich einem Arzt vorstellen", sagte Armand so leise, dass es nur seine Frau verstehen konnte. Die junge Frau nahm einen Schluck Glühwein, wusste sogleich, wovon er sprach, tat aber so, als würde sie nicht verstehen, was ihr Mann meinte. „Ich will ein Kind von dir ... Viele Kinder ... Damit wir eine große, glückliche Familie haben. Verstehst du?", fragte Armand und beugte sich noch näher zu seiner Frau.

Letizia schwieg und glättete nur die nicht vorhandenen Falten an ihrem Kleid. Der Glühwein und die Hitze des Feuers wirkten entspannend auf sie, ihre Wangen glühten. Statt hier am Kamin zu sitzen, wünschte sie sich in ihr warmes Bett, um zu schlafen. Sie wollte sich gerade erheben, aber Armands Hand hielt ihren Ellbogen fest, sodass sie keinen Schritt nach vorne machen konnte.

„Was ist los, Armand? Ich möchte mich hinlegen", sagte Letizia heiser und sah ihrem Gatten direkt in die Augen.

Ohne ein Wort zu sagen, sprang Armand auf, zog seine Frau mit sich und brachte sie schnellen Schrittes in den zweiten Stock. Armand schubste seine Frau in ihr Schlafzimmer und schloss die Tür hinter sich.

„Was ist los, Armand? Warum benimmst du dich so merkwürdig?“, brachte Letizia wütend heraus.

„Ich möchte wissen, was los ist, Letizia! Was mache ich falsch? Ich habe dich mit Sorgfalt, Zuneigung und Liebe umgeben! Ich mache, was du willst, bringe dir teure Geschenke, Kleider und Schmuck! Und du hast nichts Besseres zu tun, als eine Heilerin, eine Engelmacherin, in unser Haus zu holen. Eine, die den Sud für eine ungewollte Schwangerschaft vorbereitet!“, rief Armand und schlug mit der Faust gegen die Wand. Letizia war geschockt und wusste nicht, was sie sagen sollte. Hatte ihre Zofe etwa ihr Geheimnisse verraten? Woher wusste er von dieser Alten? Oder hatte Madame Marchand selbst die Karten aufgedeckt? Die junge Frau ballte wütend die Fäuste.

Armand atmete schwer, setzte sich auf die Bettkante und schloss die Augen. Letizia dagegen blieb in der Mitte des Raumes stehen. Ihre Seele war düster und melancholisch. Ihr Mann tat ihr leid, es tat ihr leid, dass er sie so sehr liebte und sie seine Gefühle nicht erwidern konnte.

„Liebst du ihn immer noch?“ Der Marquis unterbrach die Stille, die sich im Raum ausgebreitet hatte.

Letizia starrte ihn fragend an. Über wen sprach er? Wusste er von ihrer unerwiderten Liebe zu Eduard?

Als Armand bemerkte, dass seine Frau nicht wusste, was er meinte, stellte er klar: „Napoleon. Liebst du ihn noch?“

Letizia verdrehte die Augen. Sie hatte ihre einstige Liebelei für Bonaparte längst vergessen und schon ewig lange nicht mehr an ihn gedacht. „Wovon redest du?“ Letizia sah in herausfordernd an, sodass sich Armand veranlasst sah, sie aufs Bett zu werfen und sie grob an den Schultern packte.

„Du weißt genau, was ich meine. Du hast noch einen anderen Mann im Kopf! Ich bin kein Idiot, ich kann es fühlen. Und es tut höllisch weh, Letizia.“ Alle Schattierungen von Traurigkeit spiegelten sich in Armands Gesicht wider. Es schien, als wäre er in Sekunden um hundert Jahre gealtert. Letizia hatte Mitleid mit ihm. Sie wollte ihn aufmuntern, etwas Tröstendes sagen, dass diese Mauer zwischen ihnen brechen konnte, die sie selbst errichtet hatte. Aber Letizia schaute in die braunen, zarten Augen ihres Mannes ... und brachte kein Wort heraus.

Armand seufzte schwer und ließ seiner Frau los. Er warf die Hände hinter den Rücken, richtete sich stolz auf und sagte in eisigem Ton: „Unsere Ehe ist ein Missverständnis. Es ist eine Schande, dass ich das nicht früher verstehen wollte. Du wirst mich niemals lieben. Ich brauche Zeit, um darüber nachzudenken, wie ich weiter vorgehen werde. Du brauchst dir keine Sorgen mehr wegen einer ungewollte Schwangerschaften machen, ab heute werde ich dich nicht mehr anrühren." Nachdem Armand seine Rede beendet hatte, verließ er den Raum und schlug laut die Tür zu.

Das Geräusch ließ Letizia wie nach einem Kanonenschuss aufspringen. Sie lehnte sich gegen den Nachttisch und ließ sich dann müde und erschöpft erneut auf das weiche Bett fallen. Das, was geschehen war, lag ihr schwer auf der Seele. So weit hätte es nicht kommen dürfen. Sie hatte Armand eine tiefe Wunde zugefügt, vielleicht sogar sein ganzes Leben ruiniert, und das, obwohl sie ihn liebte. Er hatte nie aufgehört, für sie dieser fröhliche kleine Junge mit den schönen Locken zu sein, mit dem sie sorglos ihre Kindheit verbracht hatte. Aber diese süße Zeit war vergangen, heute waren sie Fremde.

Ja, sie liebte ihn – als Cousin, nicht als Ehemann. Letizia schloss die Augenlider. Tränen flossen langsam aus ihren Augenwinkeln.

Kapitel 9

Die Familien de Rambal und de Ducre blieben ein paar Tage beim alten Charles und machten sich erst auf den Weg zurück nach Paris, nachdem sie sich vergewissert hatten, dass es ihm besser ging.

Margarita musste sich auf ihr großes gesellschaftliches Ereignis vorbereiten. Ebenso Letizia. Eine Kette aus blutroten Rubinen und den schönsten Diamanten warteten bereits bei Patrizio Torri, einem italienischen Juwelier in Paris, auf sie, dessen einmalig schönen Werke stets weltweites Lob erhielten. Letizia war noch nie bei einem gesellschaftlichen Empfang in der Pariser Welt gewesen und wollte nun in ihrer ganzen Pracht auftreten. Armand wollte ihr trotz aller Überredungsversuche nicht Gesellschaft leisten, sondern lieber zu Hause bleiben, umgeben von Brandy und Zigaretten.

Der Abend für den Empfang stand an. Letizia lag in einem duftenden Bad und eine Zofe wusch ihr langes, dichtes Haar. Im Schlafzimmer dämpften die Bediensteten ihr wunderschönes schwarzes Satinkleid, das mit feinster französischer Spitze geschmückt war. Eine Zofe trocknete den schlanken Körper ihrer Herrin mit einem Handtuch ab und rieb ihn mit duftenden Ölen ein. Im Schlafzimmer half sie ihr dann, Unterwäsche, Strümpfe und ein enges Korsett anzuziehen.

Armand betrat das Schlafzimmer seiner Frau, als sie ihre langen, schwarzen Handschuhe anzog. Sein Blick ruhte auf dieser makellos schönen Frau in diesem umwerfenden schwarzen Kleid, das jede ihre Körperpartien betonte. Wunderschöne Diamantohrringe funkelten an ihren Ohren und diese wirklich prächtige Edelsteinkette des Italieners ruhte um ihren Hals. Wie er sie liebte und begehrte.

Letizia fühlte sich bei seinem Blick unangenehm berührt und befürchtete schon, dass ihr Mann versuchen könnte, sie zu umarmen. Das aber passierte nicht. Armands lange Finger griffen stattdessen in die offene Schmuckschatulle und zogen die Diamant-Manschettenknöpfe heraus, die er so gerne trug.

„Gehst du noch zu einem Termin?", fragte Letizia verwirrt.

Armand grinste trocken und antwortete süffisant: „Keine Sorge. Ich gehe nur ins Casino." Mit diesen Worten beeilte er sich, den Raum zu verlassen.

Letizia sah auf ihr Spiegelbild. Wie traurig war es doch, so schön und so unglücklich zugleich zu sein. Alles hätte anders sein können, wenn Eduard de Gamelin ... Aber das spielt jetzt keine Rolle mehr.

Bald darauf klopfte ein Diener an die Tür und informierte die Herrin, dass der Wagen bereit wäre und auf dem Hof wartete. Jenny, Letizias neue Zofe, warf einen Zobelmantel über die Marquise de Rambal, bedeckte ihr wunderschönes Haar mit einer breiten Kapuze und berichtete Letizia, dass Armand die Villa bereits verlassen hab. So musste sie sich wenigstens nicht mehr von ihm verabschieden.

Die Marquise nickte und stieg mithilfe eines Dieners in den luxuriösen Wagen. In ihrer Jugend hatte sie immer davon geträumt, in solch einer prächtigen Kutsche zu fahren. Lebhaft erinnerte sie sich an die goldene Kutsche damals vor Bonapartes Haus. Heißer Atem, starke Umarmungen und zarte Lippen von Eduard de Gamelin. Letizia schüttelte den Kopf, schloss die Augen und verjagte die Visionen.

***

Als die Kutsche vor Margaritas Heim anhielt, schaute die Marquise neugierig aus dem Fenster und erwartete, viele andere Kutschen zu sehen. Zu ihrer Überraschung stand jedoch nur ein halbes Dutzend Wagen in der Einfahrt. Mit gerunzelter Stirn warf Letizia einen Blick auf ihre kleine goldene Uhr, die mit winzigen Brillanten geschmückt an den Gürtel ihres Kleides genäht war. Sie konnte sich nicht irren, Margarita hatte sie gebeten, um 21 Uhr zu kommen. Jetzt war es Punkt 21 Uhr. Eine unerklärliche Angst kroch in Letizia hoch, aber die junge Frau holte tief Luft und versuchte, unnötige Gedanken zu vertreiben.

Der Kutscher öffnete die Wagentür und streckte der Marquise de Rambal die Hand entgegen. Letizia stieg vorsichtig aus und sah im selben Moment einen jungen Diener aus dem Haus kommend auf sich zueilen.

„Marquise de Rambal, willkommen im Palais de Ducre. Monsieur und Madame de Ducre erwarten Sie bereits im Salon“, sagte der junge Mann in einer tiefen Verbeugung.

Unterwegs besah sich Letizia das Herrenhaus von Margaritas Familie genau. Er war sehr groß und majestätisch von einem riesigen Garten mit einem Labyrinth und Springbrunnen umgeben. Die prächtige Haupttreppe war mit Skulpturen antiker griechischer Nymphen geschmückt. Man hätte durchaus annehmen können, dass dieser Palast für Reichtum und Luxus stand, aber etwas stimmte nicht. Der Putz des Hauses bröckelte an zahlreichen Stellen ab und die Treppenstufen, die schon alleine mit ihrer Größe Aufmerksamkeit erregten, waren ausgetreten. Es sah aus, als würde sich niemand wirklich um das Haus kümmern. Letizia wusste allerdings auch, dass die de Ducres zu den reichsten Adligen des Landes gehörten – und Margarita tatsächlich eine gute Partie gemacht hatte – und sich alles leisten, was sie wollten. Was war hier also passiert?

„Marquise de Rambal, willkommen im Palais de Ducre“, riss der Diener Letizias aus ihren Gedanken. „Geben Sie mir bitte Ihren Mantel.“ Dann führte er sie in den Salon.

Letizia sah sofort, dass auch die Innenausstattung des Hauses zu wünschen übrig ließ. Die Teppiche waren alt und abgetreten. Die Tapeten an den Wänden waren an vielen Stellen beschädigt und auch die Möbel waren alt und weit davon entfernt, die Anforderungen des modernen Paris zu erfüllen.

Margarita hatte ihren Gast kommen sehen und war mit offenen Armen auf sie zugegangen. Bertrand de Ducre kam ebenfalls zu ihr, um zu grüßen.

„Du bist so pünktlich wie eine Uhr, meine Seele. Die Bediensteten beenden gerade ihre letzten Vorbereitungen und das Abendessen wird in wenigen Minuten serviert. In der Zwischenzeit möchte ich dich unseren Gästen vorstellen.“ Margarita freute sich sehr, ihre bildhübsche Schwägerin und Cousine bei sich im Haus zu haben. Ungefähr fünfzehn Personen hatten sich – außer den Gastgebern – im Salon versammelten. Letizia hoffte, viele neue und interessante Bekanntschaften zu machen, und lächelte allen, die sich ihr näherten, freundlich zu. Weit mehr als die Hälfte der Gäste waren Männer, was die Marquise de Rambal ein wenig überraschte. Sie hätte so gerne viele Damen der Pariser Gesellschaft kennengelernt, doch im Kreis dieser vielen Männer fühlte sie sich unwohl. Denn die Männer, die ihre Bewunderung für sie tatsächlich unverhohlen zeigten, sahen sie mit leidenschaftlichen Blicken an. Die wenigen anwesenden Frauen betrachteten ihre Garderobe und besonders die kostbare Halskette, die im Kerzenlicht funkelte. Letizia spürte plötzlich Hitze in sich aufsteigen und öffnete ihren Fächer, der mit Pfauenfedern besetzt war.

„Bertrand, Margarita, vergebt mir, dass ich zu spät bin, dringende Angelegenheiten hinderten mich", hörte Letizia plötzlich eine ihr wohlbekannte Stimme hinter ihrem Rücken und ihre Knie wurden augenblicklich weich. Die Marquise drehte sich um und traute ihren Augen nicht. Eduard de Gamelin stand vor ihr. Während all der Jahre, in denen sie sich nicht gesehen hatten, war er noch schöner und männlicher geworden. Seine Schultern waren breit und muskulös, was sich besonders unter einer eng anliegenden hellen Jacke bemerkbar machte. Himmelblaue Augen leuchteten im Dämmerlicht der Kerzen ... und die Marquise sah wie gebannt direkt in sie hinein.

Eduard starrte sie nicht weniger überrascht an. Offensichtlich hatte auch er nichts von ihrer Einladung gewusst. Margarita entschloss sich, die Situation zu entschärfen, und hüstelte: „Letizia, du kennst Monsieur de Gamelin bereits, soweit ich mich erinnere, also macht es wahrscheinlich keinen Sinn, euch einander vorzustellen."

Letizia sah ihre Cousine missmutig an. Hatte diese beschlossen, sich über sie lustig zu machen? Was für ein Scherz war das hier? Margarita wusste doch genau um ihre Gefühle zu diesem Mann.

Die aber blickte ihre Schwägerin streng an und bedeutete ihr, hier keinen Skandal auslöste durch ungebührliches Verhalten. Letizia verstand, nahm wieder ihren Fächer zur Hand und versuchte, ihren Ärger dahinter zu verbergen. Wenn sie von Eduards Besuch gewusst hätte, wäre sie nie zu diesem Empfang gekommen. Seine bloße Anwesenheit schnitt erneut die so langsam heilende Wunde in ihrem

Herzen wieder auf. Wie gut, dass Armand sie nicht zum Empfang seiner Schwester begleitet hatte.

„Mademoiselle de Mormon, es ist schön, dich wiederzusehen", sagte Eduard leise und küsste galant die Hand der jungen Frau. Bei der sanften Berührung ihrer Haut mit seinen Lippen hielt Letizia den Atem an und ihre Beine zitterten.

Margarita kicherte und sah Eduard an. „Monsieur de Gamelin, Sie wissen nicht, dass Letizia meinen Bruder Armand geheiratet hat? Sie ist jetzt die Marquise de Rambal, die Vertreterin einer der loyalsten Familien gegenüber dem König unseres geliebten Frankreichs."

Letizia wurde rot und senkte die Augen, um Eduards Blick nicht zu begegnen. Was sollte das alles hier? Sie spürte jedoch weiterhin seinen durchdringenden Blick auf sich und stellte sich vor, wie sich wohl sein Gesichtsausdruck gerade verändert haben mochte.

Nach einer kurzen Pause bellte er scharf: „Herzlichen Glückwunsch", und zog sich mit dem angebotenen Glas Champagner auf die andere Seite des Salons zurück.

Letizia atmete tief ein und sah mit einem giftigen Blick in Richtung Margarita. Die flüsterte auf mysteriöse Weise: „Sei mir nicht böse, ich erkläre dir alles später." Dann beeilte sie sich, in die Küche zu kommen, um herauszufinden, wie weit die Vorbereitungen für das Abendessen gediehen waren.

Auch wenn er meterweit von ihr entfernt stand, spürte Letizia dennoch, dass Eduards blaue Augen auf sie gerichtet waren. Unter seinen Blicken fühlte sie sich nackt und ungeschützt. Sie verfluchte diesen Abend und Margarita mit ihm, ging zum Fenster und starrte ausdruckslos auf den kalten Schnee im Licht des hellen Mondes. Was für ein seltsames Gefühl es doch war, denjenigen zu treffen, über den sie in den letzten Jahren nicht aufgehört hatte, nachzudenken und zu träumen. Egal, wie oft sie sich das auch selbst verboten hatte. Letizia hatte nicht damit gerechnet, ihn je wiederzusehen, aber offensichtlich hatte das Schicksal anders entschieden. Er war verheiratet. Sie war verheiratet. Aber was spielte das in diesem Augenblick für eine Rolle? Als sie ihn gesehen hatte, hatte ihr Herz mit dreifacher Geschwindigkeit zu schlagen begonnen, das Blut lief schneller als sonst durch ihre Venen, ihr ganzer Körper bebte förmlich. Nein, sie konnte nicht aufhören, ihn zu lieben. Nach so vielen Jahren lebte er immer noch in ihrem Herzen, in ihren Gedanken. Und so würde es für alle Ewigkeit bleiben.

Margarita legte vorsichtig ihre Hand auf die Schulter ihrer Cousine. Bei der Berührung zuckte Letizia kurz zusammen und sah Margarita fragend an. Diese nahm vorsichtig Letizias Hand in ihre und flüsterte leise: „Vergib mir, Liebes, aber Eduard ist ein Freund von Bertrand. Wir konnten nicht anders, als ihn einzuladen. Er besucht uns zurzeit wegen der ... Verhältnisse fast jeden Abend. Sei nicht böse auf mich. Wir gehen besser zu Tisch, das Abendessen wird gleich serviert."

Letizia richtete sich stolz auf. Sie folgte der Gastgeberin in den nächsten Raum, in dem ein langer Tisch gedeckt war. Ihr Platz war neben Bertrand und Margarita, ihr gegenüber saß ein dicker, älterer Mann, an dessen Namen Letizia sich nicht erinnerte, obwohl Margarita ihn natürlich vorgestellt hatte. Die ganze Gesellschaft, die sich in diesem Haus versammelt hatte, entsprach nicht Letizias Geschmack, und sie schwor sich, künftig nicht mehr an Margaritas Empfängen teilzunehmen.

Nachdem die Bediensteten das Essen aufgetischt hatten, erhob Bertrand de Ducre sein Glas: „Ich bin sehr froh, dass wir alle an diesem Tisch versammelt sind. Es ist mein Glück, solche Freunde und Kameraden zu haben, die mich in allen Ideen und Bemühungen unterstützen. Ich schätze euch sehr. Ich hoffe aufrichtig, dass dies immer so sein wird. Für auf, Freunde!"

Die Gäste erwiderten den Toast und der rundliche Mann, der Letizia gegenübersaß, Henri de Noiret, wie sich nun herausstellte, tupfte seinen fettigen Mund mit einer Serviette ab. Nachdem er aus seinem Glas Rotwein getrunken hatte, lehnte er sich in seinem Stuhl zurück und stöhnte heiser: „Ich denke, jeder hat von dem Betrug gehört? Wie auch immer. Die königliche Familie fällt immer tiefer! Das französische Volk ist sich der Ungerechtigkeit der Machthaber seit Langem bewusst. Viele Jahre lang gehorchten wir, hofften auf bessere Zeiten. Mit jedem neuen Ludwig schwenkten wir erneut die Banner mit Bewunderung, gaben dem Feudalherrn und der Kirche sanftmütig alles, was verlangt wurde. Aber je tiefer wir uns bückten, desto stärker wurde die Unterdrückung, desto gieriger saugten sie Steuern ein. Im reichen Frankreich sind die Scheunen leer, die Pächter sind mittellos, leben auf fruchtbarem Land unter dem vielleicht schönsten Himmel Europas, aber die Bauern haben kein Brot. Jemand muss schuld sein: Wenn einigen Menschen Brot fehlt, bedeutet dies, dass andere zu viel essen. Wenn einige bei der Erfüllung ihrer Pflichten ersticken, muss es andere geben, die zu viele Rechte für sich selbst beanspruchen. Das ganze Land wird allmählich von einer dumpfen Angst erfasst, die normalerweise jedem klaren Denken vorausgeht. Jetzt ist jedem klar, warum Brot teurer wird und die Steuern steigen: Weil diese Hure befiehlt, einen ganzen Raum in Versailles mit Diamanten zu überziehen, weil sie ihrem Bruder Joseph heimlich hundert Millionen für Kriege nach Wien geschickt hat, weil sie ihre Liebhaber mit Geldern überschüttet und mit lukrativen Positionen in der Politik ausgestattet. Plötzlich wurde die Ursache des Unglücks gefunden, der Schuldige der finanziellen Katastrophe identifiziert. Der neue Name der Königin, Madame Unersättlich, wird im ganzen Land weitergegeben."

Jemand am Tisch lachte. „Maria Antoinette ist der Tod für unser Frankreich. Verdammt verwöhntes österreichisches Mädchen. Die Menschen leiden unter ihrer Leichtfertigkeit und Nachlässigkeit", sagte Madame de Aubin, eine der wenigen Frauen, die mit ihrem Ehemann zum Abendessen gekommen war. Der hörte aufmerksam zu, zog es aber vor, sich nicht auf Diskussionen einzulassen.

„Ich stimme Ihnen zu, liebe Madame de Aubin", sagte Gräfin von Richard und warf eine Serviette auf den Tisch. „Und der König steht unter dem Pantoffel seiner Frau und seiner Minister. Dieses elende Paar hat unser Land in Verruf gebracht. Die Leute werden das nicht so einfach hinnehmen." Am Ende entbrannte ein lebhaftes Gespräch, begleitet von den Worten „den König stürzen", „Tod dem Abschaum" oder „Hurenkönigin".

Ohne sich an den Gesprächen zu beteiligen, saß Letizia auf ihrem Platz und hörte zu, wie die Adligen, die einst dem König und seiner Familie die Treue geschworen hatten, jetzt Schlamm auf ihn und den Rest des Hofes gossen. Es gefiel ihr in dieser Gesellschaft über-

Ludwig XVI.

haupt nicht und sie wollte so schnell wie möglich zu Hause sein. Von all diesen politischen Gesprächen wollte sie nichts wissen.

Henri de Noiret kniff die Augen zusammen und sah die junge Marquise aufmerksam an. Letizia spürte seinen Blick auf sich ruhen und erwiderte das trotzig den Blick des alten Barons. „Wollen Sie mir etwas sagen?“, fragte sie kühl.

Henri de Noiret rührte sich und beugte sich langsam zu ihr über den Tisch. Mit einem ironischen Lächeln fragte er so laut, dass die Gespräche bei Tisch verstummten: „Ich denke, wir sind alle interessiert daran, von unserer lieben Marquise de Rambal zu hören, was sie von unserer lieben Königsfamilie hält. Wie sind Sie zu uns gestoßen, Schätzchen? Schließlich ist Ihre Familie einer der treuesten Hunde unseres Königs.“

Alle starrten die junge Frau an. Letizias wurde wütend. Zu gerne hätte sie diesem fetten Kerl einfach ins Gesicht gespuckt. Doch dann besann sie sich, nahm ihr Glas und stand langsam auf. „Sie wollen also tatsächlich meine Meinung hören? Nun, hier ist es. Ich betrachte Sie alle hier als erbärmliche Verschwörer. Wie meine eigene Familie hängen Sie alle hier von seinen Finanzen und seinen Launen ab. Sie wollen den König stürzen? Sie werfen Schlamm auf die Königin? Aber warum sind Sie besser als Ludwig XVI. und Marie-Antoinette? Sie alle hier lebt nur wegen der königlichen Familie in Wohlstand. Sie wären nichts ohne sie. Und nichts ohne die Monarchie. Denken Sie darüber nach, bevor Sie Intrigen hinter dem Rücken unseres Königspaares schmieden. Sie werden nicht gewinnen. Fällt das Königshaus, fällt der Adel. Der Mob in den Straßen wird auch Sie alle hier zerstören. Auf jeden Fall möchte ich nicht weiter an solchen Treffen teilnehmen. Ich hoffe, meine Cousine Margarita versteht mich." Nachdem sie ihre Rede beendet hatte, grüßte Letizia die versammelten Gäste mit erhobenem Glas, stand auf, drehte sich um und eilte aus dem Salon.

Sie hörte gerade noch, dass Margarita seufzte und sich mit zitternder Stimme an die Gäste wandte: „Es tut mir allen leid wegen meiner Cousine Letizia. Ich glaube, sie hat dem Wein zu sehr zugesprochen. Es tut mir leid."

Margarita rannte ihrer Cousine nach. Die stand bereits in der Eingangshalle und der Diener half ihr, ihren Mantel anzuziehen. „Was sollte das, Letizia? Ich schäme mich, deinetwegen meinen Gästen in die Augen zu schauen", zischte Margarita böse.

Letizia band ruhig die Bänder ihres Mantels und ignorierte das wütende Gesicht ihrer Cousine. Sie setzte ihre warme Kapuze auf, sah Margarita an und antwortete: „Du solltest dich nicht für mich schämen, Margarita, sondern für dich. Henri de Noiret hat dich öffentlich blamiert. Dich, deinem Bruder, meinen Mann, deinen Vater und alle, die zur Familie de Rambal gehören. Und du schämst dich für mich? Keine Spur, schämen müssen sich nur die Verräter. Denk darüber nach, liebe Margarita." Mit diesen Worten stürmte Letizia aus dem Palais und ließ Eingangstür einfach offen stehen.

Die Marquise de Rambal ging langsam auf ihren Wagen zu und atmete die frostige Nachtluft ein. Sie war wütend und völlig am Boden zerstört. Margarita hatte, ohne sie zuvor zu warnen, beschlossen, sie gegen ihren Willen in diese Palastintrigen zu ziehen, an denen sie nicht teilnehmen wollte. Sie schämte sich vor Armand, vor ihrem Schwiegervater, überhaupt an solch einem Treffen teilgenommen zu haben. Wenn die beiden erfahren würden, zu welchem Zweck Margarita Letizia zu einem Besuch eingeladen hatte, wären sie sicherlich wütend und enttäuscht. Sie hasste Margarita für ihre List und Arroganz. Und sich selbst für ihre eigene Dummheit und Naivität.

Die junge Frau setzte sich erschöpft in ihre Kutsche. Bei einem Blick aus dem Fenster sah sie plötzlich vor sich das Gesicht von Eduard de Gamelin. Er musste ihr nach dem hektischen Aufbruch gefolgt sein. Sie öffnete noch einmal die Tür und fauchte: „Was willst du?“

„Ich möchte reden, ich muss dir viel erzählen, Letizia“, flüsterte Eduard leidenschaftlich, um nicht noch weiter die Aufmerksamkeit des Kutschers auf sich zu lenken.

„Wir haben nichts zu reden. Alles, was du sagen willst, hast du in den letzten Jahren bereits mit deinem Schweigen gesagt. Du und ich, wir haben uns nichts mehr zu sagen. Du hast eine Frau, ich habe einen Ehemann. Genug davon“, entfuhr es Letizia scharfzüngig, dann zog sie die Wagentür wieder zu und gab dem Kutscher das Zeichen zum Aufbruch. Der Kutscher spornte die Pferde an und die Kutsche rollte zum Eingangstor des Palais de Ducre.

Eduard beobachtete den sich entfernenden Wagen. Er warf den Kopf zurück, schloss die Augen und seufzte schwer. Sein Herz schmerzte vor lauter Sehnsucht nach dieser geliebten Frau, die er selbst verlassen hatte. Dafür hatte er sich gehasst. Für all das, was er Letizia angetan hatte. Er drehte sich um, ging zu seiner Kutsche und befahl dem Kutscher, die Pferde Richtung Heimat zu lenken.

Kapitel 10

Jenny machte das Bett für ihre Herrin und legte eine Wärmflasche unter die Decke. Sie ging davon aus, dass die Marquise de Rambal spät von der Dinnerparty zurückkehren würde und sich daher die Decke und die Laken vor ihrer Ankunft aufwärmen könnten. Doch kaum hatte sie die Wärmflasche abgelegt, öffnete sich die Tür zum Schlafzimmer und Letizia trat ein. Das Dienstmädchen sprang blitzschnell auf die Marquise zu, nahm ihr den Mantel ab und rief: „Ich habe Sie nicht so schnell erwartet, Madame. Möchten Sie noch ein Bad nehmen?"

„Nein." Letizia unterbrach das Mädchen scharf, doch als sie in sein verlegenes junges Gesicht sah, fügte sie sanft hinzu: „Du hast für heute Nacht frei, Jenny. Lass mich bitte alleine."

Das Dienstmädchen eilte aus der Kammer und Letizia setzte sich müde in einen bequemen Schaukelstuhl. Das Feuer im Kamin knisterte und strahlte seine Wärme ab. Auf dem Tisch neben ihr standen eine Karaffe Wein und Gläser. Letizia füllte sich die rote Flüssigkeit randvoll ins Glas und trank dieses in einem Zug leer. Was für ein schrecklicher Abend lag hinter ihr!

Der Gedanke an Eduard und seine Worte an der Kutsche ließen sie nicht los. Vielleicht war er es doch wert, ihm zuzuhören? Obwohl ... Letizia lächelte bitter. Was konnte er ihr noch sagen? Die Marquise packte erneut den Hals der Karaffe und goss sich ein weiteres Glas Wein ein. Der Alkohol hatte eine entspannende Wirkung auf sie. Nach dem dritten Glas fühlte sie sich leicht und beschwingt.

Plötzlich klopfte es an der Tür und ein leises Rascheln war zu hören. Der Marquise blickte sich um und sah ein Kuvert auf dem Boden vor der Tür liegen. Letizia erhob sich schwankend von ihrem Stuhl und ging auf unsicheren Beinen zur Tür. Sie nahm den Umschlag in die Hand und ging langsam zu ihrem Bett. Letizia öffnete ihn und nahm einen Brief heraus. Sobald die junge Frau jedoch die Handschrift sah, klärte sich ihr Kopf und die Wirkung des Weins war verschwunden. Der Brief stammte von Eduard. Auf der Rückseite des Umschlags standen mehrere kurze Sätze. Als Letizia merkte, dass sie die kleinen Buchstaben im Dunkeln nicht erkennen konnte, stieg sie aus dem Bett und setzte sich auf einen Sessel in der Nähe des Kamins.

Dieser Brief wurde vor drei Jahren von mir geschrieben, aber nie verschickt. Ich entschied, dass es für dich einfacher sein würde, mich zu vergessen und ein neues Leben zu beginnen. Aber heute auf dem Empfang sah ich in deinen Augen dasselbe Feuer, das schon vor einigen Jahren dort für mich loderte. Ich bitte dich inständig, diesen Brief zu lesen, dann wirst du alles verstehen. In Liebe, Eduard.

Letizias Hände zitterten, als sie den Brief entfaltete.

Meine Liebe, mein Glück, meine liebe Letizia.
Vergib mir, dass ich lange nicht geschrieben habe. Ich verstehe, dass du mich vermisst hast. Ich vermisse dich genauso. Ich hoffe, dass es dir gut geht und dass dein Studium so gut wie möglich voranschreitet.
Oh Geliebte, ich vermisse dich so sehr. Ich erinnere mich an dein Lächeln, deine schönen goldenen Augen, den Geruch deiner Haare. Wie ich wünsche, ich könnte dich wieder umarmen. Ich kann an nichts anderes denken.
Doch es gibt auch viele Probleme, mit denen ich zu kämpfen habe. Die Franzosen leiden an Armut und Hunger, der dritte Stand und die Bourgeoise leiden unter der Ungerechtigkeit der Machthaber. Was kümmert mich das, könnte man fragen? Du weißt es nicht, aber meine Vorfahren waren einst selbst Bauern und verdienten ihr Brot mit harter Arbeit. Durch ihrer Hände Arbeit erhielten sie vom königlichen Hof Dankbarkeit und wurden in den Adelsstand erhoben. Unsere Familie hat diese harte Arbeit unserer Vorfahren nicht vergessen und behandelt den dritten Stand daher mit großer Sympathie.
Aus diesem Grund hatte mein Vater kürzlich einen Konflikt mit dem König und seinen Höflingen. Uns wurde ein Teil des Landes

weggenommen und die Apanage gekündigt. Wir konnten kaum über die Runden kommen. Vor sechs Monaten wandten sich meine Eltern an eine wohlhabende bürgerliche Familie, mit der mein Vater seit vielen Jahren gut befreundet ist, um Hilfe zu erhalten. Diese Familie hatte es wie durch ein Wunder geschafft, ihr in guten Zeiten erworbenes Vermögen zu bewahren. Mein Vater nahm einen Kredit bei dieser Familie auf, um die an ihm hängenden Schulden zu begleichen. Er konnte ihnen das Geld jedoch nicht zurückzahlen. Und dann passierte das Schlimmste, geliebte Letizia. Ich muss es dir schreiben.

Monsieur Seigner, so heißt das Familienoberhaupt, hat eine Tochter. Emilien. Ich habe sie ein paar Mal getroffen und sie hat mich nicht beeindruckt. Ein gewöhnliches graues Mädchen, das nicht mit Intelligenz und Charme glänzt. Außerdem ist sie krank. Monsieur Seigner bot mir zur Begleichung der Schulden Emilien als Ehefrau mit der Garantie an, dass die Hälfte seines Eigentums an uns übergehen würde. Und er versprach mir den Eingang zum Haus des Viscount de Ducre, in dem sich ein Geheimbund versammelt, der dem Land helfen will, auf die Beine zu kommen.

Meine Eltern stimmten dieser Eheschließung natürlich zu, ohne mich danach zu fragen. Als ich es herausfand, war ich wütend. Ich wollte diese Ehe nicht und meine Entscheidung stand fest. Ich habe immer nur auf den Moment gewartet, dass du das Pensionat beendest, um dich von Korsika wegzubringen und dich zu meiner Frau zu machen. Eine andere Frau zu heiraten, war nicht Teil meiner Pläne. Oh Letizia, ich liebe dich so sehr.

Aber plötzlich wurde meine Mutter krank. Die Ärzte diagnostizierten bei ihr eine Lungenentzündung und stellten fest, dass sie nur noch kurze Zeit zu leben hatte. Schon einen halben Monat später starb sie unter Qualen. Das waren schreckliche Momente, Letizia. Es gibt nichts Schlimmeres, als die engste und liebste Person in den eigenen Armen sterben zu sehen. Mutter weinte, verabschiedete sich von mir und bevor sie starb, bat sie mich, ihre letzte Bitte zu erfüllen. Diese Bitte war, Emilien zu heiraten. Ich war verzweifelt, ich habe nachts nicht geschlafen und wusste nicht, was ich tun sollte. Das Gesicht meiner Mutter, verzerrt von Angst, tauchte immer

wieder vor meinen Augen auf. Am Ende konnte ich es nicht ertragen und gab meinem Vater meine Zustimmung zur Ehe. Ich bin verheiratet, Letizia. Ich kann diesen Albtraum immer noch nicht glauben. Ich würde alles für eine Ewigkeit mit dir geben, aber es ist zu spät. Vergib mir, meine Liebe, und auf Wiedersehen. Wisse, dass ich dich für immer lieben werde, du bist für immer in meinem Herzen.
Dein Eduard

Letizias Herz pochte laut, als sie den Brief mit zitternden Fingern beiseitelegte. Ihr Kopf war leer. Sie wusste nicht, was sie denken sollte. Eduard war gezwungen worden, ein ungeliebtes Mädchen zu heiraten, und er selbst hatte geglaubt, dass sie ihn vergessen und einen anderen heiraten würde. Jetzt verstand sie seinen Blick bei Margaritas Empfang, hatte dieser doch seine wahren Gefühle verraten. Und sie wusste, dass sie sich immer noch wahnsinnig liebten.

Im Korridor waren Schritte zu hören. Letizia faltete den Brief schnell zusammen und stopfte ihn in das Oberteil ihres Kleides.

Es klopfte an der Tür und Armand trat ein. „Du bist schon zu Hause?“, fragte der Marquis überrascht und sah seine Frau von Kopf bis Fuß an. Sie hatte etwas Seltsames an sich, ihre Augen leuchteten, ihre Wangen waren rot, als hätte sie Fieber. Als er jedoch auf den Tisch neben ihrem Schaukelstuhl blickte, bemerkte er, dass die Karaffe Wein halb leer war. Er runzelte die Stirn. „Bist du betrunken?“

Letizia schüttelte den Kopf und antwortete: „Ich bin schon eine Weile zu Hause. Der Empfang entsprach nicht meinem Geschmack. Ich saß mit einem Glas Wein und einem Buch vor dem Kamin.“

Armand verschränkte die Arme vor der Brust. „Haben dir die Freunde von Margarita und ihrem Ehemann nicht gefallen?“

Letizia sah zum Feuer. „Nein, sie haben mir wahrlich nicht gefallen.“

Es herrschte Stille. Die Marquise mochte solche Momente mit ihrem Ehemann nicht. Oft wollte er in solchen Momenten ein unangenehmes Gespräch für ihre Beziehung beginnen. Oder schlimmer. Er wollte mit ihr schlafen. Sie hatten nun schon seit Wochen keine Intimität mehr ausgetauscht und Letizia erinnerte sich an Armands

Worte, dass er sie nicht mehr berühren würde, befürchtete jedoch, dass eine so lange Abstinenz ihn zwingen würde, seine Meinung zu ändern. Aber das wollte sie nicht. Armand war zweifellos ein wunderbarer Liebhaber, aber was auch immer er machte, alles geschah ohne Liebe ihrerseits.

Letizia stützte sich auf die Armlehnen ihres Stuhls und erhob sich schwer. Der Kopf war benebelt. Die junge Frau rieb sich die Schläfen und wandte sich leise an ihren Ehemann: „Armand, wenn es dir nichts ausmacht, ich bin müde ..."

Ihr Mann erlaubte ihr jedoch nicht, sich fürs Bett umzuziehen. Er drückte Letizias Hand und zog sie zu sich heran. Seine Lippen befanden sich in gefährlicher Nähe zu ihren.

„Ich vermisse dich so sehr, Letizia", flüsterte Armand heiser und schmachtend in das Ohr seiner Frau. Er hielt sie so eng an seinen starken Körper gepresst, dass sie förmlich spürte, wie erregt er war.

Als Letizia realisierte, wozu das führen würde, legte sie ihre Handflächen auf die Brust ihres Mannes und schob ihn ein wenig von sich. Eduards Worte aus dem Brief kamen ihr in den Sinn. Ja, sie musste ein Dummkopf sein, aber sie glaubte ihm jedes Wort, das er geschrieben hatte. „Verzeih mir, Armand, ich möchte schlafen", sagte Letizia kalt und ging, ohne ihren Ehemann anzusehen, zum Schminktisch und begann, die Haarnadeln aus ihren langen Haaren herauszunehmen. Ihre Hände zitterten tückisch, sie versuchte, dem Blick ihres Mannes auszuweichen, der sie im Spiegel verfolgte.

Schließlich seufzte Armand und drehte sich um, um den Raum zu verlassen. Wütend griff er die Klinke, riss die Tür auf und sagte schließlich in einem Ton voller Gift und Kälte: „Der König und die Königin möchten dich treffen. Ludwig hat meinen Vater besucht und der hat ein gutes Wort für dich eingelegt. Eines Tages werde ich dir also das königliche Paar vorstellen." Mit diesen Worten zog der abgewiesene Ehemann die Tür zu Letizias Gemächern zu.

***

„Wahrscheinlich hofft Eduard, eine Antwort von mir zu bekommen", überlegte die Marquise ein paar Tage nach dem Empfang.

Sie saß in einem Sessel gegenüber dem riesigen Fenster im Wohnzimmer. In großen, weichen Flocken fiel Schnee vor dem Fenster. Obwohl es bereits Ende Februar war, schien der Winter nicht an ein Ende zu denken. Es war unmöglich, längere Zeit draußen zu verweilen. Die Marquise wickelte sich in eine warme Decke ein und dachte nach. „Was wäre die Antwort? Dass ich ihn immer noch liebe und unter Zwang auf die gleiche Weise geheiratet habe? Er wird es als Märchen betrachten, denn dann haben wir die gleichen Gründe, uns gegenseitig abzulehnen." Letizia lächelte. Durch das Fenster sah sie Armand mit einem jungen Mann, der Letizia unbekannt war, auf den Winterwegen im Garten spazieren. Dieses brachte plötzlich ein unglaubliches Mitleid in Letizias Herz, denn sie wusste: Armand liebte sie so sehr ...

Sie sprang von ihrem Stuhl auf, warf ihre Decke ab und ging zum Schreibtisch aus roter Eiche. Letizia holte ein Blatt dickes Schreibpapier aus einer Schublade, tauchte schnell ihre Feder in die Tinte und schrieb in Eile ein paar Worte. Als die Buchstaben auf dem Papier trocken waren, versiegelte sie die Nachricht mit Wachs und ging in Richtung Kaminzimmer, wo Jenny beschäftigt war.

Die Zofe, die ihre Herrin kommen sah, verbeugte sich kurz. Letizia schob ihr den Umschlag in ihre Hand und flüsterte ihr ein paar Worte ins Ohr. Jenny nickte überrascht und ging in ihr Zimmer, um ihre Winterbekleidung anzuziehen.

***

Die Antwort ließ nicht lange auf sich warten. Eduard war mit einem Treffen einverstanden. Gegen Abend gingen Jenny und Letizia in die Rue Jean Lantier in die Pension *Golden Lily*. Sie hatten das Haus ungesehen verlassen können, denn Armand weilte mit seinem jungen Besucher bei einer Männerrunde. Die Marquise hatte ein einfaches Kleid aus smaragdgrünem Satin ausgewählt, vor dem Gesicht trug sie eine Maske, die so schwarz wie die Nacht war.

Jenny trug ebenfalls eine Maske und verstand nicht ganz, worum es bei dieser Maskerade ging, aber sie wagte es nicht, ihre Herrin zu fragen. Es war schon aufregend genug für sie gewesen, dass die Marquise de Rambal sie mit einem Brief zu einen jungen, gut aussehenden Mann geschickt hatte, der den Inhalt dieser Notiz mit einem Lächeln quittiert hatte. Nun waren sie und die Herrin auf dem Weg zu einer dieser bescheidenen Pensionen, um sich mit diesem Herrn zu treffen. Jenny wusste nicht, wer er war, warum die Dame ihn sehen musste oder warum sie sich so seltsam verhielt. Aber sie sah, dass deren Augen unnatürlich leuchteten.

Die Kutsche fuhr zu einem kleinen Gebäude mit einem großen Schild am Eingang. Ein Diener öffnete die Tür und half Letizia heraus. Als Jenny ebenfalls vom Sitz aufstehen wollte, hielt Letizia sie mit einer Handbewegung an und sagte mit leiser Stimme: „Bleib du hier. Ich werde nicht lange weg sein. Wenn du bekannte Gesichter ins Hotel gehen siehst, benachrichtige mich. Frage den Wirt, wo Monsieur de Gamelin wohnt, ich werde dort sein." Das Dienstmädchen fiel schweigend in den Sitz zurück und die Wagentür schlug zu.

Letizia ging zügig ins Hotel, in dessen Erdgeschoss sich eine Taverne befand, in der laut gefeiert wurde. Sie versuchte, nicht die Aufmerksamkeit der lauten Musketiergruppe am anderen Ende der Taverne auf sich zu ziehen und ging gleich zur Theke, hinter der sich der Besitzer dieses Etablissements befand.

„Ich muss zu Monsieur Eduard de Gamelin, er erwartet mich", flüsterte Letizia.

Der Wirt starrte verächtlich diese dünne junge Frau in ihrem schönen Kleid und einer Maske vorm Gesicht an. „Wieder eine dieser Huren der oberen Gesellschaft, die sich von ihrem Ehemann wegstiehlt und sich mit einem anderen Mann auf billigen Matratzen in einem heruntergekommenen Pariser Hotels wälzt", dachte Monsieur Simon spöttisch und beugte sich vor. Zu oft hatte er das in seinem Haus schon erlebt. Doch er verdiente sein Geld damit. Mit ätzender Stimme sagte er: „Er wartet im fünften Raum im zweiten Stock auf dich."

Letizia hob ihre Röcke an und ging zu der Treppe, die in den zweiten Stock führte. Ihr Herz schlug wild und ihr Inneres spielte verrückt, sodass sie nur schwer atmen konnte. Das Zimmer, in dem Eduard auf sie wartete, befand sich ganz am Ende des Korridors.

Letizia wusste aus Erzählungen, dass es in Paris einige dieser Etablissements gab, in der sich Frauen von Stand mit strammen Musketieren oder Gardisten trafen, um wenigstens für einige Stunden Ruhe von ihren meist alten, dicken und hässlichen Ehemännern zu haben, an die sie von ihren Eltern – zu welchem gesellschaftlichen Preis auch immer – verscherbelt worden waren. Mit sinkendem Mut blieb Letizia schließlich vor der Tür stehen. Sie holte ein paar Mal tief Luft, hob die Hand und klopfte an die Tür.

Eduard öffnet sofort. Er trug lederne Hosen und ein schneeweißes Hemd, das so weit aufgeknöpft war, dass es seine muskulösen, haarigen Brust zeigte. Er war noch immer schön wie ein Gott. Im Letizias Kopf schwirrten die Gedanken bei diesem betörenden Anblick und sie hatte längst vergessen, warum sie hier war und was sie de Gamelin sagen wollte. Nur ein wildes, unbändiges Verlangen, ihre Lippen an die Brust dieses Mannes zu legen, war noch zu spüren.

Eduard nahm Letizias Hand und führte sie entschlossen in den Raum. Er ließ die Tür laut ins Schloss fallen. Das Geräusch brachte die Frau zur Besinnung und sie versuchte, nicht auf das leidenschaftliche Verlangen zu achten, das sich mit einem ziehenden Gefühl in den Unterleib weiter fortsetzte. Sie drehte sich zu Eduard um und nahm den gleichgültigsten Ausdruck auf ihrem Gesicht an, den sie aufbringen konnte. „Ich muss mit dir reden. Und ich entschied, dass dies persönlich geschehen soll, anstatt lange Briefe zu schreiben."

Eduard nahm einen Schluck Cognac aus dem Glas, das er nun in der Hand hielt, und sagte mit leiser Stimme: „Vielleicht kann ich dir zunächst helfen, deinen schweren Mantel auszuziehen?"

Das Blut pochte erneut in Letizias Schläfen und mit zitternder Stimme, die wahrscheinlich alle ihre Gefühle verriet, sagte die Marquise laut: „Musst du nicht. Mir ist nicht warm."

Tatsächlich aber war es höllisch heiß in diesem Raum. Der Kamin röstete gnadenlos, es war stickig und Letizias spürte, wie feine Schweißperlen über ihren Rücken liefen. Aber sie hatte Angst, auch nur ein einziges Kleidungsstück vor ihm auszuziehen – und wenn es auch nur der Mantel war. Sie hatte Angst vor den Konsequenzen, Angst davor, den Kopf zu verlieren und sich der Kraft ihres alles verzehrenden Verlangens zu ergeben. Eduard sagte nichts und setzte sich auf einen Sessel neben dem Kamin. Er nahm eine Zange und holte eine helle Glut aus dem Feuer, mit der er sich die Zigarette anzündete, die in seinen Zähnen steckte. Er holte tief Luft, starrte Letizia mit einem klaren Blick unglaublich blauer Augen an und sagte: „Worüber willst du reden?"

Der Zigarettenrauch stieg in Letizias Nase und erinnerte sie sofort an Armand. „Wir müssen das hier beenden ...", schoss es ihr durch den Kopf. Dann sagte sie: „Eduard, du weißt, ich bin verheiratet. Ich wollte diese Ehe nicht, aber es ist passiert, und jetzt kann nichts mehr dagegen unternommen werden. Ich ... behandle meinen Ehepartner mit Respekt. Welche Gefühle auch immer mich in Besitz nehmen, ich werde ihm treu bleiben. Ich möchte ihn nicht mehr verletzen, als ich es bereits getan habe. Er liebt mich sehr. Ich kann ihm das nicht antun, obwohl ich ..."

Dann zögerte Letizia. Ihre Wangen waren gerötet, ihr Herz schlug wild. „Reiß dich zusammen!", schrie ihre innere Stimme.

„... trotz der Tatsache, dass ich dich immer noch liebe." Leise, aber selbstbewusst beendete die Marquise ihren Satz.

Die Stille im Raum wurde nur durch das Knistern von Holz im Kamin unterbrochen. Eduard schmiss seine Zigarette ins Feuer und näherte sich entschlossen der jungen Frau. Er nahm sie am Kinn und sah in ihre goldenen Augen, die die Flammen reflektierten. „Ich wusste es. Ich hatte das Gefühl, dass du mich immer noch liebst", sagte er flüsternd und gab einen gierigen, leidenschaftlichen Kuss auf Letizias Lippen. Sofort grub diese ihre Finger in den Stoff von Eduards Hemd und erwiderte schamlos seinen heißen Kuss. Alles in ihr brannte vor lauter Sehnsucht nach diesem Mann. Eduards Hände zogen ihren Umhang von den Schultern und seine Lippen bewegten zugleich feucht und fordernd über den Hals der jungen Frau. Dann fuhren sie zu Letizias Brust herunter und liebkosten diese sanft.

Die Marquise drehte sich vor intensivem Verlangen, ihr Atem wurde laut und schnell. „Herr, was mache ich hier nur?", ging es ihr wieder durch den Kopf. Hatte sie Eduard nicht gerade erst gesagt, dass sie ihren Mann nicht betrügen würden? Aber seine Berührungen macht sie verrückt. „Wir müssen aufhören!“, schrie ihr Innerstes.

Eduards Hand hob den Rock ihres Kleides und glitt sanft über ihr Bein. So gerne würde sie sich ihm hingeben. Doch dann hielt Letizia seine Hand fest und sah Eduard mit einem trüben Blick an. „Nein, bitte nicht.“

Eduard ließ sofort von ihr ab. „Ich liebe dich, Letizia.“

Der Marquise standen plötzlich Tränen in ihren Augen. Sie konnte ihrem Geliebten nicht ins Gesicht sehen und flüsterte leise: „Ich weiß. Ich liebe dich auch. Aber ich kann nicht ... es tut mir leid.“ Und mit diesen Worten verließ Letizia das Zimmer, den Mantel über dem Arm gelegt.

***

Jenny wartete noch immer in der Kutsche auf das Ankommen der Herrschaft. Sie hoffte, es würde nicht mehr allzu lange dauern, denn es war bitterkalt. Plötzlich flog die Tür der Kutsche auf und die Marquise de Rambal sprang schnell hinein. Der Kutscher spornte die Pferde an und es ging zurück nach Hause. Jenny sah ihre Herrin nur aus dem Augenwinkel an. In der Dunkelheit konnte sie den Ausdruck auf ihrem Gesicht nicht sehen. Für die Zofe blieb es ein Rätsel, warum die Marquise diesen jungen Mann besuchte.

***

Armand saß vor dem Kamin und hielt eine kleine Tasse Kaffee in seinen Händen, als Letizia nach Hause kam. Sie hatte ihm bereits am Nachmittag gesagt, dass sie Margarita besuchen würde, obwohl es ihm so vorkam, als ob sie nach dem Empfang in nicht sehr freundschaftlichen Beziehungen geblieben waren. Jetzt zeigte die Uhr Mitternacht. Armand näherte sich Letizia. Sie sah etwas aufgeregt aus, ihre Augen verrieten innere Besorgnis.

„Gab es Streit mit Margarita?“, fragte Armand und nahm die schwere Kapuze vom Kopf seiner Frau.

„Ein bisschen", antwortete Letizia ausweichend und lächelte leicht.

Armand hatte das für ihn bestimmte Lächeln auf den Lippen seiner Frau so lange nicht gesehen, dass er sie unwillkürlich in eine sanfte Umarmung zog, aber Letizia tauchte schnell aus den Händen ihres Mannes auf und sagte: „Ich möchte ein Bad nehmen und ins Bett gehen, wenn es dir nichts ausmacht."

Armand schüttelte langsam den Kopf. Als sie den Raum verlassen hatte, ballte er die Hände zu Fäusten. Seine Frau täuschte ihn. Da war er sich sicher. Sie war nicht bei Margarita gewesen. Sie hatte nach Mann gerochen ... und nach Zigarettenrauch.

Kapitel 11

„Zweifellos, Madame, werden Sie am königlichen Hof für Furore sorgen“, flötete Jenny fröhlich und sah die Marquise bewundernd an. Letizia betrachtete sich lächelnd im Spiegel. Ein Kleid aus hellblauem Satin, verziert mit handgestickten Gold- und Silberfäden, umschloss ihre schlanke Figur. Um ihren Hals lag eine exquisite Halskette aus Saphiren und Diamanten, ein Diadem, mit Diamanten besetzt, schmückte ihre Lockenpracht.

Letizia trug gerade Rouge und Lippenstift auf, als es klopfte und Armand eintrat. Er hatte sich in den letzten Tagen stark verändert, mied die Gesellschaft seiner Frau auf jede erdenkliche Weise, speiste getrennt von ihr in seinen Gemächern und benahm sich im Allgemeinen seltsam. Nun sah Letizia in das kalte, gleichgültige Gesicht ihres Mannes, das nichts mehr von seiner einst strahlenden Jugendlichkeit hatte. Sie schämte sich für ihr Verhalten und den Besuch in dieser verruchten Pension und hoffte inständig, dass Armand davon nichts mitbekommen hatte.

„Bist du bereit?“, fragte er anteilslos und ging auf seine Frau zu.

Letizia noch legte ein paar Tropfen betörenden Parfüms auf und antwortete: „Ja, lass uns gehen.“

Die Kutsche wartete im Hof. Letizia war etwas nervös, aber vor allen Dingen neugierig auf das Königspaar. Sie wollte sich so gerne ein eigenes Bild von den Majestäten machen, von denen sie in den zurückliegenden Wochen so viel Negatives gehört hatte. Wollte sehen, ob Marie-Antoinette tatsächlich so extravagant war und lebte, wie Margarita und ihre Freude behaupteten.

Als die Kutsche nach ihrer Fahrt durch die Straßen von Paris schließlich vor dem Haupteingang in Versailles hielt, glühten Letizias Wangen vor lauter Aufregung.

„Was ist los mit dir?“, herrschte Armand sie kalt an.

„Nichts ... Ich bin nur ein wenig aufgeregt vor dem Empfang“, gab sie zurück.

Als sie den Palast dann, auf einem Hügel gelegen, selbst in Augenschein nehmen konnte und seine einmalige Architektur, seine schmiedeeisernen Balkone und hohen Mosaikpförtchen betrachten konnte, das Gold in der Wintersonne funkeln sah, konnte sie die Pacht kaum fassen. So etwas hatte sie in ihrem jungen Leben tatsächlich noch nicht gesehen.

Armand führte seine Frau ins Innere des Prachtbaus. Versailles. Ruhm und Glanz. Die Stimmen von Hunderten von Menschen, die zu einem Summen verschmolzen, obwohl jeder versucht, in einem gedämpften Flüsterton zu sprechen. Ein schwerer Duft aus Tausenden von Gerüchen, der über einer riesigen Menschenmenge schwebte, die an ein lebendig gewordenes Bild erinnerte.

Gold überall, wohin man sah. Die Wände mit riesigen Spiegeln behängt, die wie Seen an Marmorwänden aussahen und das Leben der Besucher widerspiegelten – um ein Vielfaches vergrößert. Hunderte von Kerzenhaltern und Kandelabern verströmten ein diffuses Licht. Endlose Korridore mit Reihen mit Statuen von Königen und Göttern geschmückt – aus Bronze, Marmor und Stein gefertigt. Kristallleuchter flackerten über der himmlisch verglasten Decke und aus Goldbrokat genähte Vorhänge umgaben die Fenster. Die Böden waren mit prächtigen Savonnerie-Teppichen ausgelegt. Letizia betrachtete all diese Pracht mit den Augen eines entzückten Kindes. Sie hätte nie gedacht, dass es einen Ort von solcher Schönheit auf der Welt gab. Versailles war wirklich ein Weltwunder.

Der König und die Königin mit ihrem Gefolge schlenderten durch die Hallen des Palastes, als der Marquis und die Marquise de Rambal sie fanden. Letizia machte einen eleganten Knicks und warf dem königlichen Paar einen verstohlenen Blick zu: ein Mann mit einer weißen Puderperücke und einer bedeckten weißen Jacke, verziert mit Gold- und Silberstickerei, und eine Frau, eine natürliche Blondine mit üppigem Haar und einem engelhaften Aussehen, deren schlanke Figur in ein rosa Seidenkleid gehüllt war – verziert mit Ranken glänzend weißer Rosen. Beide lächelten huldvoll und irgendwo in den Tiefen ihrer Seele spürte Letizia auf den ersten Blick eine große Bewunderung für die beiden.

„Marquis de Rambal, wir freuen uns, Sie zu sehen“, grüßte Ludwig XVI. zufrieden und deutete mit der Hand auf die Verbeugung von Letizia. „Ihre junge Frau, nehme ich an? Ich höre, Sie haben sich verehelicht?"

Armand nahm seine Frau am Arm und antwortete mit einer leichten Verbeugung: „Mein König, ich möchte Ihnen meine Frau Letizia vorstellen, die Marquise de Rambal."

„Letizia! Was für ein schöner, seltener und ungewöhnlicher Name hier in Paris! Italienerin?" Die Königin betrachtete ihren jungen Gast von Kopf bis Fuß.

„Nein, Majestät, ich komme von der Insel Korsika", antwortete Letizia leise.

„Großartig! Eine fantastische Insel." Der König lächelte und fuhr fort: „Wir freuen uns, Sie kennenzulernen, Marquise." Letizia und Armand verneigten sich abermals, während das königliche Paar seinen Gang fortsetzte.

Die beiden flanierten noch eine Weile durch die Menge, wurden hier und dort angesprochen und Armand musste seine Frau immer wieder vorstellen. So trafen sie auch auf einen der königlichen Gefolgsleute, Jacques Necker, der, wie Letizia später erfuhr, Finanzminister war. Während Armand sich ausgiebig mit ihm unterhielt, näherte sich eine junge Frau, groß, blond und mit dunklen Augen, von hinten. „Du bist wunderschön!", kicherte sie fröhlich.

Letizia wusste nicht, ob es Spott oder Wahrheit war, und beschloss, einfach zu schweigen.

„Gott, sei nicht so verlegen, Liebes! Ich bin aufrichtig! Ich bin Herzogin Gabrielle de Polignac, eine enge Vertraute der Königin", stellte sie sich nun vor und Letizia hielt es für angebracht, ihr ein Lächeln zu schenken. Gabrielle kicherte erneut, nahm die Marquise am Arm und führte sie ein Stück zur Seite. „Du bist also die Ehefrau unseres Charmeurs Armand geworden", sagte sie mit einem Augenzwinkern.

„Ja, ich bin die Marquise de Rambal."

Die Herzogin von Polignac schürzte die Lippen und strahlte. „Ich hätte nie gedacht, dass er heiraten würde. Weißt du, er war einst mein Liebhaber!"

Was wollte ihr die Dame damit sagen? Das Armand vor seiner

Eheschließung ein Liebesleben gehabt hatte? Das wusste wohl jeder hier im Saal. Letizia ging einen Schritt zurück und öffnete ihren Fächer: „Ich hätte nicht gedacht, dass ich ihn jemals heiraten würde. Er ist mein Cousin."

Das Lächeln verschwand aus de Polignacs Gesicht: „Mein Gott, wie schrecklich. Aber er ist immer noch schön. Es ist nicht schwer, den Kopf bei solch einem Mann und Liebhaber zu verlieren."

„Ich respektiere meinen Mann, es scheint mir, dass dies in der Ehe mehr als genug ist", antwortete die Marquise kalt. Sie war irritiert von der Beharrlichkeit und den dummen Fragen der Herzogin, die sie ihr nicht beantworten wollte.

Gabrielle hörte jedoch nicht auf: „Dann hast du also einen Liebhaber? Eine Frau schmachtet ohne Liebe, nicht wahr?"

Die Marquise de Rambal erwiderte die Fragen nur mit einem verächtlichen Blick.

„Oh, vergib mir, liebe Letizia, ich bin zu neugierig, wie du bemerkt hast ..."

„Und penetrant", zischte Letizia durch die Zähne.

Die Herzogin war jedoch nicht beleidigt über die ehrlichen Worte, im Gegenteil, sie lächelte sogar wieder. „Ja, ich bin keine Heilige. Da drüben, die Prinzessin de Lamballe, ist ein fleischgewordener Engel. Sie würde dich nicht mit solchen Fragen belästigen." Gabrielle deutete auf eine Dame mittleren Alters.

„Wer ist sie?", fragte Letizia interessiert.

„Ebenfalls eine Vertraute der Königin. Aber wir sind sehr verschieden. Die Königin hat Spaß mit mir, wir haben so viele unvergessliche Momente, die wir teilen. Und Marie-Louise de Lamballe, na ja, sie interessiert sich nicht für die schönen Dinge des Lebens", kicherte Gabrielle erneut.

Letizia verstand nicht, was Armand einst an dieser lächerlichen Person gefunden haben mochte, sofern er tatsächlich ein Verhältnis mit ihr gehabt hatte. Statt sich weiter mit Madame de Polignac zu beschäftigen, begann sie erneut, das Interieur von Versailles mit Interesse zu betrachten.

„Kommst du mit?", zischte ihr die Herzogin von Polignac nach einer Weile ins Ohr.

Letizia zuckte mit den Schultern und antwortete: „Ich weiß nicht. Eigentlich eher nicht."

„Schade", sagte Gabrielle aufrichtig, „du bist eine ziemlich interessante Persönlichkeit. Bildhübsch und offen. Das gibt es nicht jeden Tag hier im Palast."

Letizia verstand nicht, warum die Herzogin so interessiert daran war, die Bekanntschaft mit ihr zu vertiefen. Höchstwahrscheinlich wollte sie in Erfahrung bringen, ob Armand eine Geliebte hatte, und wenn ja, wer sie war. Vielleicht machte sie sich auch Hoffnung auf eine neue, intime Bindung zu Armand, jetzt, da sie wusste, dass die Ehe von Letizia und Armand keine Liebesheirat gewesen war.

Letizia genoss die Zeit in Versailles und im Gefolge der Majestäten, auch wenn es zu keinen weiteren Gesprächen mit ihnen kam.

***

Auch in den kommenden Wochen erhielt sie keine weitere Einladung an den Hof und Marie-Antoinette äußerte auch nicht den Wunsch, sie in ihrem Gefolge zu begrüßen. Letizia vermutete, dass Marie-Antoinette sich in der aktuellen politischen Situation wohl nicht für neue Bekanntschaften interessierte.

Wie gerne wäre sie vor diesen düsteren Zeiten, in denen das Schicksal sie nach Frankreich warf, nach Versailles gekommen, wie gerne hätte sie das höfische Leben in seiner ganzen Fülle kennengelernt.

Nun würde sie ihre Jugend an der Seite Armands in seinem Palais verbringen müssen. Abseits der Gesellschaft, ohne fröhliche, ausschweifende Bälle und Maskeraden. Ohne durchzechte Nächte bei Kartenspielen und Champagner und ohne belangloses Geschwätz. Wenn sie Armand wenigstens lieben würde und sich mit ihm vergnügliche Stunden machen könnte.

Vielleicht bräuchte sie das alles auch gar nicht, wenn er der Mann wäre, an den sie tagein, tagaus ihre Gedanken verschwendete. Aber das war nicht der Fall. Sie liebte Armand nicht und sehnte sich nicht nach ihm. Sie liebte Eduard.

Kapitel 12

In den kommenden Monaten überschlugen sich die Ereignisse: Jacques Necker wurde in einer Stunde erbitterter Prüfungen an die Spitze der Staatsmacht gestellt und lenkte das Schiff entschlossen. Die Nation vertraute den Versprechen des Königs nicht mehr. Es musste eine neue Autorität geschaffen werden, um das Volk zu beruhigen und die Anarchie zu verhindern, denn der letzte strenge Winter hatte das Volk arg gebeutelt. In jedem Moment konnte die Verzweiflung der Menschen, die ihre Dörfer verlassen hatten und jetzt in den Städten verhungerten, zu einem gewalttätigen Aufruhr emporkochen.

König Ludwig XVI. lud schließlich am 5. Mai 1789 die drei Stände nach Paris ein, um sich die Erhöhung der Steuern absegnen zu lassen. Aber er hatte seinen Plan ohne die Abgeordneten gemacht. Sie machten aus diesem Zusammentreffen eine verfassungsgebende Nationalversammlung, um der Verelendung der Menschen in weiten Teilen des Landes entgegenwirken zu können. In ihren Augen hatte der König in den Jahren deutlich zu viel Geld in Versailles und in seinen Kriegen in der Neuen Welt verschwendet. Schnell wurde klar, dass sich in Paris nicht nur ein paar wenige Abgeordnete gegen den König stellten, sondern große Teile der Bevölkerung.

Tausende kamen nach Paris, um diesem Ereignis beizuwohnen. Manche fanden für Gold aus ihrer Börse ein Zimmer zur Miete, andere für eine Handvoll Livre eine Strohmatratze für die Nacht. Wer keine Unterkunft fand, schlief in den Straßen der Stadt, die Lebensmittelpreise verdreifachten sich, doch der Zustrom an Menschen riss nicht ab. Ein unerwartet stummer Riese – das Volk – hatte zudem dank der Pressefreiheit eine Stimme gefunden. In Hunderten von Broschüren entlud sich in feurigen Zeitungsartikeln die rebellische Wut. Im Palais Royal versammeln sich unter dem Schutz des Besitzers, des Herzogs von Orleans, täglich Tausende von Menschen. Bisher Unbekannte, die ihr ganzes Leben lang zu den Verhältnis-

Jacques Necker

sen im Land geschwiegen hatten, entdecken plötzlich den Wunsch, sich öffentlich zu äußern. Nun hatten sie das Gefühl, dass ihre Zeit gekommen war, sich für eine bessere Welt zu engagieren.

Immer mehr schwand die königliche Autorität. Offiziere und Soldaten schlossen sich dem nun herrschenden Geist an, Staatsbeamte sympathisierten. Nun sah sich der König gezwungen, die letzten ihm treu ergebenen Regimenter in der Bastille in Bereitschaft zu halten. Und er entließ Necker, den er als Wegbereiter der Revolution ansah, weil er in der Nationalversammlung die Verdopplung des dritten Standes gefordert hatte. Am 11. Juli 1789 musste er Frankreich verlassen.

***

Die Zeiten waren jedoch nicht nur für das französische Volk turbulent. Zwei Monate vor Neckers Ausweisung traf ein schwerer Schicksalsschlag die Familie de Rambal: Charles starb. Er hatte den Kampf gegen seine schwere Erkrankung verloren. Er starb im Morgengrauen. Der Arzt hatte versuchte, so gut er konnte, seine Schmerzen mit allen Arten von Medikamenten zu lindern, aber letztendlich war es hoffnungslos gewesen. Aufgrund dieses Ereignisses hatte Mariam de Mormon angekündigt, auf dem Schiff von Jonathan Joyce von Korsika aus aufzubrechen, um ihren Bruder ein letztes Mal zu sehen und sich von ihm zu verabschieden. Letizia war unglaublich glücklich, bald ihre geliebte Mutter zu treffen. Sie vermisste sie sehr, ebenso ihr Zuhause – Korsika. Seit ihrem Weggang von der Insel hatte Letizia ihre Mutter und auch Joyce nicht mehr getroffen.

Armand befahl den Dienern, die besten Gästezimmer für die beiden vorzubereiten, und den Köchen, die exquisitesten Gerichte für ein großes Abendessen zu Ehren seines verstorbenen Vaters zuzubereiten. Letizia war sehr erfreut darüber, dass ihr Mann ihre Mutter auf diese Weise behandelte, und sie bemerkte erneut traurig, dass sie diesen Mann wirklich nicht verdient hatte.

Seit ihrem Treffen in der düsteren Pension bombardierte sie Eduard mit leidenschaftlichen Botschaften, auf die sie jedoch nicht die Kraft fand, zu antworten. Sie wusste nur zu gut, dass, wenn sie ihm auf die gleiche Weise antworten würde, das brennende Feuer der Leidenschaft sie vernichten würde. Und solche einen Fehler würde sich ewig bereuen, das wusste sie. Deshalb hatte Letizia beschlossen sie, Eduard gänzlich zu ignorieren, in der Hoffnung, seine Gefühle für sie würden mit der Zeit einfach abkühlen. Zwar hatte sie einerseits große Angst davor und wollte das nicht, andererseits verstand sie, dass sie keine andere Wahl hatte. Die Marquise versteckte seine Briefe in einer kleinen Truhe unter Schloss und Riegel, denn sie befürchtete, dass Armand sie finden würde. Gott bewahre, was dann passieren würde.

***

Letizia hatte sich gerade ein helles Kleid aus himmelblauer Seide angezogen, als ihr Jenny, ihre Zofe, mitteilte, dass ihr Mann sie zu einem späten Frühstück auf der offenen Terrasse erwarten würde. Es war seit Wochen nicht mehr vorgekommen, dass sie gemeinsam ein Frühstück eingenommen hatten. Letizia ging die Treppe hinunter und zur verglasten Veranda herüber, von der aus man einen atemberaubenden Blick auf den blühenden Frühlingsgarten hatte.

Frühstück und aromatischer Kaffee wurden an einem kleinen Tisch serviert. Armand saß in einem Sessel, rauchte eine Zigarette und las Zeitung. Letizia setzte sich ihrem Mann gegenüber und wünschte ihm einen guten Morgen. Armand nickte nur und die Marquise nahm in einer leichten Verwirrung einen Schluck starken heißen Kaffees. Der Marquis blies Rauchwolken aus seinem Mund, legte die Zeitung beiseite und begann zu frühstücken.

„Das Schiff von Jonathan Joyce ist bereits in Marseille eingelaufen", verkündete Armand. „Wir erwarten deine Mutter und ihn in den Abendstunden in Paris."

Letizia lächelte leicht und sah ihren Mann verstohlen an. Er sah mit einem distanzierten Blick in den Garten und nippte langsam an seiner Kaffeetasse. Mit einem leisen Seufzer legte die Marquise Messer und Gabel zur Seite und fragte entschlossen: „Armand, was ist los mit dir? Du wirkst so ..."

Der Marquis drehte den Kopf zu seiner Frau und hob überrascht die Augenbrauen. „Was ist los mit *dir*?"

Diese Frage wusste Letizia nicht zu beantworten und sie winkte nur mit der Hand ab.

„Du solltest mit einer solch ... distanzierten Beziehung zwischen uns doch glücklich und zufrieden sein", sagte Armand und blickte Letizia aufmerksam ins Gesicht.

Die Marquise ärgerte sich über sich selbst. Warum hatte sie dieses Gespräch bloß begonnen? „Ich verstehe dich nicht, Armand."

Der Marquis schob seinen Stuhl zurück und erhob sich abrupt von seinem Sitz. „Ich möchte nicht darüber sprechen. Ich bin geschäftlich verabredet. Wenn deine Mutter ankommt, werde ich zurück sein und sie in unserem Haus begrüßen." Mit diesen Worten verließ Armand die Terrasse und ließ seine Frau verwirrt zurück.

Letizia warf ihre Serviette auf den Tisch und lehnte sich zurück. Sie hatte alles so satt. Diese Ehe, die sie wie eine Fessel band. Und nun kam ihre Mutter, die sicherlich verärgert sein würde, wenn sie von der Zwietracht zwischen den Ehepartnern erfuhr. Obwohl ... Letizia kicherte. Eine Ehe hatte es von Anfang nie wirklich gegeben. Nur in Briefen an Mariam hatte die Marquise immer gut darüber gesprochen. Letizia konnte nicht gegen ihr Herz gehen, Eduard saß fest darin.

Eduard ...

Der Name belebte in ihrer Erinnerung wieder dieses schöne männliche Gesicht, seine starken Hände, seine heißen Lippen. Aus der Erinnerung heraus spürte Letizias, wie sich ihr Körper mit kleinen

Schauern überzog, wenn sie an ihn dachte. Und in ihrem Unterleib brauste die Sehnsucht nach Vereinigung. Wie gerne würde sie sich vollkommen nackt an seinen muskulös heißen Körper drücken, wie gerne mit Küssen überschütten. Oh, wie sehr ihr Innerstes es wollte, sich diesem Mann bis zur Erschöpfung hinzugeben.

Die Marquise schüttelte den Kopf und damit alle Sehnsüchte ab. Wenn er und sie nur frei wären, würden sie eine glückliche Familie aufbauen können. Warum hatte ihnen das Schicksal so böse mitgespielt? Letizias Kopf wurde von Tausenden von Gedanken belagert. Konnte es nicht auch sein, dass sie trotz all dieser widrigen Umstände noch zueinanderfanden? Eduard hatte diese Emilien aus Profitgründen geheiratet, um die Schulden seiner Familie bezahlen zu können. Das war sicherlich längst geschehen, denn seit der Eheschließung waren Jahre vergangen. Und sie selbst? Nichts hielt sie in der Nähe von Armand. Und die neuen Gesetze gaben ihr und Armand die Möglichkeit, sich scheiden zu lassen.

Die Marquise sprang von ihrem Stuhl auf und ging nachdenklich in ihre Gemächer. Sie musste mit ihrer Mutter sprechen, die ganze Situation beschreiben, denn Mariam würde sie verstehen. Sie wünschte sich sicherlich nicht solch eine unglückliche Ehe ihre geliebte Tochter.

Als sie ihre Gemächer betrat, blieb sie sofort wie angewurzelt auf der Stelle stehen. Ihr Schreibtisch war verwüstet worden. Schubladen waren herausgezogen, Papiere und Briefe im ganzen Raum verteilt worden. Ein Tintenfässchen war zu Boden gefallen und hatte den teuren Teppich blau gefärbt. Letizia rief Jenny mit zitternder Stimme: „Was zur Hölle geht hier vor? Was ist hier passiert?“

Aber Jenny war selbst über den Anblick überrascht, der sich ihr bot. „Madame ... ich ... ich ... weiß nicht“, stotterte sie. „Das letzte Mal, als ich hier war, war noch alles in Ordnung.“

Und dann dämmerte es Letizia. Armand! Die Marquise ging zu dem versteckten Safe, der in die Wand eingelassen und durch ein Porträt von Letizia verdeckt war. Sie öffnete ihn mit zitternden Fingern und seufzte erleichtert. Die Truhe mit Eduards Briefen war unangetastet, das Schloss war nicht geöffnet worden. Letizia sank mit vor Aufregung pochendem Herzen auf einen Stuhl in der Nähe.

„Als Letztes hätte ich gerne einen Skandal“, murmelte die Marquise leise und rieb sich mit geschlossenen Augen die Schläfen. „Jenny, bring mir Kamillentee, ich muss mich beruhigen. Und bitte, räum das alles hier weg.“

***

Jonathan Joyces und Madame de Mormon kamen bei herrlichstem Frühlingswetter am späten Nachmittag in Paris an. Die Blüten der Bäume zeigten sich in voller Pracht und die warmen Sonnenstrahlen, die durch die Fenster des Herrenhauses nach innen drangen, erhellten es in dieser dunklen Zeit. Die Kutsche, die Mariam de Mormon und Jonathan Joyce zum Herrenhaus der Rambals brachte, hielt an einem der wunderschönen schmiedeeisernen Tore.

Letizia flog mit aufrichtiger Freude ihrer Mutter und ihrem Begleiter entgegen. „Mutter, wie froh ich bin!“, rief sie aus und küsste Madame de Mormon herzlich auf beide Wangen.

Die wiederum drückte ihre Tochter fest an sich und sagte mit tränenerstickter Stimme: „Was für eine Schönheit du geworden bist! Die Ehe scheint dir zu bekommen.“

Als Antwort brach nun auch Letizia in Tränen aus und vergrub ihr Gesicht in den süß riechenden Haaren der Mutter.

„Und niemand hat mich vermisst?“, murmelte Jonathan Joyce mit absichtlich brummender Stimme.

Nun wandet sich Letizia auch ihrem Ziehvater zu und umarmte den stämmigen Mann mit einem Lachen. „Wie sollte ich Sie nicht vermisst haben, Mr. Joyce. Mit Ihrer Ankunft fühle ich mich wieder zu Hause“, sagte der Marquis zärtlich und sah beide mit liebevollen Augen an.

Inzwischen war Armand zu ihnen getreten. Bei Letizias Worten hatte er die Stirn gerunzelte und sich sein Blick wie eine Wolke verdunkelte. So begrüßte er seine Schwiegermutter und ihren Begleiter ein wenig kalt und trocken.

Letizia schürzte die Lippen und beobachtete ihn aus dem Augenwinkel. So sollte er sich ihrer Mutter und seiner Tante gegenüber wahrlich nicht verhalten. Mariam, die immer nur gut von ihm gesprochen hatte. Sie konnte schließlich nichts für das unterkühlte Verhältnis der Eheleute.

Diener halfen schließlich, das Gepäck der Gäste ins Haus zu tragen. Und während Madame de Mormon einige Koffer mitgebracht hatte, trug Joyce nur ein kleines Handgepäck bei sich.

„Nach der Beerdigung werde ich nach Marseille zurückfahren, um einige meiner dringendsten Probleme in Frankreich zu lösen. Dort werde ich auf deine Mutter warten, bis sie nach Korsika zurückkehren will“, erklärte Joyce Letizia, die ihn fragend angesehen hatte.

Die Bediensteten brachten die beiden in den zweiten Stock in die für sie vorbereiteten Räume. Mariam de Mormon äußerte den Wunsch, ein Bad zu nehmen, um die salzige Luft des Meeres und den Straßenstaub abzuwaschen. Armand lud Jonathan ein, vor dem Abendessen ein paar Zigarren zu rauchen und einen Drink zu nehmen.

Letizia folgte ihrer Mutter in der Hoffnung, mit ihr über persönliche Dinge sprechen zu können, wenn sich vielleicht eine solche Gelegenheit bot, denn schon morgen früh würden sie alle gemeinsam nach Fontainebleau fahren, um Charles die letzte Ehre zu erweisen.

Die Gräfin war ein wenig überrascht, als sie sah, dass ihre Tochter ihr ins Badezimmer folgte. „Was ist, meine Liebe? Hast du nicht die Zeit, darauf zu warten, bis deine alte Mutter ein Bad genommen hat, um sie zu treffen?“, fragte die Gräfin mit einem Lächeln.

Letizia lächelte jedoch nicht zurück. Und so wusste Mariam aus dem Gesichtsausdruck ihrer Tochter gleich zu erkennen, dass etwas nicht stimmte. Sie gab der Zofe ein Zeichen, das Zimmer zu verlassen. Dann wandte sie sich an ihre Tochter. „Was ist los, Kind? Ich kenne dich!“ Die Gräfin nahm besorgt die Hand ihres Kindes.

„Mutter, wir müssen reden“, erwiderte Letizia.

Als Madame de Mormon ihr Bad beendet hatte, setzte sie sich auf ihr Bett.

Letizia nahm am Bettende Platz und kam gleich zur Sache. „Mutter, ich ... ich kann Armand immer noch nicht lieben. Ich bin so unglücklich, ich fühle mich wie eine Geisel in dieser Ehe ... ich kann das nicht mehr“, hauchte Letizia und verbarg ihr Gesicht in ihren Händen.

Mariam sah ihre Tochter besorgt an und streichelte sanft die Locken. „Aber du hast doch immer geschrieben, dass alles in Ordnung mit dir und Armand ist."

„Ja, aber nur, um dich nicht zu verärgern, Mutter. Ich wollte nicht, dass du dich schuldig fühlst, weil du mich mit Armand verheiratet hast", sagte die Marquise mit Anspannung in der Stimme.

Mariam seufzte schwer und faltete ihre Hände in ihrem Schoß. Sie hatte eine solche Wende nicht erwartet. Mehr als ein Jahr lang hatte ihre Tochter in Briefen versichert, dass es ihr gut gehe, dass ihr Mann sie mit Zuneigung und Liebe behandele, dass sie selbst ihm gegenüber sehr ehrfürchtig sei. Und nun diese Offenbarung. Kein Wort war wahr gewesen. Mariam war erschrocken. Sie hatte Letizia von Herzen eine gute Ehe gewünscht.

„Armand behandelt mich wirklich sehr gut, er liebt mich über alles", warf Letizia ein, als würde sie die Gedanken ihrer Mutter lesen können. „Aber ich kann ihn nicht lieben. Nicht wie meinen Ehemann, denn ich liebe einen anderen. Und du weißt, wer es ist, Mutter."

Mariam blickte in das schöne Gesicht ihrer Tochter. Und da fiel es ihr wie Schuppen von den Augen. „Eduard?", fragte sie fassungslos.

Letizia nickte.

Mariam stand auf und ging im Zimmer auf und ab. „Meine Liebe, ich werde dir jetzt sagen, dass dies absolute Dummheit ist. Immerhin ist er ..."

„... verheiratet, ich weiß", unterbrach Letizia ihre Mutter und reichte ihr den Brief, den Eduard ihr einst geschrieben und nicht abgesendet hatte. Sie bat ihre Mutter mit flehender Stimme, diesen Brief zu lesen.

Mariam nahm ihn und las Zeile um Zeile, Letizia beobachtete sie dabei aufmerksam. Die Marquise hoffte, dass der Brief das Herz der Gräfin erweichen würde und sie ihr in dieser schwierigen Situation Verständnis entgegenbringen würde.

Nachdem sie den Brief studiert hatte, sagte sie leise: „Nun ..." Sie gab der Tochter diese schicksalsträchtigen Zeilen zurück. „Hör mir zu, meine Tochter, und ich bitte dich, unterbrich mich nicht. Wir alle erleben den Schmerz und die Wechselfälle der Liebe in jungen

Jahren. Heißes Blut wallt in uns auf, unsere Herzen sind stürmisch verliebt. Aus diesem Grund machen wir viele Fehler im Leben, die wir im Laufe der Zeit zu bereuen beginnen. In deinem Fall wäre es ein Fehler, sich von Armand scheiden zu lassen. Er liebt dich, er lebt nur für dich. Er wird ein wunderbarer Vater für eure Kinder sein. Und letztendlich ist er fabelhaft reich. Mein Bruder Charles hat aufgrund von Konflikten und Missverständnissen seinem Schwiegersohn Bertrand de Ducre und Margarita aus seinem Testament gestrichen. Das gesamte Vermögen von Charles sowie das Anwesen in Fontainebleau gehen an Armand ..."

„Mutter!", rief Letizia erschrocken aus und ihre Augen weiteten sich. „Ist das die Hauptsache, warum ich bei ihm bleiben soll? Geld? Warum hast du meinen Vater geheiratet? Immerhin war er nicht halb so reich wie du, als du noch die Marquise de Rambal warst!"

„Ja, es geht auch um meine Fehler, liebe Letizia! Du hast keine Ahnung, wie schwer es für mich war, als dein Vater starb! Unsere Schulden waren ins Unermessliche gestiegen. Ohne Jonathan Joyce, der gerade von einer fünfjährigen Reise nach Amerika zurückgekehrt war und uns dank seiner goldenen Truhen buchstäblich aus dem Sumpf gezogen hat, hätte ich nicht gewusst, wie du und ich hätten weiterleben sollen." Aus ihrer Stimme klang pure Verzweiflung.

Letizia schwieg und wusste nicht, was sie darauf antworten sollte. Ihre Mutter hatte ihr nie von ihren finanziellen Sorgen erzählt. Sie erinnerte sich wohl daran, dass Joyce immer, wenn er aus Übersee zu Besuch kam, schöne Kleider und Schmuck für sie und ihre Mutter mitbrachte. Von Geld wusste sie nichts und auch nicht davon, dass ihre Mutter nach dem Tod des Vaters um ihre Existenz hatte fürchten müssen.

Mariam hatte die ganze Zeit aus dem Fenster geschaut und sah nun ihre Tochter traurig an. „Jonathan hat mich sein ganzes Leben lang geliebt. Er liebt mich immer noch. Ich habe auch warme Gefühle für ihn, denn wenn er nicht wäre, gäbe es dich und mich nicht mehr. Ich beginne jedoch kein Liebesabenteuer mit ihm, weil ich weiß, dass wir nicht dazu bestimmt sind, zusammen glücklich zu sein. Er verbrachte sein ganzes Leben frei wie ein Seewolf. Er liebt das Meer, den Ozean, ferne Länder. Das ist sein Leben. Ich liebe meine Insel. Korsika. Meine Ruhe, mein Anwesen. Ein solches Zuhause ist für so einen Weltenbummler wie ihn nicht geschaffen. Er würde es dort nicht lange aushalten."

Sie machte eine kurze Pause. „Und ich denke, bei Eduard ist es ebenso. Schließlich hat er geschrieben, dass er gemeinsam mit Bertrand und Margarita die Idee des Zusammenbruchs der Monarchie unterstützt. Und ich weiß von dir, gutes Kind, dass du aus ganzer Seele deine Stellung liebst. Du und er, ihr befindet euch auf gegenüberliegenden Seiten der Barrikaden. Vergiss das nicht. Du bist eine Adlige, Letizia, die dieses privilegierte Leben wertschätzt."

„Auch er ist ein Adliger", widersprach Letizia fast trotzig.

Mariam seufzte. Mit ihrer Tochter zu streiten, wenn die sich etwas in den Kopf gesetzt hatte, war einfach nutzlos. Und so beschloss sie, einen anderen Weg zu beschreiten. „Willst du dich scheiden lassen? Wunderbar. Aber will Eduard das auch, hast du ihn gefragt? Wird er sich für dich von seiner Frau scheiden lassen?", fragte die Gräfin stirnrunzelnd.

Für Letizia war diese Frage äußerst absurd. Natürlich würde er sich scheiden lassen. Er liebt diese Emilien nicht, er hatte sie aufgrund eines Versprechens an seine Mutter geheiratet. Die Marquise stand auf und sagte mit einem Lächeln: „Ich habe dich sehr in Anspruch genommen, Mutter. Du musst dich zum Abendessen umziehen, wahrscheinlich wird es gleich schon serviert. Armand wird sicherlich schon nervös sein, dass wir uns so lange zurückgezogen haben."

Mariam nickte und als Letizia die Kammern verlassen wollte, sagte sie leise: „In jedem Fall liegt die Wahl bei dir. Aber bitte, meine Liebe, mache nicht den Fehler deines ganzen Lebens."

Kapitel 13

Zur Beerdigung von Charles waren viele Weggefährten aus Nah und Fern angereist, um dem Familienoberhaupt der Rambals die letzte Ehre zu erweisen. Für den Marquis war ein Sarg aus Mahagoni gefertigt worden – mit goldenen Verzierungen und ausgelegt mit teurem Samt. Der Trauerzug wurde von Familienpastor Gaben auf dem Familienfriedhof unweit des Anwesens und nahe am Wald geleitet.

Margarita, Mariam und Letizia, die ein schwarzes Samtkleid trug, das dem Anlass entsprach, verabschiedeten sich unter Tränen von dem alten Marquis und Armand legte einen Arm voller roter Rosen auf den Sarg. Als Letizia beobachtete, wie der Körper ihres Schwiegervaters in ein tiefes Loch gesenkt wurde, dachte sie darüber nach, wie kurz dieses Leben doch war. Wer wusste schon, wie viel Zeit ihm auf dieser Erde vergönnt war. Und diese kostbare Zeit sollte man wahrlich nicht verschwenden. Sie sah die Silhouette ihres Mannes an und beschloss, sich von ihm scheiden zu lassen.

Bereits für den nächsten Tag hatte sich der Familiennotar und Testamentsvollstrecker Nicolas Truffaut aus Paris angekündigt. Er brachte einen dicken Ordner mit, der die Rechtsdokumente der Familie und den Willen des verstorbenen Marquis de Rambal enthielt.

Bertrand und Margarita rechneten nicht mehr mit ihrem Anteil an der Erbschaft, denn die Beziehung des Verstorbenen zu seinem Schwiegersohn und seiner Tochter hatte sich in den letzten Monaten sehr verschlechtert. Margarita hatte ihn mit ihren Gedanken über Freiheit und Gleichheit und den Sturz der königlichen Macht gequält. Das alles hatte ihren Vater zutiefst beunruhigt. Er war ein Adliger bis ins Mark, würde niemals von der verehrten Königsfamilie ablassen und sich mit diesen Revolutionären solidarisieren, die den König absetzen wollten. Mit Bertrand hatte der alte Marquis überhaupt nicht mehr kommuniziert, nachdem er herausgefunden hatte, welche Art von Versammlungen er in seiner Villa abhielt. Und mit seiner Tochter nur noch das Notwendigste gesprochen, nachdem sie sich voll und ganz auf die Seite ihres Mannes geschlagen hatte. Die Familie de Ducre hatte den Alten enttäuscht. Mit ihrer Einstellung verleugneten sie letztendlich ihn und seinesgleichen – und er hatte die Enterbung als seine Antwort darauf gewählt.

Das Herrenhaus in Fontainebleau war zu dieser Jahreszeit wunderschön. Die Rosen blühten und jedermann erfreute sich an ihrem wunderbaren Duft. Letizia ging mit Margarita im Garten spazieren. Sie hatten beschlossen, ihr letztes, unerfreuliches Treffen bei dem Empfang zu vergessen und sich künftig nicht mehr über die politische Situation auszutauschen, weil sie wussten, dass dies wieder in einem Konflikt enden würde. Daher sprachen sie auch jetzt nur über alltägliche Themen.

„Ich bin schwanger", verkündete Margarita plötzlich und pflückte eine duftende weiße Rose von einem Busch.

Letizia hatte auf einer selbst gebauten Schaukel Platz genommen, die an dem Ast einer hohen Eiche befestigt war. Als sie die Nachricht hörte, lächelte sie. „Ich gratuliere dir! Bertrand freut sich doch sicherlich auch darüber!"

Margarita atmete den Rosenduft tief ein. „Natürlich sind wir beide glücklich darüber. Es ist nur schade, dass ich meinem Vater nicht mehr davon erzählen konnte. Vielleicht hätte das einige Dinge geändert."

Letizia sah Margarita überrascht an und sagte entschlossen: „Du wusstest doch, dass der alte Mann nur noch wenig Zeit hatte. Warum hast du ihm zum Schluss nicht noch diese Freude bereitet?"

„Ich wollte ihn deshalb nicht stören. Er hätte sich womöglich auch noch schuldig gefühlt, wenn er seinem Enkel sein Erbe vorenthalten hätte." Als Margarita sah, dass Letizia peinlich berührt war, platzte sie heraus: „Ja, ich weiß, dass er mich aus dem letzten Willen verbannt hat. Grausam, richtig? Mein Vater hat mich aufgrund der Tatsache, dass wir uns nicht einig waren in einigen Dingen, als Tochter verleugnet. Oder hast du gedacht, ich wüsste nichts von der Enterbung?"

„Du wolltest es doch so", sagte die Marquise de Rambal leise, aber bestimmt.

„Letizia, fang nicht wieder an, lass uns nicht wieder über die Verschiedenartigkeit unserer politischen Ansichten streiten", sagte Margarita, rollte mit den Augen und fing an, die Schaukel zu schwingen.

Es herrschte eine Stille, die nur durch das Geräusch der s Schaukel unterbrochen wurde. Letizia gedachte wieder des heruntergekommenen Herrenhauses, in dem Bertrand und Margarita lebten, über seine Vernachlässigung und die Armut, die es ausstrahlte. Natürlich wusste sie nicht viel über die aktuellen finanziellen Verhältnisse ihrer Schwägerin und ihres Schwagers, doch ihr war sofort bei der Ankündigung der Schwangerschaft klar gewesen, dass Margaritas Baby unter solchen Bedingungen nicht aufgewachsen konnte. Armand musste das Erbe mit seiner eigenen Schwester teilen, wenn es wirklich nur ihm zugesprochen würde. Sie hoffte sehr, dass er nicht egoistisch handeln würde.

***

Am Abend, als Letizia vor dem Spiegel saß und sich die Haare kämmte, kam Armand zu ihr. Die Marquise zog instinktiv ihr Seidenneglige weiter über die Brust, sie hatte nicht erwartet, dass ihr Mann zu dieser späten Stunde noch zu ihr kommen würde. „Ist etwas passiert, Armand?", fragte Letizia sie.

„Muss immer erst etwas passieren, damit ich zu dir kommen kann?", fragte Armand zurück, hob eine Augenbraue und ging zu einem eleganten Sofa, das zwischen dem Fenster und dem Schminktisch seiner Frau stand. Er machte es sich bequem, streckte die Beine aus und knöpfte sein Hemd halb auf.

Letizia schwieg und kämmte ihre Haare weiter.

„Vielleicht habe ich beschlossen, die Nacht mit dir zu verbringen", sagte Armand mit einer leisen Drohung in der Stimme.

Letizia schluckte. Sie wollte weder jetzt noch jemals wieder Intimität mit ihrem Ehemann austauschen. „Ich denke nicht, dass dies eine gute Idee ist, Armand", antwortete Letizia fest und legte den Kamm auf den Schminktisch.

„Wirklich nicht?", zischte Armand und beugte sich zu seiner Frau.

„Dann kannst du mir sicherlich erklären, warum das keine gute Idee ist? Vielleicht, weil du einen Liebhaber hast?“

Letizia blickte ihren Mann an. Es war in seinem Gesicht zu sehen, dass er wütend war und außer sich. Seine Augen blitzten vor Wut und seine Nasenflügel bebten.

„Ich verstehe nicht, was du meinst“, antwortete Letizia ruhig.

Armand sagte nichts, doch er ballte seine Fäuste.

„Hast du deshalb vor ein paar Tagen mein Zimmer in unserem Haus verwüstet? Weil sich in deinem Kopf der Gedanke festgesetzt hat, dass ich einen Liebhaber habe?“

Armand grinste wütend, beugte sich zum Gesicht seiner Frau vor und legte seine Hände auf die Armlehnen des Sofas. „Ich weiß, dass du einen Liebhaber hast. Ich fühle es. Und ich habe seinen Zigarettenrauch an dir gerochen.“

Letizia wusste sofort, von welchem Abend Armand sprach, aber sie bemühte sich, sich nichts anmerken zu lassen. Sie sah ihrem Mann kühn in die Augen und verärgerte ihn dadurch noch mehr.

Er war wütend, dass er keine Kontrolle über sie hatte. Er wollte sie unterwerfen und sie dazu zwingen, sich in ihn zu verlieben. Früher hatte er alle Frauen haben können, die er gewollt hatte. Nie hatte ihn eine abgelehnt. Aber Letizia ... Als er sich in sie verliebte hatte, hatte er gefühlt, dass sie irgendwo weit weg war, für ihn unerreichbar. An jemand anderes dachte. Er wusste, es würde schwer werden, sie zu erobern. Dass es unmöglich war, daran hatte er nicht geglaubt. Diese Liebe machte ihn verrückt, verbrannte sein Herz. Er liebte diese Frau so sehr und sie hatte keinerlei Gefühle für ihn. Er war in ihrer Gegenwart nicht mehr er selbst.

Armand richtete abrupt sich auf und ging langsam auf den Ausgang zu. Er nahm den Türgriff in die Hand, drehte sich um und sagte mit entschlossener Stimme: „Ich werde herausfinden, wer er ist, Letizia. Ich rate dir, von nun an so vorsichtig wie möglich zu sein. Ich werde erfahren, mit wem du eine Affäre hast. Das sei dir versichert.“

***

Am nächsten Morgen versammelte Nicolas Truffaut die Familie im Schreibzimmer des Alten, um den letzten Willen des Verstorbenen zu verkünden. Charles überließ das Herrenhaus in Paris, in dem Letizia und Armand lebten, das Anwesen in Fontainebleau und das meiste Geld seinem Sohn Armand. Obwohl Margarita sich sicher gewesen war, dass ihr Vater ihr nichts hinterlassen würde, war sie unbeschreiblich glücklich, als sie erfuhr, dass der Marquis auch ihr einen Teil seines Geldes sowie einen beträchtlichen Teil des Schmucks ihrer Mutter vermacht hatte. Den anderen Anteil daran vermachte er seiner geliebten Schwester Mariam.

Truffaut übergab die Dokumente für beide Häuser an Armand und erklärte ihn zum rechtmäßigen Eigentümer. Nachdem er seine Arbeit beendet hatte, verließ er das Anwesen, um nach Paris zurückzukehren.

***

Am Abend kehrte Letizia nach einem Spaziergang an der frischen Luft in ihr Zimmer zurück, wo sie überrascht war, dass Armand dort war und die Häuser-Dokumente in der Hand hielt. „Was ist, Armand?“

Der Marquis atmete schwer und Letizia roch sofort den Alkohol, dem er wohl in reichem Maße zugesprochen hatte.

„Bist du betrunken?“, fragte sie in der Hoffnung, dass der Alkohol seine Gedanken nicht zu sehr getrübt hatte. Sie hasste es, wenn ihr Mann betrunken war, denn dann verlor Armand oft die Kontrolle über sich selbst. Und meist führte das zu einem neuerlichen Streit zwischen den Eheleuten.

Zudem hatte Letizia jetzt noch mehr Angst vor diesen Zusammenstößen, da es zu viele Gründe gab, die Armand vielleicht dazu veranlassen konnten, sich das zu holen, was ihm – aus seiner Sicht – als Ehemann zustand.

Armand sah seine Frau mit trüben Augen an und winkte hilflos mit den Papieren in seiner Hand. „Warum brauche ich all diesen Reichtum? Für wen, für wen? Ich habe nicht einmal einen Erben“, lallte er.

Letizia zog es vor, über diese Bemerkung zu schweigen, und ging zum Fenster. Sie öffnete die Fensterläden, atmete die frische Abendluft ein und setzte sich auf die Fensterbank.

„Letizia ..." Armand stolperte beim Aufstehen aus seinem Sessel und ging zu seiner Frau hinüber. Er legte seinen Arm um ihre Schultern, vergrub sich in ihrem schönen Nacken und atmete den süßen Duft ihrer Haut ein. „Schenk mir einen Sohn, Letizia ... Mehr will ich nicht!"

Die Marquise saß, ohne sich zu bewegen, und starrte auf einen Punkt am Horizont. Ihre Augen waren plötzlich mit Tränen gefüllt. Sie spürte den Schmerz, den Armand durch ihre Gleichgültigkeit und ihren Mangel an Liebe erfuhr. Dies war wahrscheinlich der Grund, warum sie nicht über Scheidung mit ihm sprechen konnte. Sie drehte sich nicht um, um zu sagen, dass sie ihn für immer verlassen wolle. Sie wischte sich mit dem Handrücken die Tränen von den Wangen, drehte sich zu ihrem Mann um und lächelte ihn liebevoll an.

„Armand, du bist betrunken! Und ich rede lieber mit dir, wenn du einen hellen Kopf hast. Du brauchst jetzt deinen Schlaf."

Armand nickte. Er drehte sich um, aber anstatt in sein Zimmer zu gehen, ließ er sich auf Letizias Bett fallen. Die Marquise erkannte, dass es sinnlos war, ihn zurechtzuweisen. So ging sie zu ihm, nahm ihm die Papiere aus der Hand und legte diese auf den Schreibtisch, dann zog sie ihm die Stiefel aus und bedeckte den bereits Schlafenden mit einer weichen Decke.

Eine Weile blieb sie neben ihm stehen, dann küsste sie ihn sanft auf die Stirn. Vielleicht hätte sie ihn in einem anderen Leben lieben können, aber in diesem war er nur ihr Cousin ... und Eduard die Liebe ihres Lebens.

Kapitel 14

Ein paar Tage später kehrten die Familien de Rambal und de Ducre nach Paris zurück, nachdem sie alle Geschäfte die Erbschaft betreffend in Fontainebleau beendet hatten.

Mariam würde in naher Zukunft auch nach Korsika abreisen, um Jonathan Joyce nicht in Marseille zu lange festzuhalten. Zur Verabschiedung bereitete Letizia mit ihrer Mutter ein Abendessen auf der offenen Terrasse vor. Die Bediensteten deckten einen großen runden Tisch und zündeten Kerzen in Kandelabern an, die Köche bereiteten die köstlichsten und besten Fleisch- und Fischgerichte zu, die die Küche hergab, zudem wurde der beste Wein aus den Kelleaux-Kellern serviert.

Letizia war sehr traurig, sich wieder von ihrer Mutter trennen zu müssen. Insgeheim hatte sie gehofft, dass sie ihren Besuch in Paris über einige Wochen ausdehnen würde. Nun aber reiste sie schon nach ein paar Tagen wieder ab. Wer wusste schon, wann sie sich wiedersehen würden. Letizia war zudem betrübt darüber, dass sie nach der Abreise ihrer Mutter wieder mit ihrem Ehemann allein und jede weitere Minute mit ihm ihr eine Last sein würde. Es gab nur eine Freude für sie – Eduard. De Gamelin hatte ihr wieder geschrieben und ihr den Brief über Jenny zustellen lassen. Sie konnte es kaum erwarten, ihn zu lesen. Und sie hatte sich vorgenommen, ihm dieses Mal zu antworten. Dabei war natürlich äußerste Vorsicht geboten, denn die Marquise erinnerte sich an die Worte Armands, die er in Fontainebleau gesprochen hatte, doch sie wusste, dass sie sich auf Jenny verlassen konnte. Die Zofe war ihr treu ergeben.

Das Abendessen fand in einer angenehmen und einladenden Atmosphäre statt. Das Essen war göttlich, der Wein mundete allen. Die Gespräche bei Tisch drehten sich um beiläufige Themen, aber gegen Ende des Abends lehnte sich Mariam in ihrem Stuhl zurück und sagte betrübt: „Ich mache mir Sorgen darüber, was in Paris passiert. Diese Aufregung ... Vielleicht sollten wir alle zusammen eine Weile nach Korsika fahren und dort warten, bis sich hier alles beruhigt hat?"

Armand lächelte und schüttelte den Kopf. „Mach dir keine Sorgen, Schwiegermutter, alles wird sich von selbst beruhigen. Der König wird alles in seiner Macht Stehende tun, um das Volk zu besänftigen. Ich glaube nicht, dass sich das Prozedere hier lange hinziehen wird, man muss nur geduldig sein."

Mariam faltete ihren Fächer zusammen und seufzte schwer. „Das weißt du besser als ich, Armand. Aber immer, wenn das Volk aufsteht, beginnt Blut zu vergießen. Versprichst du mir, dass ihr Frankreich sofort verlassen werdet, wenn es schlimmer wird? Sonst werde ich verrückt und mache mir Sorgen um euch", rief die Gräfin und man merkte ihren Worten an, wie aufgewühlt sie innerlich war.

Letizia stand auf und ging zu ihrer Mutter. Sie nahm ihre Hand, drückte ihre Lippen darauf und sagte mit einem Lächeln: „Mach dir keine Sorgen, Mutter, wir werden Frankreich definitiv verlassen, wenn es gute Gründe dafür gibt."

Trotz der Aussage ihrer Tochter war Mariams Herz besorgt. Sie hatte sich von Joyce alles über diese schrecklichen Unruhen erzählen lassen. Sie wusste, dass große Teile der Bevölkerung darauf bestanden, die Last der Steuern zu senken und die Unterdrückung durch die Machthaber zu beenden. Zu oft waren diese Bestrebungen bereits zum Ausdruck gebracht worden, sodass niemand es mehr übersehen konnte, was sich in Frankreich tat.

Nicht nur in Paris waren unruhige Zeiten angebrochen, auch in anderen Provinzen waren die ersten Folgen der Revolution bereits zu spüren. Nach der Entlassung Neckers war eine große Menge an Menschen nach Versailles gezogen, hatte das Schloss umzingelt und gefordert, dass der beliebte Minister wieder an die Macht berufen werden solle.

Comte d'Artois, ein jüngerer Bruder Ludwigs, der sich im Palast befunden hatte, reagierte auf eine Weise, die seinem Verstand am besten entsprach: Er befahl den Wachen, auf die Menschen zu schießen. Diese lehnten jedoch ab – das Volk drängte vorwärts. So blieb Ludwig XVI. und seiner Königin nichts anderes übrig, als sich auf dem Balkon zu zeigen, wo er nicht nur versprach, Necker auf seinen Posten zurückzubringen, sondern feierlich sein königliches Wort gab, dass die Nationalversammlung nicht gestört würde und auch keine neuen Steuern eingeführt würden. Die Leute draußen waren mit dieser Erklärung zufrieden und kehrten nach Paris zurück. Manche sprachen nun laut von der Barmherzigkeit des Königs, weil er durch sein Zugeständnis einem Teil ihrer Forderungen entsprach.

Trotzdem blieb die Gräfin verunsichert, hoffte aber auf die Klugheit ihrer Tochter und die Besonnenheit ihres Schwiegersohns, wenn plötzlich ein kritischer Moment im Land eintreten sollte. Denn wenn Letizia etwas passieren würde, davon war Mariam fest überzeugt, würde sie einen solchen Schicksalsschlag nicht überleben.

Am nächsten Morgen verabschiedete sich die Marquise de Rambal unter Tränen von ihrer Mutter. „Schreib mir gleich einen Brief, wenn du auf Korsika ankommst, Mutter", sagte Letizia zum Abschied und umarmte die Gräfin.

„Natürlich, meine Liebe." Mariam küsste ihre Tochter und dreht sich dann zu Armand um, der mit den Wachen sprach. Als sie sah, dass er abgelenkt war, flüsterte sie ihrer Tochter zu „Was hast du in Bezug auf Armand entschieden?"

„Mein Wunsch ist immer noch der gleiche", antwortete Letizia hartnäckig und sah ihre Mutter herausfordernd an.

Die erkannte, dass es nutzlos und unangemessen war, hier und jetzt zu streiten, nickte mit dem Kopf und sagte: „Nun, es ist deine Angelegenheit." Die Gräfin hatte immer damit geplant, ihre Tochter erfolgreicher zu verheiraten, als sie selbst geheiratet hatte. Das war ihr gelungen. Aber Letizia hasste ihre Ehe und bäumte sich auf. Mariam konnte dies sogar verstehen, denn auch sie kannte die Kraft der alles verzehrenden Liebe. Zuerst hatten sie diese Gefühle in die Arme des unglaublich schönen, aber armen Grafen von Mormon geworfen, dann, nach dessen Tod, verliebte sie sich in dessen Freund, den charmanten Jonathan Joyce. Aber Mariam hatte Angst, schreckliche Angst, dass Letizia einen Fehler machen würde, wenn sie sich von ihrem Ehemann scheiden ließ, denn sie war jung und zu hitzig.

Nach einem letzten Kuss und einem „Adieu“ stieg sie in die Kutsche ein und winkte noch lange nach der Abfahrt mit der Hand durch das offene Fenster. Madame de Mormon hob den Blick zum Himmel, verschränkte die Hände und flüsterte ein leidenschaftliches Gebet: „Barmherziger Gott, bitte beschütze meine Tochter! Rette sie vor allen Gefahren und Versuchungen dieses Lebens! Sie ist doch noch so jung!“

***

Die Abreise der Mutter nahm die junge Frau tatsächlich sehr mit. Solange Letizia sich erinnern konnte, war Mariam nicht nur ihre Mutter, sondern auch ihre beste Freundin gewesen. Sie konnte ihr buchstäblich alles erzählen. Sogar davon, als sie sich mit zwölf Jahre das erste Mal verliebt hatte. Sie war damals in die Gemächer Mariams gelaufen und hatte ihr das größtes Geheimnis erzählt: Sie hatte sich verliebt.

Die Mutter hörte immer aufmerksam all ihren Lobreden zu, die sich nur um Napoleon Bonaparte drehten. Sie erfreute sich wie ihre Tochter an den Wildblumensträußen, die der wilde Junge überreichte. Oder an einem süßen Kuchen, den er von zu Hause mitgebrachte. Mariam wusste und verstand, dass man sich niemals in die erste Liebe einmischen sollte, denn dies war die hellste und angenehmste Erinnerung an die Jugend. Ihr war damals natürlich vollkommen klar, dass es nur eine Kinderliebe war, dass Letizia und Bonaparte keine gemeinsame Zukunft hatten.

Letizia hatte sich nach dem Abschied der Mutter in ihre Gemächer verzogen, nun saß sie an ihrem Schreibtisch, um eine schnelle Antwort auf den Brief, den Eduard geschickt hatte, zu verfassen. Er hatte geschrieben, dass kein Tag und auch keine Nacht vergehen würde, an denen er nicht an sie dachte. Er schrieb, dass Letizia mit ihrem Schweigen nichts erreichen würde, er sei zu stur, um aufzugeben, zu verliebt, um sich zurückzuziehen.

Letizia brachte nun mit klopfendem Herzen zu Papier, dass sie ihn genauso leidenschaftlich liebe, dass sie ihr ganzes Leben mit ihm verbringen und sich von ihrem Ehemann scheiden lassen wolle.

Sie wollte ihre Gefühle so lebendig, so leidenschaftlich wie möglich ausdrücken und ihm ihre Liebe versichern. Als der Brief fertig war, versiegelte Letizia ihn mit Wachs und versteckte ihn in ihrer Corsage. Sie machte sich auf die Suche nach Jenny.

Die saß allein in der Küche und beendete gerade ihr Abendessen. Als sie die Herrin sah, wischte sie sich den Mund mit einer Serviette ab und stand vom Stuhl auf. „Ist etwas passiert, Madame?", frage sie besorgt.

Letizia ging auf das hübsche Mädchen zu, legte ihre Hand auf dessen Schulter und sagte leise: „Setz dich und iss fertig."

Jenny sank verlegen auf den Hocker zurück und hob den halb gegessenen Hähnchenschenkel wieder auf.

Letizia wollte sie nicht weiter stören und machte sich auf die Suche nach einer anderen Hausangestellten. Teresa, das Mädchen, das für das Essen am Esstisch verantwortlich war, saß in ihrem Zimmer und richtete sich gerade fürs Bett. Als sie die Herrin in der Tür sah, sprang sie überrascht auf und machte einen Knicks. „Madame, wie kann ich Ihnen dienen?", fragte sie beflissen.

Letizia hielt ihr den Brief entgegen. „Du musst ein wenig warten, bis du schlafen kannst, Teresa", erklärte sie. „Dieser Brief muss dringend dem Comte de Gamelin überbracht werden. Er enthält wichtige Informationen, die mir meine Cousine Margarita gegeben hat."

Teresa nickte und zog sich wieder an.

„Nur bitte, lass dich nicht mit diesem Brief erwischen, besonders nicht vom Marquis de Rambal, das würde schlecht für meine Cousine und mich enden. Und doppelt schlecht für dich, denn ich würde dich hart für deinen unerfüllten Dienst bestrafen", sagte die Marquise scharf. Sie überreicht Teresa das Schreiben und verließ das Zimmer der jungen Frau.

Teresa zitterte ob der Drohung, die ihre Herrin gerade ausgesprochen hatte. Und sie fluchte, denn wie immer blieb die ganze Drecksarbeit an ihr hängen. Sie hasste es, in die Intrigen dieser Leute hier im Haus eingebunden zu werden, besonders dann, wenn sie sich gegen ihren Herren, den Marquis de Rambal, richteten. Den schätze sie sehr und war vielleicht sogar ein wenig in ihn verliebt. Dass zwischen der Madame und dem Marquis etwas nicht stimmte, pfiffen ja schon seit Monaten die Spatzen von den Dächern. Und wenn die Herrin jetzt, mitten in der Nacht, mit einem Brief bei ihr auftauchte, um ihn diesem de Gamelin zu bringen, dann konnte dies nur bedeuten, dass Madame etwas im Schilde führte – und das mit Sicherheit nicht zugunsten ihres Herren. Trotzdem setzte sich Teresa eine Mütze auf den Kopf, versteckte den Brief in die Tasche ihres Kleides und verließ schweigend ihr Zimmer. Das Haus war ruhig, Teresa hatte keinen Zweifel daran, dass alle schliefen. Als sie jedoch die Haupttreppe hinunterging und dem Ausgang zustrebte, erschien Armand de Rambal wie aus dem Nichts vor ihr. Teresa erschrak fürchterlich und hätte geschrien, wenn der Marquis ihr den Mund nicht rechtzeitig mit seiner Hand bedeckt hätte.

„Wohin gehst du um diese Zeit, Teresa?", fragte Armand sogleich.

Teresa sah ihn an und wusste nicht, was sie antworten sollte. Wenn sie die Marquise verriet, würde sie es künftig schwer haben in diesem Haus, das wusste sie. Armand machte das Schweigen wütend. „Führst du einen Auftrag der Marquise aus?", fragte er und beugte sich dicht an das Gesicht des armen Mädchens heran. So nah, dass sie seinen Atem riechen konnte. In Teresa stieg die Angst auf, was man ihren Augen deutlich ansah. Armand nahm seine Hand vom Mund des Dienstmädchens und sagte sanfter: „Hab keine Angst, du kannst mir alles erzählen, Teresa. Meine Gattin wird dich nicht bestrafen, du stehst unter meiner persönlichen Obhut."

Die Magd stieß einen aufgeregten Atemzug aus und griff in die Tasche ihres Kleides. Sie nahm den Brief heraus, zeigte ihn dem Marquis und sagte: „Ich wurde angewiesen, diesen Brief Eduard de Gamelin zu geben. Es gibt einige wichtige Informationen für ihn von Ihrer Schwester, Monsieur."

„De Gamelin?", fragte der Marquis überrascht und nahm den Brief aus der Hand der Magd entgegen.

„Aber Monsieur de Rambal, die Dame befahl ..."

Weiter kam sie nicht. „Du kannst schlafen gehen, Teresa", unterbrach Armand. „Ich kümmere mich darum, dass er diesen Brief persönlich erhält." Mit gesenktem Blick ging die Magd zurück in ihr Zimmer.

***

Wenig später saß der Marquis in seinem Sessel am Kamin, riss den Brief auf und las die Worte, die nicht für ihn bestimmt gewesen waren. Eine Welt brach für ihn zusammen, denn er musste mit eigenen Augen sehen, wie seine geliebte Frau einem anderen Mann ihre Liebe gestand. Und nicht nur das. Sie teilte ihm auch mit, dass sie nur noch mit ihm zusammen sein und die Scheidung von ihm, Armand, wolle. Die Hände des Marquis zitterten fürchterlich, als er den Brief zerriss. Seine Augen brannten und er wusste, was er nun zu tun hatte. Mit großen Schritten eilte er zu den Gemächern seiner Frau. Sie schlief nicht, stand am Fenster und wartete anscheinend auf die Nachricht der Magd, dass der Brief an den Adressaten geliefert worden war. Anstelle von Teresa stürmte jedoch ein wütender Ehemann in den Raum, packte sie an den Schultern und schüttelte sie heftig. „Du Schlampe! Du Hure!", schrie Armand völlig außer sich, schubste Letizia von sich weg und schlug ihr mit der offenen Hand ins Gesicht. Die Marquise flog gegen die Wand. Sie zitterte und hatte furchtbare Angst.

Armand warf den zerrissenen Brief vor die Füße seiner Frau und brüllte so laut, dass es sicherlich jeder im Haus vernehmen konnte: „Wie lange geht das schon mit diesem Eduard? Wie lange ist er schon dein Liebhaber?"

Letizia schaute auf das zerrissene Stück Papier auf dem Boden und schwieg. Sie wusste, dass Armand sie in seiner Raserei töten würde, wenn sie jetzt ein Wort zu viel sagte. Es war sinnlos, sich bei ihm zu entschuldigen und ihm zu sagen, dass zwischen ihnen bis jetzt nichts geschehen war. Er würde es nicht glauben. Ihr Brief war zu leidenschaftlich dafür gewesen.

Armand keuchte vor Wut und Hass und ging wie ein Raubtier in der Falle im Raum auf und ab. Letizia drückte sich gegen die Wand und betete zu Gott, dass er sich beruhigen und in sein Zimmer gehen möge.

„Womit habe ich Gott so verärgert? Warum hat er mich so bestraft? Warum hat er ausgerechnet dich zu mir geschickt? Antworte mir, Letizia!"

„Ich habe nicht um diese Hochzeit gebeten, Armand, und du weißt das sehr gut", sagte Letizia leise.

„Ich glaubte, nein, ich hoffte, dass du mich eines Tages lieben würdest. Ich hatte beschlossen, alles dafür zu tun, um ein guter Ehemann zu werden! Aber du hast meine Liebe zur Hölle geschickt! Du hast mir in die Seele gespuckt, Letizia!“, brüllte Armand erneut.

Die Marquise hob den Kopf und antwortete ruhig, um ihn zu besänftigen: „Es tut mir so leid, Armand. Aber ich kann meinem Herzen nicht sagen, wen es lieben soll ...“

„Halt die Klappe!“ Armand stand in Drohgebärde vor seiner Frau. Doch er schlug sie nicht, sondern holte ein paar Mal tief Luft und versuchte, sich zu beruhigen. Dann sah er seine Frau mit eiskalten Augen an: „Ich will dich nicht mehr in meinem Haus sehen. Pack deine Sachen, ich lass dich noch heute Nacht nach Fontainebleau bringen. Und komm nicht zurück, bis ich es dir befehle. Und ja, Letizia.“ Er lachte höhnisch auf, als er schon an der Tür stand. „Ich werde mich nicht von dir scheiden lassen. Du wirst den Rest deines Lebens mit mir verbringen.“ Mit diesen Worten verließ Armand den Raum und schlug die Tür hinter sich zu.

Kapitel 15

Jenny wurde gerufen und packte in Windeseile die Sachen ihrer Herrin zusammen. Die Diener luden schließlich alles in eine kleine Kutsche, die Madame nach Fontainebleau bringen sollte. Jenny durfte sie begleiten, doch Armand verbot strengstens weitere Dienstboten. Er sagte Letizia auch, dass er ihr die Hälfte ihrer Apanage entzogen habe. Aber Letizia war das egal. Ihr war alles egal, sie brauchte nur jemandem, der Eduard sagte, dass sie alleine nach Fontainebleau fahren würde. Armand dachte zwar, er würde seine Frau ins Exil schicken, aber aus ihrer Sicht lag er völlig falsch. Sie war insgeheim froh, dass sie endlich von ihrem Ehemann wegkonnte. Und vielleicht bestand ja auch die Möglichkeit, Eduard auf dem Landsitz zu treffen.

„Jenny, mir müssen dem Comte de Gamelin sagen, wo ich bin und dass ich auf ihn warte", flüsterte Letizia leise und stieg schon einmal in den Wagen.

„Ich verstehe, Madame", sagte die treue Dienerin und ging unter dem Vorwand zum Haus zurück, dass sie ihren Schal vergessen habe. Letizia wartete mit angehaltenem Atem auf sie und befürchtete, dass sie über Armand stolpern und er ihr – wie Teresa – die Botschaft entlocken könnte. Doch nach fünf Minuten war Jenny zurück und als der Kutscher die Pferde antrieb, sagte sie leise: „Ich habe die Nachricht an Denis, den Koch, weitergegeben. Morgen wird er auf den Markt gehen, um neue Lebensmittel zu besorgen, und auf dem Rückweg bei Monsieur de Gamelin vorbeischauen."

„Vertraust du ihm, Jenny?", fragte der Marquis misstrauisch.

„Oh ja, gnädige Frau, weil er blind in mich verliebt und bereit ist, absolut alles für einen Kuss zu tun", antwortete Jenny mit einem Lächeln auf den Lippen. Letizia lehnte sich erleichtert zurück. Jetzt konnte sie nichts mehr davon abhalten, den Geliebten zu treffen.

***

Am nächsten Morgen nahm Denis Lamarche einen großen Korb und ging pfeifend zum Markt, um Essen für den Tisch des Marquis zu holen. Der Tag war wunderbar, die Sonne schien hell, eine leichte, angenehme Brise wehte. Denis war unbeschreiblich gut gelaunt. In dieser Nacht hatte ihn die kleine Jenny wirklich geküsst. Seine Lippen erinnerten ihn noch immer an ihren süßen Geschmack und sein Herz schlug wie wild alleine aufgrund dieser Erinnerung an sie. Sie hatte ihm zwar für diesen Kuss eine etwas seltsame Aufgabe aufgetragen, aber das störte ihn nicht weiter. Wozu sollte er sich Gedanken um Dinge machen, die ihn nichts angingen? Es musste nur das Haus des Comte de Gamelin finden und ihm mitteilen, dass die Marquise de Rambal allein nach Fontainebleau abgereist sei.

Er bog in die Rue Saint Honore ein und fragte die erste Person, die er traf, wo er das Haus des Comte finden könne. Der Angesprochene beschrieb den Weg ausführlich und versicherte ihm, dass er bald da sein müsse. Denis bedankte sich und marschierte weiter. Bald erschien ein gepflegtes Haus mit einem schönen Garten. Er öffnete das schmiedeeiserne Tor und folgte dem Gartenweg direkt zum Eingang. Dort wurde er vom Butler begrüßt und gefragt, wie er helfen könne. Denis sagte, er müsse den Grafen persönlich sprechen, um ihm äußerst wichtige Informationen zu übermitteln. Das wunderte den Diener nicht weiter, denn in den letzten Monaten waren öfter einmal Personen des dritten Standes im Haus gewesen, um mit Eduard de Gamelin zu sprechen.

Eduard saß mit seiner Morgenzeitung und einer starken Tasse Kaffee im Wohnzimmer, als sein Diener den Raum betrat. Emilien, seine Frau, saß neben ihm und verteilte gerade Himbeermarmelade auf einem Stück Baguette. Der Butler ging zum Grafen und flüsterte ihm ins Ohr, dass jemand ihn dringend sprechen wolle. Eduard runzelte die Brauen, faltete die Zeitung zusammen und stellte den Kaffee auf den Tisch.

„Ist etwas passiert?“, fragte Emilien besorgt, aber Eduard winkte ab.

„Das ist meine Sache“, antwortete er und folgte dem Butler.

Denis stand im Korridor, trat von einem Fuß auf den anderen und verneigte sich, als der Graf vor ihn trat.

„Mir wurde gesagt, dass du eine wichtige Nachricht für mich hast“, sagte Eduard.

„Ja, Monsieur, eine ... sehr persönlich“, antwortete Denis und blinzelte den Butler an. Daraufhin bedeutete Eduard diesem, zu gehen. Als er durch die Tür verschwunden war, sagte Denis mit gedämpfter Stimme: „Ich wurde angewiesen, Ihnen zu sagen, dass die Marquise de Rambal alleine nach Fontainebleau gefahren ist.“

Eduard runzelte die Stirn. Letizia alleine auf dem Landgut? Ohne Armand? „Weißt du, warum Madame nach Fontainebleau gefahren ist?“, fragte Eduard.

Denis lächelte mit dem Blick eines Verschwörers. „So ein Skandal war nachts, Monsieur. Madame und der Marquis stritten heftig, sodass man es im ganzen Haus hören konnte. Infolgedessen verließ die Marquise mitten in der Nacht mit all ihren Sachen das Haus in Paris, um auf das Landgut zu fahren.“ Er machte eine Pause. „Der Marquis ist nicht mitgefahren.“

„Verdammt“, ging es Eduard sofort durch den Kopf. Vielleicht hatte Armand von seinen Briefen an Letizia erfahren. Eduard klopfe dem Koch auf die Schulter, gab ihm einige Goldmünzen in die Hand und ging zügig zu seinen Gemächern, um sich für seine Fahrt umzuziehen.

***

Letizia hoffte, dass der Koch Eduard die Botschaft überbringen konnte. Unruhig ging sie im Wohnzimmer auf und ab und wartete auf seine Ankunft. Sie hoffte so sehr, dass er kommen würde. Sie sehnte sich unerträglich nach ihm. Die Marquise schickte Jenny zu ihrer Mutter, die nicht weit von dem Anwesen entfernt lebte. Sie verbarg ihre Romanze nicht vor der Zofe, wollte jedoch, wenn ihr Geliebter kommen würden, alleine im Haus mit ihm sein.

Und dann hörte sie das schnelle Schlagen der Hufe auf der Straße. Eduard! Er galoppierte schneller als der Wind auf seinem schwarzen Pferd. Als er Letizia sah, sprang er auf halber Strecke vom Pferd und rannte ihr entgegen. Eine Welle des Glücks erregte beide. Es war, als wären sie nach langen Tagen des Leidens aufgewacht und hätten eben bemerkt, dass der Schmerz verschwunden war und an seine Stelle andere, lebhafte Gefühle getreten waren.

Eduard empfand sogleich sinnliche Freude an ihrem Geruch, an dem Anblick ihres Gesichts und ihren Haaren. In dem Moment, als sie vor ihm stand, dürstete er nach ihr wie nach einem Schluck Wasser in der Wüste. Der Graf legte seine Lippen auf ihre. Sie waren weich, süß und feurig heiß. Letizia umarmte ihn, stieß einen leisen, befreienden Seufzer aus und küsste ihn leidenschaftlich. Eduards Zunge berührte sanft ihre Zunge, neckte und streichelte sie, seine Hände glitten über ihren Rücken und ihre Brust, seine Finger lösten langsam das Korsett. Begierde und Leidenschaft hatten vollkommen Besitz von ihnen ergriffen.

Letizia zog ihren Geliebten ins Haus und in ihr Schlafzimmer. Sie gaben sich einander hin, voller Leidenschaft und gepaart mit einer Sehnsucht, als hätten sie ein Leben lang aufeinander gewartet. Immer wieder kosteten sie das intensive Liebesspiel aus und es war für Letizia, als hätte sie überhaupt das erste Mal einem Mann hingegeben.

Später lagen Letizia und Eduard völlig nackt und erschöpft vom Liebesspiel auf ihren Seidenlaken. Die Haare der Marquise fielen auf das Kissen und der Comte de Gamelin vergrub sein Gesicht mit einem glückseligen Seufzer darin.

„Ich liebe dich“, flüsterte Letizia leise und sah hinter halb geschlossenen Augenlidern den hübschen Grafen an.

Eduard packte die Taille der Marquise und zog sie fest an sich. Letizia war unendlich glücklich. Ja, sie hat ihr Wort gebrochen, sie hat Armand betrogen. Aber sie bereute es keineswegs, dies waren die glücklichsten Stunden ihres Lebens.

Eduard und Letizia verließen das Schlafzimmer für die nächsten 24 Stunden nicht. Sie konnten nicht genug voneinander bekommen, konnten sich nicht voneinander losreißen. Zu lange hatte sie aufeinander warten müssen.

***

Das Wetter war wunderbar. Fontainebleau in der Sommersaison war schöner als je zuvor. Der Wald rund um das Anwesen, blühende Wiesen mit duftenden Kräutern und Wildblumen, ein gurgelnder, schmaler, gewundener Fluss – all dies zeigte ein Bild von Frieden, Gelassenheit und Glück und passte perfekt in den gegenwärtigen Zustand von Letizia. Sie und Eduard hielten sich an den Händen und schlenderten durch das Anwesen, genossen die Landschaft und das fantastische Wetter. Letizia trug ein helles, luftiges Kleid, ihr Haar war lässig über die Schultern geworfen. Es war, als wäre sie wieder sechzehn. So wie damals, als sie Eduard zum ersten Mal getroffen hatte. Die Liebe erfüllte ihr ganzes Wesen. Jedes Mal, wenn sie ihn umarmte und küsste, wurde sie verrückt vor Freude und Aufregung. Sein Geruch, sein starker, muskulöser Körper, all das zog sie magisch an.

Sie schwammen nackt im Fluss, lachten und spielten miteinander und gaben sich dann am Ufer immer wieder der Liebe hin. Jedes Mal hüllten brennende Wellen des Vergnügens Letizia ein, ihr Blut kochte und die Leidenschaft wurde jedes Mal stärker.

***

Fünf Tage waren seit Eduards Ankunft inzwischen vergangen, als sie abends zart in der Armen des jeweils anderen auf einer Couch auf der Veranda lagen. Letizias Finger knabberten träge an den Trauben, die in einer kleinen Schale auf einem Tisch neben der Couch standen. Es war eine wunderschöne sternenklare Nacht. Nur das leise Geräusch der sich wiegenden Kiefern am Waldesrand war zu hören.

Eduards Finger strichen sanft über die Haare der Marquise. „Ich wünschte, ich könnte mein ganzes Leben so bei dir liegen", flüsterte er leise und schloss seine Augen.

Letizia nahm seine Hand und drückte einen sanften Kuss darauf. „Ich habe beschlossen, mich von Armand scheiden zu lassen", antwortete sie.

Eduard öffnete seine Augen und sah Letizia erstaunt an. „Wann hast du diese Entscheidung getroffen? Wenn ich mich richtig erinnere, wolltest du Armand nicht verletzen."

„Genau das ist der Punkt. Ohne mich wäre er besser dran. Es gibt jedoch ein Problem dabei“, sagte die Marquise und wandte sich dem Grafen zu.

„Das wäre?“

Letizia seufzte schwer, warf den Kopf zurück und starrte die Sterne an. „Er weigert sich kategorisch, sich von mir scheiden zu lassen. Aber ich will nicht mehr mit ihm leben. Das ist Folter für uns beide. Ich möchte mit dir weglaufen, nach Korsika segeln“, sagte Letizia und richtete ihre verträumten Augen auf das Gesicht ihres Geliebten.

Eduard runzelte die Stirn und richtete sich auf. „Das ist nicht deine beste Idee, meine Liebe“, sagte er und nahm Letizias Hand in seine. „Hör mir zu. Wenn ich mit dir gehe, wohin auch immer, wird Armand es nicht einfach dabei belassen. Er kann fordern, zumindest auf der Grundlage des Gesetzes, dass du zu ihm zurückkommst. Du bist seine Frau vor Gott. Dies ist der erste Grund. Der zweite Grund liegt bei mir oder vielmehr in meinen familiären Beziehungen. Ja, ich könnte mich von Emilien scheiden lassen. Aber das kann ich ihr nicht antun, Letizia. Sie ist bei sehr schlechter Gesundheit, die geringste Aufregung wird sie ins Grab bringen. Unsere Flucht würde das Unglück von zwei Menschen heraufbeschwören. Armand und Emilien werden das nicht verkraften“, sagte Eduard und drückte fest die Hand seiner Geliebten.

Letizia sah dem Mann, für den sie alles hingeben würde, lange an, ohne etwas zu sagen. Dann stand sie auf und befreite ihre Hand aus seiner. Sie hatte mit allem gerechnet, aber nicht mit solch einer ablehnenden Antwort.

„Ich wusste nicht, dass du so erbärmlich bist“, stieß sie schließlich kalt wie Eis hervor und verschränkte die Arme vor der Brust.

„Letizia“, begann Eduard, aber die junge Frau unterbrach seine Rede mit einer Handbewegung.

„Ruhe. Ich will nichts mehr hören.“ Sie nahm einen Umhang von der Couch, warf ihn sich über die Schultern und ging ins Schlafzimmer. In der Tür blieb sie jedoch noch einmal stehen und wandte sich zu Eduard um, der ihr gefolgt war. Ihre Augen leuchteten tränennass.

„Ich will dich nicht mehr sehen. Verlass bitte sofort mein Haus. Ich denke, Emilien wartet zu Hause sehnsüchtig auf dich."

Eduard ergriff ihre Hand und zog sie an sich. „Sei kein Dummkopf, Letizia. Du weißt, dass ich nur dich alleine liebe. Wir brauchen Zeit und Geduld. Ich möchte genauso mit dir zusammen sein wie du ..."

Weiter kam er nicht. Letizia entzog ihm ihre Hand und schob ihn von sich weg. „Lass mich los! Ich brauche keine Zeit, ich will nicht länger warten! Je mehr Zeit vergeht, desto stärker werden die Hindernisse, die uns daran hindern, zusammen zu sein! Weißt du, ich habe soeben meine Meinung über die Scheidung von Armand geändert! Er liebt mich und wird mich im Gegensatz zu dir niemals verraten!", rief Letizia aufgebracht auf. „Geh weg! Ich will dich nicht mehr sehen! Geh zu deinem Emilien!"

Wütend griff Eduard nach seiner Jacke, die auf der Stuhllehne hing, ging aus dem Raum und schlug die Tür hinter sich zu. Letizia warf eine Vase hinter ihm her, die am Türrahmen in tausend Teile zerbarst. Sie sank zu Boden, bedeckte ihr Gesicht mit den Händen und brach schluchzend in Tränen aus. Der Schmerz, den sie empfand, war wie ein riesiges Monster, das sie von innen heraus auffraß. Sie war sich so sicher, ja, sie war sich absolut sicher gewesen, dass Eduard mit ihr nach Korsika fliehen würde. Sie war sich seiner starken Liebe, seiner verrückten Leidenschaft sicher. Aber anscheinend hatte sie sich geirrt. Eduard hatte Angst, er hatte Angst, sie zu seiner Frau zu machen.

***

Am nächsten Morgen fand Jenny ihre Herrin in einem seltsamen Zustand vor. Sie hatte sich nur nach ihrem Wohlbefinden – und das des Herren – erkundigen wollen, doch nun fand sie Letizia alleine im Salon vor. Der Kamin brannte, trotz der sommerlichen Temperaturen draußen, und in dem Feuer loderten kurz Briefumschläge auf, die sofort von den Flammen verzehrt wurden.

Letizia saß auf den Knien vor dem Kamin. Sie wollte jede Erinnerung an den Mann loswerden, der sie so sehr enttäuscht hatte.

Jenny näherte sich schweigend der Herrin und machte einen Knicks. „Oh, du bist es, Jenny." Es war, als ob Letizia gerade aus einem Traum erwacht wäre.

Die Zofe warf einen Blick auf den Kamin und die Marquise, die ihre stumme Frage richtig interpretierte, winkte mit der Hand und warf ein weiteres Briefbündel auf die lodernden Holzscheite. Es waren die letzten Briefe, die sie noch von Eduard hatte.

Dann richtete sie sich auf und sagte bestimmt: „Pack meine Sachen, Jenny, wir fahren zurück nach Paris." Anschließend öffnete sie die Fenster im Wohnzimmer, um frische Luft in den Raum zu lassen.

Das Dienstmädchen war verlegen und fragte unsicher: „Nach Paris, meine Dame?"

„Bist du taub? Ja, nach Paris."

Jenny biss sich verlegen auf die Lippe. „Nun ... weil Monsieur de Rambal Ihnen doch verboten hat, dorthin zurückzukehren ..."

Letizia lächelte bitter. „Wenn ich ihn um Vergebung für alles bitte, was ich getan und gesagt habe, wird er mich gerne nach Hause zurückkehren lassen", antwortete Letizia und klatschte laut in die Hände. „Lauf nach oben und pack meine Sachen ein! Geschwind!"

Jenny eilte ins Schlafzimmer, um die Dinge zu verrichten, die ihr aufgetragen worden waren.

Letizia, die noch immer am Fenster stand, atmete die frische Morgenluft tief ein. Ihre Augen blieben für einen Moment an dem mit Blumen gesäumten Rand des Gartens hängen, wo sie und Eduard gelegen und sich geküsst hatten, bis sie trunken vor Liebe waren. Eine einzelne Träne rollte aus ihren schönen großen Augen und tropfte auf ihre Hand. Nie wieder würde sie so glücklich sein wie in dieser Woche in Fontainebleau. Sie musste sich damit abfinden, dass sie den Rest ihres Lebens mit Armand verbringen würde. Ihre Seele verspürte schon jetzt eine tiefe Sehnsucht und als sie sich vom Fenster abwandte, wusste sie, dass sie das Beste aus dieser Beziehung mit ihrem Mann machen musste, wollte sie nicht ihr Leben wie ein Trauerkloß fristen. Sie ließ sie sich auf einen Sessel fallen und bedeckte ihr Gesicht mit ihren Händen.

***

Armand de Rambal saß in seinem Büro und blies nachdenklich blaue Rauchwolken seiner Zigarette aus seinem Mund. Alle seine Gedanken waren erfüllt von seiner Frau, er konnte nicht aufhören, an sie zu denken. Armand wusste immer, dass sie ihn nicht so sehr liebte wie er sie, aber er hatte sich auch nicht vorstellen können, dass Letizia so tief fallen würde, dass sie sich einen Liebhaber nahm. Und wen auch! Sie lebten zurückgezogen in diesen stürmischen Zeiten und empfingen kaum Besuch. Dass es Eduard war, den sie seit Jugendtagen kannte, daran hätte er nie geglaubt.

Armand verstand, dass er äußerst egoistisch handelte, wenn er sich nicht von Letizia scheiden ließ. Er verurteilte sie zu einem unglücklichen Schicksal, denn egal, was er versuchen würde, ihr zu gefallen, er würde ihr Herz nicht erobern können. Schon gar nicht, wenn er sie zwang, bei ihm zu bleiben. Auch wenn er ihr weiterhin Fürsorge und Liebe geben würde, im Gegenzug würde er nicht einen Funken Liebe zurückerhalten.

Die Gedanken des Marquis' wurden plötzlich von lauten Rufen auf der Straße unterbrochen. Es war tiefe Nacht und man schrieb den 12. Juli 1889. Armand runzelte die Stirn, drückte die Zigarette aus und ging zum Fenster. Er öffnete die Fensterläden und sah, dass die Straße vor seinem Haus voller Gesindel und Soldaten war. Sie rannten, schrien, fluchten, das Glitzern der Fackeln spiegelte sich an den Wänden der Häuser wider. In der Ferne war das Läuten der Glocken zu hören und ein feuriges Leuchten beleuchtete den Horizont. Armand schloss das Fenster und rief seinem Diener zu: „Michelle, was ist da los, weißt du etwas?“, und wies mit dem Kopf zum Fenster.

„Nein, ich weiß nicht, was vor sich geht, Monsieur“, sagte der Diener und fügte hinzu: „Aber es ist wohl besser, das Haus in dieser Nacht nicht zu verlassen.“

Armand war sich sicher: Außerhalb der Hausmauern geschah etwas Unheilvolles. Am Morgen würden sie auf jeden Fall herausfinden, was in dieser Nacht passiert war.

„Schließ alle Fenster und verbarrikadiere die Türen“, befahl der Marquis. Der Diener verbeugte sich und eilte sofort von dannen, um den Befehl auszuführen. Armand knöpfte den Kragen seines

Hemdes auf und zog seine Stiefel aus, setzte sich auf das Sofa und legte die Pistole neben sich, die er zuvor aus seiner Schreibtischschublade geholt hatte. Gott sei Dank, dass Letizia nicht in Paris, sondern in Fontainebleau in Sicherheit war.

***

Am nächsten Morgen betrat der Diener das Zimmer des Marquis' und berührte ihn sanft an der Schulter. Armand schreckte auf und griff mit einer scharfen Bewegung nach seiner Pistole. Der Diener sprang erschrocken von ihm weg, doch als der Marquis sah, wer vor ihm stand, legte die Waffe zurück. „Entschuldigung, Michelle, ich bin eingeschlafen und dachte, ich müsste mich verteidigen", sagte Armand und rieb sich die Augen. Er stand vom Sofa auf und ging zum Fenster. Die Straßen waren immer noch mit einer bunt bewaffneten Menschenmenge gefüllt.

„Hast du herausgefunden, was letzte Nacht passiert ist?", fragte Armand.

„Ja, Monsieur, Denis, der Koch, hat es mir gesagt. Der König hat Jacques Necker vor zwei Tagen aus dem Dienst entlassen. Das wussten wir ja schon. Diese Nachricht kam gestern aber auch in ganz Paris an. Um sieben Uhr abends fiel Prinz von Lambesc an der Spitze eines Regiments deutscher Dragoner plötzlich in die Gärten der Tuilerien ein. Dieser Kommandant ist eng mit dem Hof verbunden, die Soldaten Landsleute unserer Königin. Und der Wunsch des Hofes, dieses spezielle Regiment für einen besonderen Dienst einzusetzen, war offensichtlich. Agitatoren unter der Führung eines gewissen Camille Desmoulins forderte die Patrioten im Palais Royal auf, zu den Waffen zu greifen. Dagegen sollte Lambesc' Truppe vorgehen. So hätten die Majestäten behaupten können, angegriffen worden zu sein, und sagen können, das die Dragoner nur zur Selbstverteidigung angerückt seien. Es scheint jedoch, dass dieser Prinz von Lambesc, der mit dem Gebiet von Paris nicht vertraut ist, ein fataler Fehler unterlaufen ist. Er war falsch an dem Ort, denn statt zum Palais Royal zu marschieren und dort auf die Menschenmenge einzuwirken, die sich dort drängte, machte er die Tuileriengärten zum Schauplatz seiner Aktion und zahllose harmlose Bürger zu Opfern seines Angriffs. Gegen diese Menge führte er seine Truppen und befahl dem Volk, sich zu zerstreuen, was er nach einer Gewehrsalve auch erreichte. Von Angst getrieben, zerstreute sich die Menge zu den Seiten und das Zentrum war plötzlich leer. Bis auf einen alten Mann, der zu schwach war, um zu fliehen. Der feige Prinz hob seine Hand gegen diese wehrlose Person, verwundete den Mann schwer und brachte ihn schließlich mit einem Schlag seines Säbels zu Tode. Diese widerliche Tat erregte die Wut der Menge, von denen viele bis dahin der Verfolgung der Dragoner entkommen waren, so sehr, dass sie auf einen großen Steinhaufen kletterten, der auf einer Seite des Exerzierplatzes aufgestapelt worden war und dem Bau eines Gebäudes dienen sollte. Nachdem sich diese Leute ein wenig von der Verfolgung erholt hatten, begannen sie, Steine auf die Soldaten zu werfen, schlugen einige von ihren Pferden und verwundeten mehrere. Das gesamte Regiment, angeführt vom Prinzen, zog sich dann beim ersten Widerstandsversuch des Volkes zurück. Von diesem Moment an waren nicht mehr die Tuilerien Schauplatz, denn die Soldaten zerstreuten sich in verschiedene Teile der Stadt und versteckten sich im Schutz der Nacht. Aber die wütenden Menschen und das jetzt auch hinzugekommene Gesindel, das Waffen in den Händen trug, versprachen, keinen Frieden zu akzeptieren. Alle waren so zornig, dass sie die verschiedenen königlichen Embleme, die viele Teile von Paris schmückten, zerstörten. Zollhäuser rund um die Stadt wurden in der Folge angezündet, das waren die Feuer, die wir gestern Nacht sahen. Es wird erzählt, dass der Prinz von Lambesc sogar einen Versuch unternahm, diese Gebäude zu retten, und sich erneut dem Volk widersetzte. Aber dann musste er aufgeben, weil seine Soldaten einen solchen Dienst nicht leisten wollten und sich, da ist sich Denis ziemlich sicher, dem Aufstand des Volkes anschlossen."

Armand hatte die ausführliche Erzählung seines Dieners aufmerksam verfolgt. Ein verstörender Gedanke kroch in seine Seele. Was, wenn sich all dieses bewaffnete Gesindel auf Fontainebleau zubewegen würde? Letizia war ohne den geringsten Schutz und allein. „Michelle, informieren Sie sofort einiger unserer Wachleute, dass sie in unser Anwesen in Fontainebleau beschützen sollen. Madame de Rambal befindet sich dort nur in der Obhut ihrer Zofe Jenny. Lassen Sie meiner Frau auch sagen, dass es in Paris Aufstände gibt und sie unter allen Umständen auf dem Anwesen bleiben soll, bis ich ihr meine Erlaubnis gebe, nach Paris zurückzukehren", trug der Marquis in strengem Ton auf.

***

Gegen Mittag befanden sich die Wachleute des Marquis de Rambal auf der Straße, die nach Fontainebleau führte. Paris war vielleicht noch nie so gefährlich gewesen wie an diesem Tag. Überall in den Gassen brodelte es und die Angst der Menschen war förmlich zu spüren. Doch Rambals Männer kamen nicht weit, an der Stadtgrenze wurde die Kolonne gestoppt. Ein uniformierter Soldat stellte sich ihnen entgegen und teilte mit, dass er gerade den Befehl erhalten habe, wonach es jedem verboten sei, die Stadt zu verlassen.

Armand war äußerst überrascht zu sehen, dass seine Wachen eine Stunde nach ihrer Abreise zurückkehrten. Als er den Grund erfuhr, fluchte er laut. Doch als er in den Abendstunden sah, dass es ruhig in den Straßen wurde, beruhigte er sich ein wenig und dachte, dass die Unruhen höchstwahrscheinlich bald ein Ende haben würden und es weiter keinen Grund gäbe, sich um Letizias Sicherheit zu sorgen. Mit diesem Gedanken ging er ins Bett, legte aber dennoch eine Pistole unter sein Kopfkissen.

Kapitel 16

Die Straßen von Fontainebleau nach Paris waren holperig, die Fahrt nicht sehr angenehm. Ein Kutscher aus dem Dorf hatte sich bereit erklärt, Letizia und ihre Zofe nach Paris zu bringen. Letizia war in ihren Gedanken versunken und wollte mit niemandem reden. Wie konnte Eduard ihr das antun? Sie war zu allem bereit für ihn gewesen, wäre mit ihm bis ans Ende der Welt geflohen. Aber er wies sie ab, weil sie für ihn nicht so wichtig war wie seine kränkliche Frau. Nun, dann sollte er eben sein ganzes Leben in der Nähe ihres Bettes verbringen und ihr heiße Suppe servieren! Letizia wurde wieder wütend und schaute, um sich zu beruhigen, aus dem Fenster auf die Straße, als plötzlich die Kutsche langsamer wurde und schließlich ganz stehen blieb. Letizia sah Jenny an. „Was ist los?"

Das Dienstmädchen zuckte die Achseln und wollte gerade aus dem Fenster schauen, als die zwei Frauen irgendwo in der Ferne das Grollen von Waffen hörten. Zugleich erschien das besorgte Gesicht des Kutschers am Fenster.

„Was ist los, Claude?", fragte Letizia. „Was ist das für ein Lärm vor uns?"

„Ich weiß es nicht, Madame", antwortete er beflissen. „Wir sind nicht weit von der Poststation in Paris entfernt, ich werde die Situation aufklären", sagte der Kutscher und Letizia nickte zustimmend.

Claude warf seinen Umhang ab und blieb in seinem Hemd und seiner Hose. Es war in diesen Zeiten besser, nicht wie ein Lakai der Adligen auszusehen. Claude ging eine schmale Forststraße entlang, als endlich die Poststation vor ihm auftauchte. „Guten Tag, meine Herren", begrüßte Claude die Fremden, die sich dort aufhielten. Er deutete Richtung Stadt. „Ist ein wenig unruhig dort, was?"

Die Männer lachten und sahen sich fröhlich an. „Was schade, dass wir nicht an diesem Schlamassel teilnehmen können! Sie haben uns beide dazu gebracht, heute niemanden aus der Stadt zu lassen. Anordnung der Behörden."

Claude fühlte, dass etwas nicht stimmte, und wandte sich wieder den Fremden zu. „Was für einen Schlamassel gibt es denn in Paris?", frage er zurück.

Die Männer sahen ihn misstrauisch an: „Mann, woher kommst du denn? Seit einigen Tagen tobt in Paris ein Aufstand. Und wir sind sicher, heute stürmen sie die Bastille!"

Claude versuchte, so gut er konnte, das Entsetzen, das sich in ihm ausbreitete, von seinem Gesicht zu verbannen. Nach Paris zu gehen, war also tatsächlich gefährlich. Er musste mit den Damen sofort zurück nach Fontainebleau eilen. Claude winkte mit der Hand und wollte gerade gehen, als einer der Männer ihm mit einer Waffe den Weg versperrte. „Wohin willst du?"

Claude sah den Fremden an und antwortete so ruhig wie möglich. „Ich wollte mit meinen Töchtern nach Paris gehen, wo ihre Mutter als Näherin arbeitet. Aber da die Situation so hektisch ist, werde ich meine Töchter zurück nach Hause bringen."

„Kein Freund der Revolution, was?", gab die Stadtwache zurück. „Du hast nichts zu befürchten, Mann. Niemand wird dich und deine Töchter berühren, weil du ja kein Adliger bist."

Jetzt mischte sich auch der zweite Mann ein: „Lass deine Töchter sehen, wie Geschichte geschrieben wird. Wir warten hier auf dich. Wenn du in zehn Minuten nicht hier bist mit ihnen, senden wir dir Leute nach, die euch einzufangen. Verstanden?"

Claude nickte und ging zügig zurück zu seiner Kutsche. Die Frauen warteten im Wagen auf ihn, nervös, warum er so lange abwesend blieb. Schließlich erschien Claude und Letizia seufzte erleichtert. „Was ist es, Claude?", frage sie, als sie sah, dass ihn etwas bedrückte.

„Es ist keine Zeit, zu erklären, Madame. Ziehen Sie schnell ein einfaches Kleid an und werfen alles anderen aus dem Wagen! Jenny, hast du einen Ersatz für Madame?"

Letizia bekam plötzlich Angst. Innerhalb der Mauern von Paris passierte etwas Schreckliches, sie spürte es.

Claude befahl Jenny, aus ihrem Gepäck ein einfach, schwarzes, Tuchkleid herauszunehmen und Madame ebenfalls eine Haube und eine Schürze zu geben. Dann half sie Letizia, sich schnell umzuziehen, Claude packte unterdessen das vornehme Gepäck von Letizia und warf es in den Wald, wo es so schnell von niemandem gefunden werden konnte. Als sich die Frauen gerichtet hatte, erzählte er ihnen noch schnell die Geschichte von den zwei Töchtern, die mit dem Vater die Mutter in Paris besuchen wollten, dann spornte er sein Pferd an, das die Kutsche zog, und auf ging es zur Poststation. Dort hielt er an, stieg vom Kutschbock und zeigte auf die beiden Mädchen im Wagen. „Das sind meine Töchter."

Letizia und Jenny lächelten tapfer und die Aufseher schnalzten mit den Zungen: „Hübsche kleine Gesichter."

„Komm raus, Mädchen", befahl Claude dann. „Die Herren möchten die Kutsche behalten."

Letizia und Jenny hoben ihre Röcke auf und stiegen langsam aus dem Wagen. Claude stellte sich vor sie und wandte sich dann wieder an die beiden Stadtwachen: „Ihr Wagen. Können wir gehen?"

Einer der beiden lächelte trocken und antwortete: „Natürlich. Oh, wie beneide ich dich. Ich würde jetzt gerne in Paris sein."

Claude und die beiden Frauen nickten den Männern zu und sputeten sich, aus ihrem Blickfeld zu kommen.

„Sag mir endlich, was los ist, Claude?", fragte Letizia nach einer Weile. Sie war es nicht gewohnt, durch die Straßen zu laufen und ihr taten bereits die Füße weh.

„Sturm auf die Bastille, Madame, das ist los", sagte der Kutscher düster.

Letizia starrte ihn geschockt an und glaubte, ihren Ohren nicht zu trauen. „Was meinst du damit, die Bastille wird gestürmt?" Letizia war erst vor einer Woche aus Paris abgereist und nun stand die Welt hier kopf. Was war geschehen? War Armand in Gefahr?

Eine Stunde liefen die drei durch die Straßen und langsam ließ das Waffengeräusch nach. Als sie in der Nähe eines offenen Ladens ankamen, wandte sich Claude besorgt an seine Begleiterinnen, für die er sich nun voll und ganz verantwortlich fühlte. „Madame, Jenny, ihr müsst hier auf mich warten. Ich werde zum Marquis de Rambal laufen und um Hilfe bitten. Ich möchte aber nicht ohne Waffen mit euch weitergehen, weil ich euch nicht beschützen kann, wenn etwas passiert. Geht in diesen Laden, ich kenne den Besitzer gut. Sagt, ihr kommt von mir und warte hier. Ich hole Hilfe." Schon war er fort.

Noch ehe die beiden Frauen reagieren konnten, hörten sie in der Ferne ein ohrenbetäubendes Geräusch und sahen plötzlich eine Menschenmenge auf sich zukommen. Letizia griff vergeblich nach Jennys Hand und rannte vor dem verbitterten Mob davon.

„Madame, Madame, Claude hat uns gesagt, wir sollen in dem Geschäft auf ihn warten!“ Die Zofe schrie hinter der Marquise her, aber Letizia achtete nicht darauf. Sie hatte Angst, wollte der aufgebrachten Menge nicht zu Opfer fallen. Sie musste hier weg, so weit wie möglich weg. Sie lief und lief, ohne weiter auf das zu achten, was um sie herum passierte. Als sie am Ende dieser und der nächsten Straße angekommen war, stieß sie buchstäblich auf eine neue Menschenmenge, die sich jetzt in Richtung Palais Royal bewegte. Ausrufe waren zu hören, klar genug, dass man verstehen konnte, dass etwas Freudiges passiert war. Letizia und Jenny, die schließlich doch ihrer Herrin hinterhergelaufen war, gingen durch die Menge – auch auf die Gefahr hin, einfach niedergerannt zu werden. Das Adrenalin in ihren Adern puschte sie auf und verstärkte nur noch den Wunsch, so schnell wie möglich nach Hause zu kommen. Dieses Gefühl war sogar noch stärker als ihre Angst.

Plötzlich wurde Letizia von einem dicken, großen Mann zur Seite geschoben und die junge Frau verlor Jenny aus den Augen. Die wurde sofort von der schier endlosen Menge verschluckt und Letizia versuchte mit hilflosen Blicken, sie im grenzenlosen Meer der Menschen zu finden. Blut pochte in den Schläfen der Marquise, ihre Beine wurden vor Aufregung schwach, Panik begann sie zu erfassen, sie wusste nicht, wohin sie sich bewegen sollte. Der Mut, den sie gerade noch verspürt hatte, war verschwunden. Die Masse der Menschen verwirrte sie mehr und mehr. Die Leute hinter ihr drückten sie nach vorne und die Marquise konnte ihre Bewegungen nicht mehr kontrollieren. Die Menge zog sie einfach mit, ob sie wollte oder nicht. Mit einem Mal stolperte Letizia und krachte gegen den Rücken eines jungen Mannes. Er drehte sich um und Letizia war stumm vor freudiger Überraschung. Sie hatte mit jedem gerechnet in diesem Pulk an Menschen, aber nicht mit ihm.

„Letizia!“, rief Napoleon Bonaparte ebenso überrascht aus und fasste sie am Arm. „Was machst du denn hier?“

„Ich weiß es nicht“, rief Letizia verzweifelt aus. Napoleon fasste sie an der Hand und führte sie aus der Menge heraus. Männer und Frauen fluchten, doch Bonaparte achtete nicht darauf und zog die zitternde Marquise einfach hinter sich her.

„Wohin bringst du mich, Napoleon?“, fragte Letizia schließlich und klammerte sich an seine Hand wie an einen Rettungsanker.

„Zu mir nach Hause, dort bist du in Sicherheit“, antwortete Napoleon.

Schon bald befanden sie sich in einer anderen Straße in der Nähe des Grevskaya Platzes, wo es aber nicht weniger voll war als auf den übrigen Plätzen der Stadt. Weiter und weiter zog Bonaparte die junge Frau, als sie plötzlich auf eine Menge stießen, die zwei Offiziere verprügelte. Napoleon wollte Letizia, so weit es ging, von dem Geschehen fernhalten, doch es gelang ihm nicht. Als einer aus der Menge ein Messer zog und auf einen der Offiziere in blinder Wut einstach, spritzte das Blut in hohem Bogen auf Letizias Kleid. Sie schrie auf und fühlte sich elendig. Napoleon umarmte seine Freundin aus Kindertagen noch fester, blieb aber nach ein paar Schritten plötzlich stehen. Der Körper des erstochenen Offiziers lag in einer Blutlache zu seinen Füßen und sie mussten mit ansehen, wie der aufgebrachte Mob auch den zweiten Mann brutal tötete.

Dann war es für einen Moment totenstill, bevor ein dumpfes Flüstern durch die Reihen ging. Die Menge, die offensichtlich von der Bastille geflüchtet war, gab den Blick frei auf ein grausiges Schauspiel: zwei blutige Köpfe aufgespießt auf zwei Bajonette.

„Marquis de Launay“, flüsterte Napoleon, als er erkannte, wer hier getötet worden war – der Kommandant der Bastille. Letizia vergrub sich an seiner Brust und weigerte sich beharrlich, ihren Blick auf dieses widerliche Theater zu lenken. Sie musste hier weg. Schnellstmöglich. Müsste sie all das Grauen dieses Tages noch länger ansehen, so würde sie sicherlich verrückt werden.

Nachdem Napoleon sich gefasst hatte, nahm er Letizia wieder an die Hand und eilte mit ihr weiter. Bald blieben sie vor einem zweistöckigen Haus stehen und er öffnete die Tür. „Komm herein.“ Er führte sie in einen kleinen Raum im zweiten Stock, der hell und bescheiden eingerichtet war.

Letizia setzte sich auf einen Stuhl, den der Jugendfreund ihr angeboten hatte. Sie sah erbärmlich aus. Das Kleid mit Blut besudelt, die Frisur aufgelöst.

„Darf ihr dir etwas anbieten?", fragte Napoleon höflich.

„Wasser bitte", flüstere sie kaum hörbar.

Napoleon füllte ein Glas mit sauberem Wasser und gab es der jungen Frau. Letizias Finger zitterten ein wenig, als sie es an ihre Lippen setzte.

„Schreckliche Zeiten überholten Frankreich", sagte Napoleon leise. Letizia stellte das Glas wieder auf den Tisch und antwortete nicht. Napoleon sah sie neugierig an. „Du trägst ein interessantes Kleid für eine Frau deines Standes. Hat man dich zur Dienerin gemacht? Und überhaupt: Was machst du in Frankreich? Was machst du hier in Paris? Warum bist du nicht auf Korsika? Ich war, wenn ich das so frei sagen darf, ein wenig schockiert, als ich dich vorhin in der Menge entdeckte", sagte Napoleon.

Letizia verschränkte die Hände in ihrem Schoß und antwortete verlegen: „Ich dachte, du wüsstest es. Ich habe geheiratet."

„Offensichtlich weit unter deinem Stand", lachte Napoleon fast bösartig.

Letizia schüttelte den Kopf. „Es ist nicht so, wie du denkst. Dieses Kleid hat mir heute vielleicht das Leben gerettet. Denn wenn die Rebellen meine ursprüngliche Morgentoilette gesehen hätten, würde ich höchstwahrscheinlich jetzt in einem Graben liegen. In Tausende von Stücken gerissen." Sie blickte Napoleons Gesicht an und sah, dass er nicht verstand, so setzte sie zu einer Erklärung an: „Ich habe Armand geheiratet, meinen Cousin, den Marquis de Rambal, vielleicht erinnerst du dich an ihn? Er hat uns hin und wieder auf Korsika besucht."

Bonaparte machte erstaunte Augen und pfiff durch die Zähne. „Jetzt gehörst du also zu einer der reichsten Adelsfamilien Frankreichs. Nicht schlecht. Liebst du ihn?"

Letizia senkte die Augen und beschloss, diese Frage nicht zu beantworten. Napoleon bemerkte es, schlug sich fröhlich auf die Knie und sagte laut: „Nun, eigentlich geht es mich auch nichts an. Wenn du mit ihm glücklich bist, dann freue ich mich dich." Bonaparte strich Letizia mit einem Finger sanft über die Wange, so wie er es oft als Kind getan hatte. Letizia fühlte sich sogleich wieder wie das kleine Mädchen, das sich bei einem Freund sicher fühlen konnte. Langsam beruhigte sie sich.

Napoleon und ging zum Fenster und sah hinaus. „Die Menge auf der Straße tobt immer noch. Du kannst gerne hier in meinem Haus übernachten oder ..."

„Nein!" Letizias Antwort kam so schnell, dass Bonaparte seinen Satz gar nicht zu Ende bringen konnte.

„Hast du etwa Angst vor mir?" Napoleon sah die hübsche junge Frau erstaunt an.

Natürlich war Letizia bei seiner Frage dieser eine verregnete Nachmittag in den Sinn gekommen, an dem Napoleon versucht hatte, sich ihr zu nähern. Napoleon allerdings war dieses Geschehen längst aus dem Gedächtnis entschwunden. Aber das war nicht der einzige Grund für ihre Ablehnung gewesen. Sie wollte sich selbst nicht noch mehr Ärger bereiten, wenn sie Armand gegenüber zugeben musste, dass sie bei Napoleon übernachtet hatte. Außerdem hatte sie Angst um ihren Mann, wusste nicht, ob es ihm gut ging. Und so wollte sie die Nacht lieber zu Hause verbringen, in ihrem Bett und unter dem zuverlässigen Schutz ihres Mannes.

„Bring mich nach Hause", flüsterte Letizia. „Bitte."

Napoleon zog sich seine Uniformjacke an und sagte: „Dann lass uns gehen, ich kenne einen kurzen, recht sicheren Weg zu eurem Palais."

Letizia und Napoleon verließen das Haus und mischten sich erneut unter die Menge, die noch immer aufgeregt durch die Straßen zog. Die Waffen waren ununterbrochen zu hören, Gruppen aufgeregter Bürger rannten ständig an der Marquise und Bonaparte vorbei. Überall in der Stadt waren die Fenster hell erleuchtet und Männer und Frauen sammelten auf der Straße liegende Steine ein, die sie mit Blick zu den Dächern der Häuser wegtrugen. Letizia zuckte immer wieder erschrocken zusammen und wickelte sich noch stärker in den weiten Umhang ein, mit dem Napoleon sie vor dem Verlassen seines Hauses bedeckt hatte. Sie versuchten, sich so schnell wie möglich durch enge, abgelegene, Straßen zu bewegen und sich so unauffällig wie möglich zu verhalten. Bald erkannte Letizia die Häuser unweit des ihres eigenen Herrenhauses und ihr Herz schlug freudig.

***

Armand de Rambal beobachtete unterdessen die Straße vom Fenster seines Salons aus. Ein Diener hatte ihm vor Kurzem die Nachricht überbracht, dass die Bastille genommen worden war und Hunderte von Menschen zu Tode gekommen waren. Er erzählte ihm auch von allem, was in den Straßen von Paris geschah, vom Tod des Kommandanten der Bastille und vielen weiteren Opfern dieses Aufstands. Jetzt sann Armand über all das Gehörte nach und frage sich, was das alles für die Monarchie und seine Familie bedeuten würde. Würden wirklich andere Zeiten in Frankreich anbrechen?

Plötzlich vernahm er laute Ausrufe unterhalb seines Fensters. Er öffnete es und beugte sich über das Geländer, um herauszufinden, was los war. Aber dann traute er seinen Augen kaum und in ihm bäumte sich die Angst auf. In den Händen seines Kochs Denis lag Jenny, die Zofe seiner Frau, die er zusammen mit Letizia nach Fontainebleau geschickt hatte.

Armand rannte immer zwei Stufen nehmend nach unten in den Flur und öffnete die Tür. Jenny sah schrecklich aus, aber sie lebte. Sofort schickte er nach einem Arzt und frage Denis, wo seine Frau sei. Der aber schüttelte nur den Kopf und legte Jenny auf einem Sofa im Salon ab. Sie war ohnmächtig, doch die alte Haushälterin holte Ammoniak aus ihrem Zimmer und schob es direkt unter die Nase der jungen Frau. Nach ein paar Sekunden schlug Jenny die Augen auf und fragte: „Wo bin ich?"

„Du bist zu Hause in der Villa Rambal", antwortet Denis leise und tätschelte dem Mädchen den Arm, das sich sogleich beruhigte und sich zurück in die Kissen legte.

„Was machst du in Paris, Jenny?", fragte Armand verwirrt und vermutete das Schlimmste. „Wo ist meine Frau?"

Die Zofe sah ihren Herrn schuldbewusst an und sagte leise: „Madame wollte zurück nach Haus. Zu Ihnen. Wir reisten früh am

Napoleon Bonaparte

Morgen ab. Aber schon kurz vor Paris hörten wir die Waffen und Claude, unser Kutscher, führte uns zu Fuß in die Stadt. Er versprach, Hilfe zu bringen, aber Madame wollte nicht warten und packte mich, um nach Hause zu rennen. Die Menge riss uns auseinander und ich verlor Madames Hand." Jennys Augen waren mit Tränen gefüllt, ihre Stimme zitterte. „Ich weiß nicht, wo sie ist, Monsieur. Ich weiß auch nicht, wo Claude ist. Ich habe große Angst um Ihre Frau. Es passieren so viele schreckliche Dinge in Paris."

Armand war bei ihren Worten weiß wie ein Laken geworden. Letizia allein in Paris – inmitten all dieser aufgebrachten Menschen. Lebte sie noch? Oder war sie tot? Er machte sich so schreckliche Vorwürfe, dass er sie fortgeschickt hatte!

Der Marquis verließ den Raum und rief einen der Wachleute mit heiserer Stimme zu sich. „Mattheo, Madame de Rambal ist in der Stadt unter all diesem Pöbel und in schrecklicher Gefahr. Wir müssen sie finden!", schrie er.

Mattheo lief gleich los, um die nötigen Vorkehrungen dafür zu treffen.

„Herr, wenn es dich gibt, bitte nimm sie nicht von mir!", betete Armand und seine Hände zitterten. Er war wieder zum Eingang des Hauses geeilt und blickte zu den Toren seiner Villa, vor denen so viele Menschen mit verstörten und nervösen Gesichtern hin und her huschten. Letizia, sie war unter ihnen. Schutzlos und völlig allein. Tränen traten Armand in die Augen und er bedeckte sein Gesicht mit seiner Handfläche.

„Monsieur, Monsieur de Rambal, da ist Madame!“, schrie plötzlich Mattheo und Armand öffnet seine Augen.

Und tatsächlich. Vor einem der Tore stand Letizia und drückte sich gegen den Körper eines kleinen Mannes, dessen Gestalt dem Marquis vage bekannt vorkam. Armand rannte zu den Toren der Villa und befahl Mattheo, sie sofort zu öffnen.

Napoleon und Letizia traten einen Schritt vor und durch das Tor. „Letizia!“, rief Armand, der von seinen Gefühlen übermannt wurde, aus und zog seine Frau liebevoll an sich „Du lebst, was für ein Segen!“, sagte er mit Freude in der Stimme, dann wanderten seine Augen zu dem Mann, der Letizia begleitet hatte. Er erkannte ihn sofort. Erinnerungen aus dem fernen Korsika schossen ihm durch den Kopf. Doch für Eifersüchteleien war hier nicht die richtige Zeit und nicht der richtige Ort. Er biss die Zähne zusammen, senkte dankbar den Kopf und sagte leise: „Danke, Monsieur Bonaparte, dass Sie die Marquise de Rambal gerettet haben. Ich werde Ihnen das nie vergessen.“

Napoleon reichte ihm die Hand, verabschiedete sich wortlos und drehte sich auf dem Absatz um.

Kapitel 17

Am nächsten Tag beschloss Armand, vorübergehend mit seinem Gefolge nach Versailles zu ziehen. Er glaubte, dass es dort unter dem Schutz der königlichen Garde und des Königs sicherer sein würde als in seinem eigenen Palais. Die Türen von Versailles standen der Familie de Rambal in Notzeiten weit offen, sie konnten sich in dem prächtigen Palast immer auf ein Dach über dem Kopf verlassen. Zu verdanken hatten sie diesen Dienst Armands Vater, der in jungen Jahren dem König einmal in einer prekären Situation sehr zu Diensten gewesen war. So packten die Diener alle notwendigen Dinge so schnell wie möglich zusammen und Armand und Letizia machten sich in Begleitung ihrer Wachen auf den Weg.

Armand konnte immer noch nicht glauben, dass seine Frau lebendig und gesund neben ihm war. Die Angst, sie in dieser Nacht zu verlieren, war so groß gewesen, dass er wahrscheinlich vor Kummer gestorben wäre, wäre ihr tatsächlich etwas passiert. Nie wieder, so hatte er sich geschworen, würde er seine Frau einer solchen Gefahr aussetzen.

Letizias Gedanken dagegen waren immer noch mit Eduard de Gamelin beschäftigt. Sie machte sich Sorgen um ihn, obwohl ihr klar wurde, dass all das höchstwahrscheinlich vergebens war. Er hatte sich politisch auf die Stufe des Volkes gestellt, aber er war immer noch ein Adliger. Schon bei dem Gedanken, dass er während der Unruhen verletzt oder gar getötet werden könnte, jagte Letizia Gänsehaut auf den Rücken und ihr Magen verkrampfte sich.

Die Straße nach Versailles erwies sich glücklicherweise als ruhig, und bald erschienen die goldenen Tore des prächtigen Schlosses in den Augen des Marquis. Die Diener blieben, um den Wagen zu entladen, während Armand und seine Frau sich beeilten, vor dem König zu erscheinen. Er war jedoch beschäftigt. Die Ereignisse der vergangenen Nacht hatten es für Ludwig XVI. notwendig gemacht, den Rat einzuberufen.

In den Korridoren von Versailles trafen Armand und Letizia Madame Campan, die Zofe von Königin Marie-Antoinette, die versprach, ihre Ankunft bei Ihrer Majestät zu melden.

Letizia und Armand bezogen zwei Nebenräume in einem Seitenflügel des Palastes, ihre Gefolge wurde bei den Dienstboten des Palasts untergebracht. Nachdem sie sich ein wenig häuslich eingerichtet hatte, nahm Letizia ein Bad und zog sich ein smaragdfarbenes Kleid aus glitzerndem Satin an. Gegen Abend kam Madame Campan und verkündete, dass die Königin sie nun sehen wolle.

Die Marquise glättete die Falten des Kleides und folgte der Dame zu den Gemächern der Königin. Während diese den Besuch der Marquise meldete, besah sich Letizia das Treiben um sich herum. In Versailles ging es trotz der vorgerückten Stunde noch lebhaft und laut zu. Alle diskutierten über die Ereignisse der vergangenen Tage, man sah den Gesichtern der versammelten Aristokratie die Besorgnis an.

Dann wurde sie eingelassen und ihre Augen konnten sich kaum sattsehen an diesem einzigartigen Raum der Königin, der mit gewebten Porträts, malerischen Tafeln, Stuckleisten und Kristallleuchtern prächtig ausgestattet war. Jedes noch so kleinste Detail eines jeden Dekors war mit Gold überzogen. Das Bett der Königin war mit luxuriöser Seide dekoriert, bunte Blumen, Pfauenfedern und in Schleifen gebundene Bänder vor einem weißen Hintergrund schmückten es zusätzlich. Der Baldachin war mit weißen Straußenfedern und dem Bild eines goldenen Hahns verziert, einem der Symbole Frankreichs. Die Königin selbst stand an einem großen breiten Fenster und schaute mit einer gewissen Traurigkeit in den Palastpark. Als sie Letizia an der Tür bemerkte, lächelte sie ihr zu und sagte: „Da sind Sie ja. Willkommen in Versailles."

Letizia knickste ergeben. „Mein Mann und ich freuen uns, bei Ihnen im Schloss sein zu dürfen, Majestät."

Marie-Antoinette trat vom Fenster zurück und setzte sich in einen Sessel vor den Kamin. „Ich weiß", sagte die Königin und bedeutete der Marquise, näher zu kommen. „Es gab eine Zeit, in der Charles de Rambal sowie seine Kinder Armand und Margarita ständig bei uns am Hof weilten und sich sein Leben ohne diesen schrecklichen

Trubel gar nicht vorstellen konnte. Armand war, und ich hoffe, ich trete Ihnen damit nicht zu nahe, vor seiner Ehe ein berühmter Damenmann, verdrehte hier mehr als einer Frau den Kopf und brach mehr als einem zerbrechlichen Mädchen das Herz. Margarita hingegen heiratete einen der unwürdigsten Adligen unserer Zeit, der, wie ich durch Gerüchten hörte, unangenehme Treffen zu Hause veranstaltet und die Köpfe der Menschen um sich herum mit wirren Gedanken füllt." Letizia senkte verlegen den Blick und wusste nicht, was sie sagen sollte. „Leider hat der König keine Beweise für die Aktivitäten von diesem de Ducre, sonst wären er seine Gefolgschaft schon lange im Gefängnis oder auf dem Schafott gelandet. Aber der König und ich sind Armand de Rambal und Ihnen, seiner Frau, noch immer zutiefst verbunden. Deshalb, liebe Letizia, ich hoffe, ich darf Sie so nennen, empfehle ich Ihnen dringend, Frankreich zu so bald wie möglich zu verlassen", fuhr Marie-Antoinette mit Bitterkeit in der Stimme fort.

„Entschuldigen Sie, Majestät, aber ich verstehe nicht, warum sollen wir Frankreich verlassen?"

Die Königin blickte nachdenklich und traurig in die Ferne. „Sie hassen mich. Sie hassen alle, die mir lieb sind. Sie wünschen mir und meinen Lieben den Tod. Ich möchte Armand und dein Leben retten. Geht, bevor es zu spät ist", sagte Marie-Antoinette fest, ohne sich der Marquise zuzuwenden.

Letizia schwieg. Tatsächlich war sie von den Worten der Königin nicht wirklich überrascht. Zu viel hatte sie in den Straßen der Stadt hören müssen über den König und seine Königin. Die Menschen hatten deutlich formuliert, was sie wollten und dass sie mit aller Kraft danach streben würden. Die Idee, Frankreich zu verlassen, gefiel Letizia jedoch überhaupt nicht. Wohin sollte sie gehen? Andererseits war der Wunsch, dem allen hier zu entkommen und ein ruhiges Leben zu führen, so groß, dass der Vorschlag Ihrer Majestät für die Marquise tatsächlich bedenkenswert war. „Ich werde mich mit meinem Mann über euren Ratschlag beraten."

Die Königin nickte und signalisierte mit einer Geste, dass sie gehen könne. Es war alles gesagt, was es zwischen den Frauen zu besprechen gab.

Letizia knickste zur Verabschiedung ein weiteres am Mal und eilte aus dem königlichen Schlafzimmer. Nachdenklich schritt sie durch die Korridore von Versailles. Es lag nach dieser Konversation mit der Königin ein unangenehmer Nachgeschmack auf ihrer Seele. Sie sah sich um und ihr Blick fiel auf das Fenster, von dem aus der große Palastpark sichtbar war, beleuchtet von Fackeln. Sie erinnerte sich plötzlich an die Worte ihrer Mutter, der Letizia versprochen hatte, ihr Leben zu retten, wenn die geringste Möglichkeit bestand, dass ihr etwas passieren konnte. Sie wünschte sich nach Korsika mit seinem warmen Meer, der salzigen Luft, den duftenden Wiesen und der heißen Sonne. Ihre Augen waren plötzlich voller Tränen. Ja, sie wollte nach Hause zurückkehren, um diesem blutigen, böswilligen Frankreich zu entkommen. Vollkommen in Gedanken eilte Letizia weiter und stieß plötzlich auf eine weibliche Gestalt, die in blaue Seide gehüllt war. Sie hätte sie fast umgelaufen.

„Oh, tut mir leid, Madame", sagte die Marquise verlegen und erkannte erst jetzt, wer vor ihr stand. Es war die Herzogin von Polignac.

„Da sind Sie ja! Liebling, es ist nicht Ihre Schuld, Versailles braucht nur eine bessere Beleuchtung", lachte Gabrielle. „Wie geht es Ihnen? Waren wir nicht schon beim Du angelangt?"

„Früher war es besser", gab die Marquise ehrlich zu und beachtete die Frage nach dem Du nicht weiter.

„Ja, ich verstehe dich. Wahrscheinlich besser sogar als jede andere. Die Leute fordern auch meinen Kopf. Aber um zu sterben, fühle ich mich wahrlich noch zu jung. Ich muss dringend aus dem Land fliehen."

Letizia fragte überrascht: „Aber was ist mit der Königin? Werden Sie sie in einem so schwierigen Moment verlassen?"

„Die Königin selbst hat mich aufgefordert, zu gehen. Und ich stimmte ihr zu."

Letizia war fassungslos. Überall erzählte man sich, Gabrielle und die Königin seien unzertrennlich und engste Freundinnen. Wie konnte sie sie in solch einer Situation alleine lassen?

Gabrielle wusste, was der jungen Frau im Kopf herumgeisterte. „Meine Familie ist in Gefahr. Ich sehe nichts Verwerfliches in der

Tatsache, dass ich ihr Leben retten will", versuchte sie, sich zu rechtfertigen.

Letizia nickte und antwortete: „Nun, das ist Ihre Sache. Ich wünsche Ihnen aber eine gute Reise."

***

In den folgenden Tagen erhob sich eine große Geschäftigkeit in Versailles. Alle, die als Freunde der Königin galten, verließen den Hof, einer nach dem anderen – Graf d'Artois, der Herzog von Condé, der Herzog von Bourbon, die Herzogin von Polignac, Abt Vermont, Lozenne, Esterhazy, Waadtländer und wie sie alle hießen. Verkleidet entflogen sie dem königlichen Käfig durch die vergoldeten Gittertore des Palastparks, um niemals mehr hierher zurückzukehren und um so dem Lynchmord des Mobs zu entgehen.

Letizia und Armand flohen nicht aus Frankreich. Der Marquis de Rambal weigerte sich, sein Heimatland und den König, dem er die Treue geschworen hatte, zu verlassen. Letizia beschloss, bei ihm zu bleiben, weil sie es für ihre Pflicht hielt, an der Seite ihres Mannes zu weilen und sein Schicksal zu teilen.

***

Die Abgeordneten der Versammlung, die sich Konstituierende Versammlung nannte, standen vor einem Problem: Bevor eine Verfassung aufgestellt werden konnte, musste die Grundlage für künftige gerechte Gesetze geschaffen werden. Marquis de La Fayette schlug vor, die Verfassung nach dem Vorbild der amerikanischen Verfassung zu verabschieden. Der Viscount de Noaille lud daraufhin die Abgeordneten des Adels und der Geistlichen ein, auf ihre Privilegien künftig zu verzichten. Der am späten Abend des 4. August vorgelegte Vorschlag wurde von beiden Ständen einstimmig unterstützt, die sich freiwillig sowohl ihrer Privilegien als auch ihrer Titel entledigten. Bei der Erörterung des Entwurfs der künftigen Verfassung setzte Marquis de Mirabeau sich schließlich dafür ein, das absolute Veto für den König beizubehalten, was er jedoch nicht durchsetzen konnte. Drei Wochen später verabschiedete die Versammlung die Erklärung der Menschenrechte und der Bürgerrechte, das Hauptdokument der Revolution, die die Untertanen Ludwig XVI. zu freien und gleichberechtigten Bürgern machte.

Versailles versteckte sich derweil in ängstlicher Erwartung. Niemand wusste, was ihn nach den ganzen Unruhen im Land erwartete, aber jeder war sich sicher, dass es nur noch schlimmer werden konnte. Der riesige Palast leerte sich nach und nach immer mehr: Die Höflinge gingen, die Diener flohen oder meldeten zur Nationalgarde. Uniform wurde zur Mode. Sogar die Musiker der königlichen Kapelle kamen in Uniformen zur Messe. Der König war darüber so empört, dass er seinen Dienern verbot, auf, wie er fand, solch unangemessene Kleidung zu verzichten. In Versailles bemühte man sich, die Etikette zu wahren: Seine Majestät begann wieder, regelmäßig auf die Jagd zu gehen, Ihre Majestät Empfänge zu arrangieren.

Im Gegensatz zu Versailles brodelte es in Paris weiter. In Cafés in der Nähe der Gärten des Palais Royal forderten die Redner einen Aufzug nach Versailles, um den König zu zwingen, die von der Versammlung getroffenen Entscheidungen zu genehmigen. In Bäckereien, in denen das Brot schnell verschwand, forderten die hungrigen Menschen ebenfalls einen Marsch nach Versailles: Frauen, die in Schlangen standen, riefen, man sollte zum König gehen und Brot von ihm verlangen.

Um bösen Überraschungen vorzubeugen, beschloss der König, die Sicherheit des Palastes zu stärken, indem er das flämische Infanterieregiment nach Versailles berief, das Ende September eintraf. Eine Woche später veranstalteten die Garnisonsoffiziere wie üblich ein Bankett zu Ehren der neuen Kameraden. Das Bankett fand im großen Saal der Versailler Oper statt.

Für die Veranstaltung wählte Letizia, die mit ihrem Mann noch immer im Palast weilte, ein scharlachrotes Kleid aus, das mit Goldstickerei bestickt und mit Diamanten besetzt war. Ihr Hals war mit einem prächtigen Reif aus blutroten Rubinen und reinsten Diamanten geschmückt. Letizia freute sich auf den Abend, von solchen Veranstaltungen hatte sie lange geträumt.

Doch es nahmen tatsächlich nur noch sehr wenige Aristokraten teil, sodass Offiziere den größten Teil der Gäste ausmachten. Und es war wie immer bei solchen Begebenheiten – Wein floss in Mengen und je betrunkener die Gäste wurden, desto lauter wurden auch die Gespräche.

Als endlich König und Königin den Festsaal betraten, sprach man ihnen gegenüber einen Toast aus. Marie-Antoinette, die ihren Sohn an diesem Abend in Uniform präsentierte und ihre Tochter in einem dem Anlass entsprechenden Kleid, ging mit König Ludwig XVI. um den großen, elegant eindeckten Tisch und schenkte den anwesenden Offizieren ein charmantes Lächeln. Doch lange blieb die königliche Familie nicht ...

Auch Letizia bat Armand, mit ihr zusammen das Bankett zu verlassen und frische Luft zu schnappen. Zusammen gingen sie schließlich langsam die Gassen des Palastparks entlang.

„Du siehst heute wieder einmal großartig aus", sagte der Marquis de Rambal bewundernd zu seiner Frau. Seit ihrem Zusammensein in Versailles hatte sich ihr Verhältnis wieder verbessert.

So lächelte Letizia nun auch zurück und sah sich in der wunderschönen Parklandschaft um. „Glaubst du, Armand, wir haben wirklich das Richtige getan, in Frankreich zu bleiben?", fragte sie leise.

Armand verdrehte die Augen. „Letizia, wir haben das schon mehr als einmal darüber besprochen. Genug davon! Ich betrachte mich nicht als so feige, dass ich bei der geringsten Gefahr wie ein begossener Pudel davonrenne. Wir schaffen das hier."

Letizia biss sich nachdenklich auf die Lippe, als sich plötzlich einer der Offiziere in offensichtlich betrunkenem Zustand über die Balustrade des Balkons über ihnen beugte und rief: „Es lebe der König! Nieder mit der Revolution!"

Armand schüttelte bei seinem Anblick den Kopf und brachte Letizia zurück in den Palast, da sie bereits den Wunsch geäußert hatte, ins Bett zu gehen. Trotz der Tatsache, dass sich ihr Verhältnis tatsächlich verbessert hatte, nahmen sie die eheliche Beziehung nicht mehr auf. Armand war deswegen sehr deprimiert und noch immer kämpfte er innerlich mit seiner Eifersucht. Er wollte ganz einfach, dass Letizia de Gamelin vergaß, aber er hatte nur wenig Hoffnung darauf. Zum Glück hatte er von niemandem erfahren, dass sein Nebenbuhler seine Frau auf Fontainebleau besucht hatte.

Nun begleitete Armand seine Frau in ihr Zimmer und nahm sanft ihre Hand in seine. Er berührte ihre Lippen mit den Fingerspitzen, küsste sie leicht und sagte: „Ich warte auf dich, Letizia. Trotz alledem. Ich hoffe, dass wir eines Tages zusammen glücklich sein können."

Letizia huschte ein Lächeln über die Lippen, obwohl auf ihrer Seele ein Stück Eis lag. Sie hasste sich selbst dafür, dass sie Armand so viel Elend bereitete. Sie hasste ihn, weil er ihr ihre Freiheit nicht gab. Und sie hasste Eduard dafür, dass sie ihn so leidenschaftlich liebte. Letizia befreite sich von den Fingern ihres Mannes und hauchte: „Gute Nacht, Armand." Dann ging sie in ihr Zimmer, schloss die Tür hinter sich und lehnte sich von innen dagegen.

Die liebevolle Berührung ihres Mannes hatte Erinnerungen an Fontainebleau in ihr geweckt, als Eduard sie sanft und leidenschaftlich in seinen Armen gehalten hatte. Ja, sie wollte all das wieder erleben, wieder in den Abgrund der Liebe und der alles verzehrenden Leidenschaft eintauchen. Sie hatten seit Fontainebleau nicht mehr mit Eduard gesprochen. Sein Diener hatte zwar immer wieder versucht, mit ihr in Kontakt zu treten, um eine Nachricht des Grafen zu übermitteln, aber Letizia hatte sich hartnäckig geweigert, sich mit ihm zu treffen. Aber jetzt, in diesem Moment, wollte Letizia nichts mehr, als in seinen Armen liegen, seinen Geruch einatmen, sich an seinen starken muskulösen Körper schmiegen.

Die Marquise ging zu ihrem Sekretär und holte ein leeres Blatt Papier aus einer der Schubladen. Sie tauchte die Feder in die Tinte und skizzierte einen kurzen Brief, in dem sie beiläufig fragte, ob es ihm gut gehe. Dann versiegelte sie den Brief, rief Jenny zu sich und trug ihr auf, den Brief an die bekannte Adresse zu bringen. Das Mädchen nickte und verließ den Raum.

Letizia setzte sich müde auf ihr Sofa und begann nachdenklich, sich zu entkleiden. Mehr als alles andere wollte sie jetzt in einen tiefen Schlaf eintauchen und an nichts mehr denken müssen.

Kapitel 18

Der Empfang in Versailles für die Offiziere und die wenigen Adeligen hatte ein politisches Nachspiel. Als nämlich die Bevölkerung davon erfuhr, dass hier eine Feier in großen Stil organisiert worden war, während die Menschen im Land Hunger litten und nicht wussten, wie sie ihre Familien sattbekommen sollten, entzündete Jean Paul Marat mit den Artikeln in seiner Zeitung ein Feuer, indem er dazu aufrief, dass die Bürger zu den Waffen greifen und nach Versailles gehen sollten, um sich das zu holen, was ihnen zustand. Und so geschah es, dass am 5. Oktober 1889 eine laut schreiende Menge, die hauptsächlich aus Frauen – und als Frauen getarnte Männer – bestand, unter der Führung von Sergeant Maillard nach Versailles marschierte. Die Menge war bewaffnet mit allem, was sie auftreiben konnte: Messer, Lanzen, Stöcke, Mistgabeln.

Noch wusste man im Schloss nicht, was passieren würde, denn noch am Morgen dieses schicksalhaften Tages ging der König auf die Jagd. Die Königin hatte sich in privater Angelegenheit zum Petit Trianon begeben. Als sie aber auf dem Rückweg atemlos von einem Boten angesprochen wurde, ahnte sie, dass etwas Schreckliches passiert war.

Die Rebellen hatten auf ihrem Zug Richtung Versailles bereits die Sevres-Brücke passiert und konnten hier erst einmal von den Streitkräften des flämischen Regiments aufgehalten werden. Ein Bote wurde zum König geschickt – Seine Majestät unterbrach die Jagd und kehrte in den Palast zurück, wo die Stimmung bereits in Panik umgeschlagen war, denn die Menschen hatten inzwischen den Weg zu den Waffenkammern erobert. Nun standen sie wütend und zu allem entschlossen vor den Wachposten an den Toren, die noch den Weg zu den verhassten Monarchen versperrten.

Zuversichtlich, dass der König sie unterstützen würde, bereitete Marie-Antoinette sich auf die Abreise vor. Sie hatte schon lange das Land verlassen wollen, jetzt bot sich die Gelegenheit dazu: Die

Kutsche war gerichtet und noch hatte die Menge den Palast nicht gänzlich umzingelt, einer Flucht stand also nichts im Wege. Aber der König konnte sich nicht dazu entschließen und erklärte ihr am Ende, dass er nicht fliehen wolle, um dem Volk nicht den falschen Eindruck von sich zu vermitteln. Als Zeichen seines guten Willens empfingt Ludwig XVI. schließlich eine Deputation von fünf Frauen, von denen eine beim Anblick des Königs in Ohnmacht fiel, während die anderen verlegen murmelten, sie seien gekommen, um ihn um Brot zu bitten. Der König versprach den Frauen, dass sie das Gewünschte erhalten würden, befahl seinen Leuten, das Brot auszuhändigen, und gab jeder Frau sieben Goldstücke.

In der Zwischenzeit kam die aufgebrachte Menge immer näher und immer deutlicher konnte auch im Schloss das Rufen vernommen werden. Während der König unentschlossen blieb, wie er handeln sollte, spitzte sich die Situation weiter zu. Eine eilends einberufene Konferenz gab dem König den Rat, Paris sofort zu verlassen und zuerst nach Rambouillet und dann in die Normandie zu gehen, von wo aus er weitere Bestimmungen treffen könne. Marie-Antoinette stimmte diesem Kompromiss zu unter der Bedingung, dass sie weder vom König noch von den Kindern getrennt würde. Nach langem Hin und Her befahl der Monarch, die Kutsche vorfahren zu lassen. Aber es war zu spät: Der Palast war umzingelt, ein Teil der Wachen zu den Revolutionären übergelaufen und die Straßen abgesperrt.

Der König war verärgert und schloss sich in seinen Gemächern ein. Er hatte zu spät gehandelt. Als schließlich die Vertreter der Nationalversammlung zu ihm kamen und ihm etliche Papiere zur Unterschrift vorlegten, unterzeichnete er sie, unterstellt sich letztendlich dem Schutz von Soldaten der Nationalversammlung und bestätigt deren Gesetzgebungskompetenz.

Nun hätte alles friedlich weiterlaufen können, doch die Soldaten des Pariser Aufstands versammeln sich um die Lagerfeuer mitten auf den Straßen der Stadt und niemand wusste genau, warum sie dies taten, denn der König hatte genau das getan, was sie von ihm verlangt hatten.

***

In dieser Nacht konnte auch Letizia nicht schlafen. Sie saß auf einem Sessel in der Nähe ihres Fensters, die Arme um die Knie geschlungen und schaute nachdenklich in die Ferne. Sie fühlte sich durch den Lärm, der draußen herrschte, gestört. Die unruhigen Soldaten und Stadtbewohner, die Flammen der Fackeln, die an den Wänden tanzten, alles erinnerte sie an diesen schrecklichen Tag im Juli, an dem die Bastille gestürmt worden war. Eine ihr bis dahin unbekannte Angst kroch in ihr hoch.

Jenny war ebenfalls noch wach und saß am Bett der Herrin. Sie wagte es nicht, sich zurückzuziehen, solange ihre Herrin wach lag, obwohl sie selbst sehr müde war. Um ihre Hände beschäftigt zu halten, stickte sie eine schöne Blume auf eine schneeweiße Serviette, die sie Denis schenken wollte. Zu ihrem großen Bedauern war er auf Befehl des Marquis de Rambal in Paris in der Stadtvilla geblieben und nicht mit nach Versailles gekommen.

Im Nebenzimmer warf auch Armand sich unruhig im Bett hin und her auf der Suche nach Schlaf. Er war irritiert von dem, was an diesem Tag passiert war, denn er hatte sich hier im Schloss in Sicherheit gewähnt. Nun warf er seine Bettdecke zurück, ging zu einem kleinen Tisch in der Nähe des Kamins und goss Cognac in ein Glas. Sein Blick fiel auf die Kaminsimsuhr, deren Zeiger fünf Uhr morgens zeigte. Armand rieb sich die Augen und fluchte leise. Die unruhige Nacht machte sich durch Kopfschmerzen bemerkbar.

Plötzlich war draußen ein Schuss zu hören. Armand stellte das Glas schnell wieder auf den Tisch und lief zum Fenster. Ein wirklich schrecklicher Anblick tat sich dort im Schlosshof vor ihm auf: Dutzende, Hunderte, Tausende von Rebellen kamen von allen Seiten gerannt, bewaffnet mit allem, was sie finden konnten, und stürmten mit wilden Schreien in den Palast. Armand sprang vom Fenster weg und rannte zu seinem Sekretär, aus dem er eine geladene Pistole holte. Michell, sein Diener, der im gleichen Zimmer schlief, sprang ebenfalls von seiner Koje auf und zog eine Waffe unter seinem Kissen hervor.

Armand öffnete die Tür zu den Gemächern seiner Frau, die schnell ein warmes Gewand über ihr Nachthemd anzog. Überall in den Gängen waren Schüsse und herzzerreißende Schreie zu hören.

Armand nahm eine Pistole und einen scharfen Dolch aus Letizias Schreibtisch und gab den Frauen die Waffen.

„Schützt die Königin!“ Dieser schrille Schrei war plötzlich in den Fluren zu hören.

Armand packte seine Frau an den Schultern, führte sie zu einem großen Kleiderschrank und öffnete die Türen. „Versteck euch! Schnell!“, befahl der Marquis und Letizia und Jenny kletterten gehorsam in die Tiefen des Schranks. „Macht keine Geräusche! Ich werde die Tür zu eurem Zimmer abschließen“, sagte Armand laut.

Letizia griff nach seiner Hand und flüsterte: „Wohin gehst du?“

„Dem König und der Königin beistehen“, erwiderte er und schlug mit diesen Worten die Schranktüren zu.

Letizia stand mit ihrem Körper an die hintere Schrankwand gepresst und hielt den Pistolengriff fest. Jenny lehnte direkt neben ihr und zitterte wie Espenlaub. „Hab keine Angst, Jenny, alles wird gut“, flüsterte Letizia und suchte nach Hoffnung in ihren eigenen Worten. „Unsere Gardisten werden die Rebellen aufhalten.“ Letizia atmete tief ein und hielt die geladene Pistole weiter vor sich hin.

Plötzlich war ein lautes Klopfen an der Tür zu hören, die zum Zimmer der Marquise führte, dann vernahmen die Frauen, dass jemand das Türschloss aufbracht. Die Tür zerbarsten und zwei Rebellen stürmten in den Raum. Durch den Spalt zwischen den Schranktüren sah Letizia nur ihre bloßen, blutigen Hände, die Metzgermesser und Pistolen hielten.

„Es scheint, dass hier niemand ist“, sagte einer von ihnen heiser und ging langsam durch den Raum.

„Die feigen Adligen fliehen doch alle aus Frankreich, wen hast du erwartet, hier noch zu treffen?“, fragte der andere.

Die Marquise konnte von ihrer Position aus gut erkennen, wie eine Hand mit blutroten Fingern ihre Schmuckschatulle fingerte.

„Gemessen an den Dingen, die ich kenne, lebt hier jemand, der sehr edel und reich ist. Wo ist er hin?“, fragte jetzt wieder die heisere Stimme. Die beiden Eindringlinge durchschritten den Raum, dann war erneut ein heiseres Flüstern zu hören: „Vielleicht hat sich derjenige gerade irgendwo versteckt?“

Jenny bedeckte ihren Mund mit der Hand, um nicht vor Angst

zu schreien. Ihre andere Hand hielt einen scharfen Dolch vor sich, der so stark in ihrer Hand zitterte, dass Letizia befürchtete, dass er versehentlich herunterfallen und den Ort ihrer Zuflucht verraten könnte.

Plötzlich waren die Schritte eines Mannes direkt vor dem Schrank zu hören und Letizia richtete die Waffe auf den Schatten, der sich im Türspalt zeigte. Sie holte tief Luft, legte ihren Finger auf den Abzug und zog ihn scharf nach unten. Eine Kugel durchbohrte die Schranktür, die gleichzeitig aufsprang, und der vom Schuss getroffene Mannes brach vor ihr tot zusammen.

Ein bedrohliches Brüllen war von einer Sekunde auf die andere zu hören. Letizia riss ihre Waffe zurück und nahm Jenny den langen Dolch aus den Händen. In zwei Sprüngen befand sie sich in der Nähe des zweiten Rebellen, der keine Zeit hatte, sich von seinem Schreck zu erholen, und nun durch einen starken Stoß zu Boden geworfen wurde.

„Jenny, hilf!“ Letizia schrie und die Zofe rannte hastig zur Herrin. Der Mann schlug Letizia unterdessen den Dolch aus der Hand, sie selbst flog zur Seite und schlug hart mit ihrem Körper auf den Boden. Sogleich versuchte sie, die auf dem Boden liegende Pistole des toten Rebellen zu erreichen, die er bei ihrem Angriff hatte fallen lassen. Jenny schaltet blitzschnell und trat auf den zweiten Rebellen ein, der vor Schmerz aufschrie und nun ebenfalls zu Boden ging, wo sich Letizia auf ihn warf.

„Erschieß ihn, Jenny, beeil dich!“, schrie Letizia wild und rang mit dem dünnen Körper des Mannes. Sie kratzte ihn im Gesicht, biss, schlug mit den Fäusten auf seinen Körper, spürte aber, dass ihre Kraft sie allmählich verließ. Dann war der erlösende Schuss zu hören und heißes Blut und salziger Schweiß ergossen sich auf das Gesicht der Marquise. Unter lautem Ächzen warf sie die Leiche des Mannes von sich ab und wischte sich angewidert das Gesicht. „Gut gemacht, Jenny.“ Letizia atmete tief durch und sprang auf die Füße. Ihr Nachthemd war mit purpurrotem Blut befleckt, ihr Umhang war zerrissen. Sie hob ihre Pistole vom Boden und griff in der Schublade nach neuer Munition. Die Gefahr war noch nicht gebannt, neue Rebellen konnten jeden Moment in den Raum eindringen. Jenny zitterte am ganzen Tag. „Reiß dich zusammen!“, befahl Letizia. „Nimm die andere Pistole und lade sie erneut. Wir müssen vorbereitet sein.“

Die Leichen der Rebellen lagen in der Mitte des Raumes und es bildete sich eine große Blutlache auf den Teppichen. Letizia versuchte, all dem keine Bedeutung beizumessen und ihre Gedanken zu ordnen. Sie wusste, dass sie bei anhaltender Gefahr einen klaren Kopf und gute Nerven bewahren musste. Sie war auf alles gefasst, als plötzlich eine blutüberströmte Gestalt vor ihr in der Tür auftauchte. Erst im letzten Moment erkannte sie Armand. Seine Augen wanderten über die Leichen und seine blutverschmierte Frau. Er sprang zu ihr, umarmte sie erleichtert und fragte besorgt: „Was ist passiert? Bist du verletzt?“

Letizia schüttelte den Kopf: „Ich bin mit einem leichten Schreck davongekommen.“

Armand setzte sich erschöpft auf das Bett seiner Frau. „Lafayette ist endlich angekommen, um zu helfen. Jetzt vertreiben er und die Wachen die Menge aus den Gemächern der Königin. Die königliche Familie ist in Sicherheit“, sagte er müde.

„Warum das alles?“, fragte Letizia verwirrt.

„Die Rebellen fordern, dass der König Versailles verlässt und nach Paris kommt“, antwortete Armand. Er lehnte sich zurück und schloss die Augen. Die Frauen nahmen auf dem Sofa Platz, nachdem sie die Tür zum Gang geschlossen hatten.

Nach einer Weile hörten der Marquis und die Marquis de Rambal laute Schreie auf der Straße. Die Menge forderte König Ludwig XVI. auf, auf den Balkon zu treten. Lafayette begleitete die königliche Familie, forderte die Menge auf, sich zu beruhigen und nach Paris zurückzukehren. Aber er schien nicht gehört zu werden. Von Wut und Bosheit verzerrte Gesichter, bluthungrige Monster, geballte Fäuste in ihre Richtung gedreht waren zu erkennen.

Armand und Letizia beobachteten dieses Bild von ihren Fenstern aus. Letizias schüttelte den Kopf, trat zurück und lehnte sich an ihren Mann. „Was passiert jetzt?“ Sie hatte Angst.

Auch Armand war bei dem Anblick dessen, was sich da vor seinen Augen ereignete, nicht wohl. „Es wird sich alles klären. Aber ich denke, es ist ratsam, dass auch wir unsere Sachen hier packen und die Rückkehr nach Paris vorbereiten."

***

Armands Instinkt hatte ihn nicht getäuscht. Ein paar Stunden später wurde bekannt gegeben, dass alle, einschließlich der königlichen Familie, Versailles verlassen würden. Der 6. Oktober begrüßt den Sieg der Revolutionäre mit Sonnenschein. Die Herbstluft war angenehm warm, der Himmel blau wie Seide. Kein einziges Blatt regte sich an den Bäumen. Es schien fast so, als würde auch die Natur den Atem anhalten und auf das warten, was sich nun ereignen sollte.

Dann folgte das Trauerspiel, das Begräbnis der Monarchie, als Ludwig XVI. und Marie-Antoinette ohne großes Gefolge in die Hauptstadt zurückkehrten. Keine Falkner auf schwarzen und scheckigen Pferden begleiteten die Monarchen, keine Soldaten in glänzenden Uniformen, kein Adel. Nichts davon.

Ein ungeordneter Strom bewegt sich entlang der Straße. Ohne die Formation zu beachten, wanderten die Soldaten der Nationalgarde in aufgeknöpften Uniformen, in unreinen Schuhen, singend und lachend und jeder mit einem auf ein Bajonett gespießten Brot nach Paris. Mit dabei auch die Frauen, die den Marsch nach Versailles angeführt hatten. Hinter ihnen, bewacht von Dragonern, rumpeln Mehlkarren voll beladen mit den Schätzen aus den königlichen Vorratskammern, und die Kavallerie galoppierte ununterbrochen entlang der Prozession, angefeuert von der Menge, von Freudenschreien und dem Klappern von Säbeln.

In diesem brodelnden Strom fuhr ein erbärmlicher, düsterer Wagen, in dem sich hinter halb geschlossenen Vorhängen Ludwig XVI., der feige Nachkomme Ludwigs XIV., Marie-Antoinette, die tragische Tochter von Marie Theresia, ihre Kinder und deren Gouvernante verbargen. Dieser Kutsche folgten im gleichen Trab die Kutschen der noch verbliebenen Adeligen, der Abgeordneten und der wenigen verbliebenen treuen Freunde der alten Regierung Frankreichs, die von der neuen gestürzt worden war.

Der Trauerzug von Versailles nach Paris dauert sechs Stunden. Die Menschen rannten aus allen Häusern an den Straßenrand, aber nicht, um ihre Häupter ehrfürchtig vor der so schändlich besiegten königlichen Familie zu beugen. Neugierig drängen sie sich schweigend am Straßenrand, jeder wollte den König und die Königin gedemütigt sehen. Mit Triumphschreien zeigen die aufständischen Frauen den Wartenden ihre Beute: „Jetzt ist der Hunger vorbei."

Kapitel 19

Letizia und Armand richteten sich in ihrem Palais in Paris neu ein und der Alltag hielt wieder Einzug. Nach einer Weile wurde auch die Korrespondenz zwischen Letizia und Eduard wieder aufgenommen. Denis war nun für die Zustellung der Briefe verantwortlich, der jeden Tag den Markt besuchte und so, ohne Aufmerksamkeit zu erregen, die Botschaften der Herrin übermitteln konnte.

In einem seiner Briefe sagte Eduard, er habe ein zweites Haus unweit des Greve Square gekauft. Dorthin hatte er sich zurückgezogen, um Probleme im Zusammenhang mit der Revolution zu lösen und eine Pause von Emilien einzulegen.

Feiern wir dieses Weihnachten zusammen?

Diese Worte Eduards drehten sich ständig in Letizias Kopf, sie wollte ihren Gefühlen so gerne nachgeben, aber sie hatte Angst, weil sie befürchtete, dass Armand irgendwie etwas über ihre Verbindung herausfinden würde. Der Marquis de Rambal wollte Weihnachten in Fontainebleau feiern, abseits des Trubels von Paris. Und obwohl alles relativ ruhig gewesen war, seit der König und die Königin in die Tuilerien gezogen waren, war die Luft elektrisiert und feindselig in der Stadt.

Letizia hatte sich schon eine Ausrede einfallen lassen, um über die Feiertage in Paris bleiben zu können. Sie konnte sich ja auf keine Krankheit beziehen, denn dann würde Armand sie natürlich nicht alleine lassen und zu Hause bleiben. Und jeder andere Vorwand war höchstwahrscheinlich ebenfalls zum Scheitern verurteilt. Der Marquis würde sie in Paris nicht zurücklassen, da er wusste, dass Eduard de Gamelin in der Stadt war.

Die Rettung kam schließlich in Form von Prinzessin de Lamballe, die aus England zurückgekehrt war, um bei ihrer Königin zu sein. Letizia und sie hatten sich in letzter Zeit oft getroffen und waren sich sehr zugetan. Die Prinzessin war nicht so extravagant wie die Herzogin von Polignac und daher viel angenehmer und liebenswerter im Umgang. Sie ähnelte einem Engel, der vom Himmel herabgekommen war, denn sie war freundlich und einfühlsam. Die Leute hassten sie jedoch genauso wie Gabrielle de Polignac, wenn nicht sogar mehr. Weil sie eben der Königin noch immer treu ergeben war. Trotzdem wollte die Prinzessin Marie-Antoinette nahe sein und ihr in diesen schwierigen Zeiten helfen. Und so bat sie Letizia, die Weihnachtsnacht mit der Königin und ihr zu verbringen, um diese irgendwie zu unterhalten und von den vielen düsteren Gedanken abzulenken.

Das war die Lösung! Aber natürlich konnte Letizia diese Entscheidung nicht ohne Armand treffen. So klopfte voller Erwartung an die Tür seines Büros und erhielt augenblicklich die Erlaubnis, einzutreten. Er bearbeitete akribisch die Papiere, die ihm die königlichen Minister zur Verfügung gestellt hatten, um dessen Wünsche und Ratschläge zur Lage im Land zu formulieren.

Letizia hüstelte leise, erst da hob Armand den Kopf: „Was ist los, Letizia? Du weißt, ich bin gerade sehr beschäftigt."

Die Marquise überreichte ihm die Einladung der Prinzessin de Lamballe und sagte kurz: „Ich denke, die Beantwortung meiner Frage wird nicht lange dauern."

Armand studierte die Notiz sorgfältig und gab sie seiner Frau zurück. „Du meinst also, du gehst nicht mit mir nach Fontainebleau?"

Letizia zuckte mit den Schultern und antwortete: „Die Königin braucht mich. Was soll ich tun?"

Armand lehnte in seinem Stuhl zurück. „Mit wem willst du Weihnachten verbringen, Letizia? Mit deinem Ehemann oder einer Königin?"

Die Frage überraschte die Marquise. Sie glaubte, dass eine Einladung von Marie-Antoinette ein guter Grund für ihn sein würde, auf sie am Weihnachtsabend zu verzichten. Auf jeden Fall war Letizia sicher gewesen, dass Armand nicht zögern würde, eine positive Antwort auf die Einladung Ihrer Majestät zu geben. So nahm sie ihren Mut zusammen und antwortete so ruhig und selbstbewusst wie möglich: „Ich denke, hier hängt nichts von unserem Wunsch ab. Sie ist die Königin, Armand. Und es kann keinen Gedanken geben, nicht bei ihr zu erscheinen."

Der Marquis zuckte mit den Schultern und beugte sich erneut über die Papiere. „Mach, was du willst. Ich werde dann auch in Paris bleiben", sagte er trocken.

Letizia schäumte innerlich vor Wut, drehte sich auf dem Absatz um, verließ das Büro und ging schnell in ihre Gemächer. „Nichts kann mich aufhalten", dachte sie und kritzelte schnell eine Notiz an Eduard, dass sie in der Weihnachtsnacht bei ihm sein würde.

Denis legte die Notiz wie üblich in den Brotkorb, und als Letizia die Küche verlassen wollte, sagte er verlegen: „Meine Dame, darf ich Sie eine Minute lang stören?"

Letizia drehte sich um und nickte. „Sicher. Was ist los, Denis?"

Der junge Mann war aufgeregt, das sah sie, denn er trat verlegen von einem Fuß auf den anderen. Erst schluckte er, dann aber sagte er bestimmt: „Madame, ich möchte Sie um Erlaubnis bitten, Jenny heiraten zu dürfen. Sie wissen, wie sehr ich sie liebe. Sie liebt mich. Wir würden uns freuen, wenn Sie unsere Ehe segnen könnten."

Letizia lächelte und ging zu Denis hinüber. Sie legte ihre Hand auf seine Schulter und antwortete mit einer Stimme voller echter Freude: „Natürlich segne ich euch, Denis! Ihr beide verdient so viel Glück wie niemand sonst! Ich werde euren Wunsch dem Marquis de Rambal mitteilen."

Denis lächelte und verabschiedete sich. Letizia war sehr glücklich, dass sie zwei ihr eng verbundenen Menschen helfen konnte, ihre Liebe zu leben. Sie hoffte, dass auch sie wieder in Liebe schwelgen konnte, denn die Weihnachtsnacht war nah.

***

Letizia stand vor dem Spiegel und betrachtete sorgfältig ihr Spiegelbild. Sie trug ein prächtiges blaues Brokatkleid, das mit silbernen Sternen bestickt und mit kleinen Diamanten besetzt war. Bei der geringsten Bewegung blendeten Edelsteine mit ihrer Brillanz und schimmerten in allen Farben des Regenbogens. Am Kragen des Kleides lag ein weißer Pelz, der dem Kleid einen besonderen Luxus verlieh. Nachdem die Marquise Lippenstift auf ihre Lippen und ein paar Tropfen Parfüm auf ihren Nacken aufgetragen hatte, verließ sie aufgeregt ihre Gemächer und ging in das Schlafzimmer ihres Mannes.

Der saß vor dem Kamin, las Zeitung und rauchte eine Zigarette. Als er seine Frau in der Tür sah, starrte er sie einen Moment lang an, wandte sich dann aber wieder ab und sagte mit leiser Stimme: „Luxuriös, wirklich. Ich glaube aber nicht, dass du dich nur so angezogen hast, um die Königin zu treffen."

Letizia hatte eine solche Reaktion im Voraus erwartet und daher eine Antwort vorbereitet. „Ich habe dieses Kleid bei einer Näherin bestellt, als ich noch vorhatte, Weihnachten mit dir zu feiern. Ich sehe keinen Grund, die Robe zu ändern, nur weil sich die Pläne geändert haben."

Armand zuckte die Achseln und blies dünnen Zigarettenrauch aus seinem Mund. „Ich nehme an, du kommst erst morgen früh nach Hause?"

„Natürlich", versicherte Letizia und es war wahr. Sie würde ihre Beziehung zu Eduard nicht wieder gefährden, indem sie ihm gegenüber übermäßig unklug und misstrauisch war.

***

Jenny warf Letizia schließlich einen Pelzmantel über die Schultern, dann bestieg diese ihren Wagen. Sie wurde von der Wacheskorte des Marquis de Rambal begleitet, um unangenehme Zwischenfälle auf dem Weg zur Königin zu vermeiden.

Die Kutsche fuhr in die Tore der Tuilerien, einem inzwischen heruntergekommenen Palast, der während der Zeit von Marie de Medici erbaut worden war. Vor den Gemächern der Königin wurde Letizia von Prinzessin de Lamballe begrüßt. „Sie ist in düsterer Stimmung", sagte Marie-Louise und nahm sanft den Arm der Marquise. „Ich fürchte, ich hätte dich nicht zu uns bitten sollen. Es wird ein betrüblicher Weihnachtsabend werden."

„Nun, lass uns unser Glück versuchen", lächelte Letizia und betrat die Gemächer der Königin.

Marie-Antoinette saß in einem Sessel vor dem Kamin – und diese Szene kam der Marquise wie ein Déjà-vu vor. In Versailles, vor dem Aufruhr der Menge, hatte sie die Königin in gleicher Haltung vor gesehen. Ein schlechtes Gefühl kroch in Letizias Seele wie eine Vorahnung von Ärger. Doch sie riss sich zusammen, ging auf die Königin zu und machte einen eleganten Knicks.

„Marquise de Rambal. Was machen Sie in diesem düsteren Schloss in einer so magischen Nacht? An Weihnachten muss man mit seinen Lieben zusammen sein", sagte die Königin gedehnt.

Letizia warf der Prinzessin einen fragenden Blick zu, die aber zuckte nur die Achseln. „Ich wollte Ihnen dienen, Majestät, und vielleicht helfen, Ihre Traurigkeit zu zerstreuen", gab Letizia aufmunternd von sich.

Bei diesen Worten drehte die Königin ihren Kopf zu Letizia und antwortete mit einem bitteren Lächeln: „Meine Traurigkeit zerstreuen? Ich fürchte, das schaffen Sie nicht, Madame. Es wird nie mehr so sein wie zuvor. Die Tage des Spaßes und der Freude sind für mich für immer vorbei." Letizia wollte Einspruch erheben, aber die Königin bedeutete ihr, zu schweigen. „Genug, Madame. Ich möchte, dass Sie heute Abend mit Ihrem Mann zusammen sind. Schätzen Sie jeden Moment, den Sie mit Ihrer Familie verbringen können. Man weiß nie, was morgen passieren wird", sagte die Königin und sah Prinzessin de Lamballe auffordernd an. Diese verstand den Hinweis, nahm Letizia an die Hand, beide knicksten und wünschten der Königin eine gute Nacht.

Als die Tür zu Marie-Antoinettes Gemächern zugeschlagen war, seufzte die Prinzessin und sah Letizia schuldbewusst an. „Um Gottes willen, entschuldige, Letizia. Wenn ich nur gewusst hätte, dass sie so schlecht gelaunt ist, hätte ich dich nie gebeten, hierherzukommen."

Letizia legte ihre Hand auf den Arm der Prinzessin und lächelte. „Ich verstehe das. Die Königin hat eine unerträgliche Last auf ihren Schultern zu tragen. Ich weiß nicht, wie ich das alles ertragen würde, es berührt mich so."

Prinzessin de Lamballe sah traurig zu Boden. „Ja, es tut mir auch weh, sie so leiden zu sehen. Ich liebe sie sehr und helfe, so viel ich kann. Ich glaube aber auch, dass es wieder bessere Zeiten geben wird", flüsterte Marie-Louise und sah zur Tür. „Nun, ich werde wohl bei ihr bleiben. Sie mag es nicht, lange alleine zu sein. Dir, liebe Letizia, aber wünsche ich gute Träume und frohe Weihnachten", sagte die Prinzessin und umarmte Letizia herzlich. Dann verabschiedeten sich die beiden Freundinnen.

Letizia stieg in ihre Kutsche und schaute nachdenklich auf den Finger ihrer linken Hand, an dem der Ehering glitzerte. Die Worte der Königin pochten in ihrem Kopf. Armand wollte diesen Weihnachtsabend so gerne mit ihr verbringen. Er war ihre Familie. Eduard nicht. Natürlich liebte der sie nicht weniger leidenschaftlich als Armand, aber dennoch ... dies war die Nacht des Jahres, die man zu Hause mit seinen Lieben verbringen musste. Letizia klopfte an die Wand des Wagens und befahl dem Kutscher, mit voller Geschwindigkeit nach Hause zu eilen.

***

Eduard zündete unterdessen die Kerzen in dem kleinen Wohnzimmer seines neuen Hauses am Greve Square an. Ein Feuer knisterte im Kamin, Champagner stand in einem Eiskübel parat. Der Graf war in freudiger Erwartung, seine Geliebte zu treffen. Er hatte sie so lange nicht gesehen, er wollte sie in seine Arme ziehen, sie mit Küssen überschütten, von den Lippen bis hin zu ihren Fingerspitzen. Eduard war überglücklich gewesen, dass Letizia, trotz ihres letzten Streits, Weihnachten mit ihm verbringen wollte. Das alleine war schon ein glückliches Omen für ihn.

Eduard ging zum Fenster, zog den Vorhang zurück und schaute auf die schneebedeckte Straße. Von Minute zu Minute wartete er darauf, dass sie am Tor des Hauses erschien. Sein Herz pochte vor unbeschreiblicher Erregung, seine Haut war mit Gänsehaut bedeckt, wenn er an das bevorstehende Glück dachte.

Plötzlich sah er die Kutsche mit ihrem so schmerzlich vertrauten Wappen direkt vor seinem Haus vorbeifahren. Im Fenster war eine weibliche Figur zu sehen, zweifelsohne sie. Aber warum hielt sie nicht an? Sie kannte doch seine Adresse genau.

Eduard lief schnell vom zweiten Stock die Treppe runter und warf sich einen Wintermantel über. Er rannte in den Hof und betrachtete die Spur des vorbeigefahrenen Wagens. Es konnte keine Täuschung sein. Letizia hatte beschlossen, diesen Abend mit Armand zu verbringen.

***

Armand de Rambal döste in einem Schaukelstuhl in seinem Schlafzimmer. Feuer knisterte im Kamin und warf orangefarbene Schatten an die Wände. Er wusste, dass seine Frau erst am nächsten Morgen wieder zu Hause auftauchen würde und hielt es daher für ratsam, etwas zu schlafen. Er fühlte sich allein gelassen und wusste nichts mit sich an einem solchen Abend anzufangen. Den Gang ins einsame Wohnzimmer hatte er gescheut.

Letizia betrat die Eingangshalle und entledigte sich ihres schweren Umhangs. Armand war nirgends zu sehen und so beschloss sie, sein Schlafzimmer aufzusuchen. Sie öffnete leise die Tür, sah sich im Raum um und fand ihren Mann schlafend in einem Sessel. Sein Kopf ruhte friedlich auf seiner Brust, die Atmung war gleichmäßig und ruhig. Letizia ging zum Kamin, legte noch ein paar Holzscheite nach und setzte sich dann ruhig neben ihn. Sie strich ihrem Mann sanft eine schwarze Haarsträhne aus der Stirn – und er bewegte sich. Sofort zog sie ihre Hand zurück, aus Angst, dass er ihre sanfte Geste bemerken und sie falsch deuten könnte. Wahrscheinlich würde sie Armand in einem anderen Leben bedingungslos lieben können, ihm viele Kinder geben, sein Glück arrangieren, eine liebende Ehefrau sein. Aber die Liebe zu Eduard steckte wie ein Splitter in ihrem Herzen, der einzige Mann, mit dem sie wirklich zusammen sein wollte, war er. Der Blick der Marquise fiel auf das Feuer im Kamin und wurde sofort von Traurigkeit erfüllt. Eduard würde sie nicht mehr sehen wollen, nachdem, was sie ihm heute Abend angetan hatte. Wie schwierig das Leben doch war. Schließlich hätte alles ganz anders sein können.

„Letizia“, rief Armand leise und die Marquise sah zu ihm auf. „Ich habe dich erst am Morgen erwartet.“ Er warf einen Blick auf die Uhr, deren Zeiger Viertel vor zwölf zeigte. „Und du hast es bis Mitternacht geschafft“, lächelte Armand und griff nach dem Champagner, der er gekühlt hatte.

Letizia war aufrichtig froh, das glückliche Lächeln ihres Mannes zu sehen. In den letzten Jahren hat sie es selten wahrnehmen können und wusste, dass sie schuld daran war.

Armand füllte zwei Gläser mit Champagner und reichte Letizia eines. Die Marquise nippte an ihrem Glas und spürte, wie die Hitze den Körper zu überfluten begann.

Armand rutschte vom Stuhl und setzte sich neben seine Frau auf ein Bärenfell. Er legte seine Hand in ihren Schoß, zog sie näher an sich heran. Sie ließ sich zu Boden gleiten und vergrub ihr Gesicht an seiner Brust. Er roch nach dem herben Geruch seiner Zigaretten.

Armand strich über Letizias Haar und flüsterte: „Wie gut ich mich jetzt fühle.“

Letizia lächelte und schloss die Augen. Ihre langen Wimpern warfen einen Schatten auf ihre leicht geröteten Wangen.

Armands Herz schmerzte vor Zärtlichkeit. Er sehnte sich danach, sie zu küssen und den süßen Geschmack ihrer prallen Lippen zu spüren. Aber er hatte Angst, dass sie ihn ablehnen würde, er hatte Angst, diesen wundervollen Moment zu ruinieren. Er sollte besser warten.

Armand und Letizia saßen bis zum Morgen vor dem Kamin, unterhielten sich und tranken Champagner. Der Marquis lud sie ein, in seinem Schlafzimmer zu bleiben, aber Letizia antwortete mit einem leichten Lächeln auf den Lippen, dass sie allein sein wolle. Armand nahm ihre Hand und drückte ihr einen langen Kuss auf.

Kapitel 20

Armand wachte einige Stunden später auf. Sein Kopf schmerzte, so bat er Michell, ihm ein Medikament gegen Kopfschmerzen zu bringen, während er selbst sein Gesicht mit kaltem Wasser abspülte und eine Jacke anzog. Als der Diener mit einem Glas Kräutertee zurückkam, übergab Armand ihm Dokumente und bat ihn, ihn in die Tuilerien zu begleiten. Michell ging, um alles für die Abfahrt vorzubereiten, während Armand zu seiner Frau ging, um sich zu verabschieden.

Er öffnete ihre Tür ihres Schlafzimmers und sah die nackte Gestalt von Letizia, die nur an einigen Stellen mit einer Decke bedeckt war. Ihre goldene Haut stach wunderschön von den weißen Laken ab und ihr langes Haar fiel über das Kissen. Ihre weibliche Reize waren deutlich zu erkennen.

Armand schloss schnell die Tür und drückte seufzend den Rücken gegen die Wand. Ein leidenschaftliches Verlangen brannte in ihm. Noch einmal wollte er diesen schönen Körper besitzen und hoffte so sehr, dass auch seine Frau eines Tages Vergnügen an ihrem Liebesspiel finden würde. Er war verzweifelt. Diese Frau war geschickt worden, um ihn zu zerstören. Der Marquis rieb sich die Augen und versuchte, sich von seinen Gedanken zu befreien. Er riss sich zusammen und verließ das Haus.

***

Letizia saß in einem Sessel in ihrem blauen Lieblingssalon und trank starken Tee. Auf ihren Knien lag ein Roman über Maria von Cleves, Holzscheite knisterten im Kamin. Draußen wurde es schon dunkel, doch Armand war immer noch nicht zu Hause. Sie legte ihr Buch zur Seite und ging ans Fenster. Es war ungewöhnlich, dass er so spät nach Hause kam. Eine weibliche Figur mit weißer Mütze näherte sich dem Haus und die Marquise erkannte Jenny. Was machte sie um diese Uhrzeit noch draußen auf der Straße? Letizia wickelte sich in ihren Umhang und ging in die Halle. Sie sah Jenny aufgeregt durch die Haustür kommen. „Madame, Graf Eduard de Gamelin ist hier. Er will mit Ihnen reden.“

Letizia schauderte bei diesen Worten, ihr Herz schlug jedoch wild. Hatte Eduard den Verstand verloren? Armand konnte jeden Augenblick nach Hause kommen. Sie trug Jenny schließlich auf, Eduard zur Kapelle am Ende des Gartens zu begleiten, zog sich einen Pelzmantel und einen Muff an. Sie verließ das Haus durch den Hinterausgang und ging hastig durch den knarrenden Schnee Richtung Kapelle in der Hoffnung, dass sie Zeit haben würde, mit Eduard zu sprechen, bevor ihr Mann zurückkam. Würde er sie beide zusammen erwischen, gäbe es eine Katastrophe.

Eduard wartete vor der Kapelle, in der Dunkelheit konnte die Marquise den Ausdruck auf seinem Gesicht nicht erkennen. Als sie nah genug bei ihm war, platzte es aus ihr heraus: „Was zur Hölle machst du hier?“

Eduard gluckste trocken und antwortete ironisch: „Ich bin auch froh, dich zu sehen, Liebes.“

Letizia wurde ruhiger: „Ja, ich freue mich. Aber du bringst dich und mich in große Gefahr. Du hast nur Glück, dass Armand im Moment nicht zu Hause ist.“

„Ich weiß, wo er ist“, antwortete Eduard kalt. „Und er wird auch nicht so bald zu Hause sein.“ Letizia wollte nicht fragen, woher er diese Information hatte, und sah ihn nur ragend an.

Doch er beachtete ihren Gesichtsausdruck nicht. Stattdessen sagte er entschieden: „Ich will dir nur sagen, dass ich mich von Emilien scheiden lasse.“

Letizias Herz schlug schnell, ihr Atem stockte. Sie hatte solche Neuigkeiten nicht erwartet, hatte nicht erwartet, dass Eduard sich doch noch zu einer Scheidung entschließen würde.

Als der Graf die Überraschung auf dem Gesicht seiner Geliebten sah, sagte er: „Du bist zu Weihnachten nicht zu mir gekommen. Ich sah deinen Wagen, der krachend an meinem Haus vorbeiraste und mir deine Abneigung darlegte, an diesem Tag bei mir zu sein. Ich habe danach die wahrscheinlich schlimmste Nacht meines

Lebens durchgemacht und mir vorgestellt, wie du sie mit Armand verbringst ..."

„Nichts ist zwischen uns passiert!" Kopfschüttelnd protestierte Letizia. „Ich kann nicht mit ihm ... Ich wünsche dir nur ..."

Für ein paar Sekunden blickte Eduard aufmerksam in das Gesicht der Marquise, wartete darauf, dass sie ihren Satz zu Ende sprach. Als sie das nicht tat, zog er sie plötzlich in eine enge Umarmung und küsste sie leidenschaftlich. Letizia war glücklich, umarmte ihn ebenfalls und drückte ihn noch enger an sich. Sie fühlte sein unbezwingbares Verlangen. Wie gerne würde sie jetzt nackt sein und sich dieser alles verzehrenden Leidenschaft hingeben.

Eduard löste sich mit Mühe von ihr und flüsterte: „Ich möchte bei dir sein, ich möchte, dass du dich von Armand scheiden lässt. Wir werden heiraten und ein neues Leben anfangen."

Letizia lächelte ihn an und streichelte seine stachelige Wange mit einer heißen Hand. „Ich will es auch. Gib mir ein Zeichen und ich werde noch einmal Armand um eine Entscheidung bitten."

Eduard nahm die Hand der jungen Frau und drückte seine Lippen darauf. Nachdem er ihr noch einen langen, leidenschaftlichen Kuss gegeben hatte, setzte er eine breite Kapuze auf den Kopf und ging in Begleitung von Jenny, die nicht weit von der Kapelle entfernt gewartet hatte, zum Tor des Herrenhauses und verschwand in der Dunkelheit.

***

Emilien saß am Fenster und stickte eine Dahlienblume auf ein Kissen. Sie versuchte, sich von dem Gedanken abzulenken, dass ihr Mann über Weihnachten mehrere Tage nicht zu Hause gewesen war, und sie nicht einmal gewusst hatte, wo er gewesen war. Natürlich würde sie ein Verhältnis zu einer anderen Frau sie nicht im Geringsten überraschen. Sie wusste, dass Eduard sie nicht liebte und sie niemals lieben würde. Allerdings wäre Emilien nie auf die Idee gekommen, es ihm gleichzutun. Er war ihr Ehemann vor Gott, den sie zärtlich verehrt und von dessen Schönheit und Männlichkeit sie zutiefst fasziniert war.

Emilien war ganz in Gedanken versunken, als sie plötzlich Eduard am Tor entdeckte. Sie lächelte. Mit wem auch immer er zusammen war, er kam immer zu ihr zurück. Sie war seine Frau und damit allen Rivalinnen überlegen. Die junge Frau legte ihre Stickerei beiseite, erhob sich vom Stuhl und strich die Falten ihres Kleides glatt. Ihr Aussehen war einfach und unscheinbar. Sie gehörte nicht zum Kreis der Frauen, die in Magazinen nach den aktuellen Trends der Pariser Mode suchten. Sie interessierte sich weder für Frisuren noch für Kosmetika, sie wollte nur treue Ehefrau und Mutter sein. Innerlich lächelte sie. Obwohl sie eine graue Maus war und es sicherlich Tausende schönerer Frauen als sie gab, hatte sie es doch geschafft, einen der begehrtesten Junggesellen Frankreichs zum Ehemann zu nehmen. Und sie wusste, dass viele Frauen sie dafür hassten.

Eduards Schritte waren auf der Treppe zu hören. Emilien wandte sich der Tür zu, die im gleichen Moment aufschwang. Ihr Mann stand vor ihr, gekleidet in enge Hosen, die seine muskulösen Oberschenkel betonten. Er trug ein weißes Hemd, das seine dunkle Haut wunderschön hervorhob, und darüber eine Lederweste.

Emilien ging auf ihn zu und küsste ihn leicht auf die Wange. Er sah sie nur an, ohne weiter auf den sanften Kuss zu reagieren. So zog sich seine Frau, die sich durch eine solche Reaktion seinerseits immer verletzt fühlte, von ihm zurück. „Wo bist du gewesen?“, fragte sie schnippisch und sah zu Eduard auf.

Der Comte de Gamelin betrat ohne Gruß den Raum und holte aus seinem Sekretär eine Schachtel Zigaretten heraus. Er zündete eine Zigarette an, nahm einen Zug und zeigte auf einen Stuhl, der in der Nähe des Kamins stand. „Wir müssen reden, Emilien“, sagte er mit ruhiger Stimme. „Und ich denke, du solltest dich besser hinsetzen.“

Ein schlechtes Gefühl befiel Emiliens Seele. Das war noch nie passiert. Sie wusste immer, wenn er von einer anderen Frau kam, denn dann roch er nach ihrem Parfüm. Aber dann taten beide jedes Mal so, als wäre nichts gewesen. Doch heute stimmt etwas nicht. Etwas war passiert. Etwas, das ihre Ehe in Gefahr brachte – Emilien spürte das sofort.

„Emilien, ich muss dir etwas gestehen“, sagte Eduard.

Seine Frau, die in dem Sessel Platz genommen hatte, verschränkte die Hände in ihrem Schoß und fragte mitfühlend: „Was ist, Eduard? Du hast all meine ganze Aufmerksamkeit.“

Eduard zog an seiner Zigarette, inhalierte den Rauch tief. Dann sah er seine Frau an und sagte: „Ich möchte mich scheiden lassen, Emilien.“

Bei diesen Worten verdunkelten sich Emilien de Gamelins Augen. Ihre Seele erstarrte zu Eis und ein nervöser Schauer durchlief ihren ganzen Körper. Mit starren Augen, der Verzweiflung nahe, fragte sie betont leise: „Warum, Eduard? Was ist geschehen? Habe ich dich irgendwie beleidigt?“

Eduard warf den Rest einer Zigarette in den Kamin und seufzte. „Du hast nichts damit zu tun, Emilien. Du bist eine gute Ehefrau. Nur nicht für mich. Ich liebe eine andere Frau. Und ich will sie heiraten.“

Emilien, die sonst besonnen und ruhig reagierte, geriet in Rage. Sie hatte mit allem gerechnet, aber nicht mit einer Trennung. In ihrer Gesellschaftsschicht war es normal, dass Ehen arrangiert waren und Männer sich Geliebte und Frauen sich Liebhaber nahmen. Deswegen ließ man sich doch nicht scheiden! Ihr Gesicht war über und über mit roten Flecken bedeckt. Sie erhob sich vom Stuhl und schrie eifersüchtig: „Wer ist sie? Antworte mir, Eduard! Sofort!“

„Was macht es für einen Unterschied, wenn du ihren Namen kennst?“, fragte Eduard.

„Macht es. Natürlich macht es einen Unterschied. Ich weiß, dass du mich betrügst und mich immer betrogen hast! Ich weiß über all deine Abenteuer Bescheid, über all deine Frauen! Aber keine von ihnen hat dich je gezwungen, die Familie zu verlassen! Also? Wer ist diejenige, sie so tief in dein Herz eingebettet ist?“, schrie Emilien wütend.

„Sie ist schon lange in meinem Herzen. Und sie war es schon, lange bevor ich dich traf“, antwortete Eduard und versuchte, Emilien zu beruhigen.

Deren Augen füllten sich mit Tränen, genau das hatte Eduard nicht gewollt. Eine solche Szene! Er hatte nie einen Hehl daraus gemacht, dass er seine Frau nicht liebte!

„Berührt es dich wirklich nicht, dass ich dich so sehr liebe?", stotterte Emilien unter heftigem Schluchzen.

Eduard wandte seinen Blick von dem leidenden Ausdruck seiner Frau ab, sein Herz drückte vor Mitleid. Er wusste, welchen monströsen Schmerz er ihr bereitete, er wusste, dass er ihr einen Schlag auf ihre eh schon angegriffene Gesundheit versetzte, aber Eduard konnte nicht anders handeln. Diese Ehe hatte ihn schon belastet, bevor sie geschlossen worden war, weil es in seinem Herzen bereits damals diese andere Frau gegeben hatte. Er wollte mit Letizia zusammen sein, nur mit ihr. Und er war so froh, dass sie seine Gefühle erwiderte. Was war sonst noch wichtig auf dieser Welt?

Emilien bedeckte mit ihren Händen ihr Gesicht und Eduard beschloss, sie in Ruhe zu lassen. Er ging zur Tür und sprach: „Ich werde noch ein paar Tage hierbleiben, ich muss die notwendigen Dinge richten. Dann werde ich gehen. Wenn du mit mir sprechen möchtest und wenn du dich beruhigt hast, werde ich es nicht ablehnen." Mit diesen Worten öffnete er die Tür und ging auf den Flur hinaus. Er wollte Abstand zu seiner Frau gewinnen.

Emilien fiel zu Boden und schluchzte krampfhaft. Es war schrecklich, sie weigerte sich, zu glauben, was er ihr gerade an den Kopf geworfen hatte. Sie wollte nicht ohne ihn leben, sie liebte ihn. Wenn er sie verlassen würde, wäre sie ganz allein. Sie hatten nicht einmal ein gemeinsames Kind.

Und dann hatte sie plötzlich eine Idee – ein Kind. Das war die Lösung. Hätte sie ein Kind von ihm, würde er es nicht wagen, sie zu verlassen! Emilien hörte auf, zu weinen, und lächelte. Ein Kind! Das war es, was es braucht, um Eduard in der Familie zu halten! Sie musste ihm einen Erben gebären.

Emilien wischte sich hastig mit dem Ärmel die Tränen aus dem Gesicht, stand vom Boden auf und hatte auch schon eine Idee, wie sie an ein Kind von ihm kommen konnte, auch wenn das nicht so ganz einfach war. Eduard hatte seine eheliche Pflicht seit seiner Hochzeitsnacht vor Jahren nicht mehr erfüllt. Egal wie Emilien ihn auch zum Beischlaf drängte, er war immer uneinnehmbar wie ein Stein gewesen. Er wollte nicht mit ihr schlafen, weil sie keine Leidenschaft in ihm entfachte.

Sie musste ihn also in ihr Bett bekommen, wie auch immer. Und da fiel ihr Madame Marchand ein. Die Kräuterheilerin, die für alles ein Mittel hatte! Immerhin hatte diese Frau sie einmal vor dem Tod gerettet und ihre Qualen mit ihren goldenen Tinkturen beendet. Diese Hexe konnte alles! Schwangerschaften verhindern und ungewollte Kinder im Mutterleib beseitigen. Warum sollte diese Alte ihr nicht auch zu einem Kind verhelfen können?

Emilien sprang aufgeregt von ihrem Stuhl und lief zu ihrer Zofe. „Katrina, am Morgen, ohne Verzögerung, machst du dich auf die Suche nach Madame Marchand. Sie soll zu mir kommen. So schnell wie möglich! Ich habe nur noch wenige Tage. Gib ihr dieses Gold, das wird reichen." Mit diesen Worten legte Madame de Gamelin eine Tüte Goldmünzen in die Hand der Zofe. Katrina nickte und versteckte das Gold in ihrer Kleidertasche.

Emilien lächelte glücklich und Hoffnung erschien in ihrem Herzen.

Kapitel 21

Zwei Tage lang sortierte Eduard alle notwendigen Dinge, sammelte wichtige Dokumente in Ordnern und sein Diener steckte all dies in die Koffer, die für den Auszug bereitstanden. Dann war alles für den Umzug am nächsten Tag bereitet. Inzwischen war es Abend geworden und draußen war es bitterkalt. Bei einem Blick aus dem Fenster stellte Eduard fest, dass der Schnee im hellen Mondlicht funkelte. Plötzlich hörte er vorsichtiges Klopfen an der Tür und Emiliens trauriges Gesicht erschien im Türrahmen. „Alles fertig?" Sie fragte leise und schaute auf die Koffer, die auf dem Boden standen.

„Ja", gab Eduard kurz angebunden zurück und zündete sich eine Zigarette an.

Emilien sah ihren Mann an. Sein weißes Hemd, das leicht geöffnet war, entblößte seine feste, muskulöse Brust, die mit hellem Haar bedeckt war. In den engen Hosen kamen seine schlanken Beine gut zur Geltung. Die Finger, die eine Zigarette umklammerten, waren lang und schön. Und seine Augen ... In diesem blauen Ozean würde sie gerne ertrinken. Sie ging auf ihn zu und sah in sanft an. „Vielleicht möchtest du deine Meinung noch ändern? Ich werde dir vergeben", flüsterte sie.

Eduard warf seine Zigarette in den Kamin und sagte: „Nein, Emilien, es ist vorbei. Sei mir nicht böse."

Die Gräfin senkte die Augen, ihre Seele war voller Hass auf ihre Nebenbuhlerin. Doch das durfte sie sich jetzt nicht anmerken lassen. Nicht jetzt! Denn sie würde ihren Mann nicht gehen lassen. Bis zu ihrem letzten Atemzug würde sie um ihn kämpfen.

„Gut, dann ist es so. Trotzdem hoffe ich, dass du mir einen Abschiedstrunk nicht verweigern wirst? Ich möchte mit dir im Guten auseinandergehen. Ohne Feindschaft und Streit", sagte Emilien und sah ihrem Mann in die Augen.

Eduard zuckte mit den Schultern. „Warum nicht."

Emilien rief ihre Zofe und bat sie: „Bring uns zwei Gläser und eine Flasche von dem neuen Bordeaux." Und an ihren Mann gerichtet sagte sie: „Du musst ihn unbedingt kosten. Ich denke, er wird dich nicht enttäuschen. Vater hat in uns geschickt." Natürlich wusste Emilien, dass ihr Mann ein Glas Rotwein nicht ablehnen würde.

Katrina nickte und verließ den Raum. Nach einer Weile kehrte sie mit zwei bereits gefüllten Gläsern und einer Flasche Rotwein zurück. Emilien nahm ihr Glas und gab Eduard seins, woraufhin die Gräfin der Zofe bedeutete, den Raum zu verlassen.

Nachdem Eduard den Wein getrunken hatte, zuckte er ein wenig zusammen und sagte mit einem Lächeln: „Ein sehr guter Wein. Ein guter Abgang und ein wirklich interessanter Geschmack. Du hast den Wein gut ausgewählt."

Emilien biss sich auf die Lippe und ihre Hände begannen, leicht zu zittern. Sie hoffte, Eduard würde nichts bemerken. Innerlich lächelte sie – der würzige Geschmack des Weins kam von einer betörenden Droge von Madame Marchand, die dazu auserkoren worden war, ihre Ehe zu retten. Bald, sehr bald würde Eduard nicht mehr Herr seiner Sinne sein – und Emilien konnte tun, was sie geplant hatte, zu tun.

Eduard starrte nachdenklich in die Flammen im Kamin. Emilien beobachtete ihn aufmerksam und versuchte, zu verstehen, was in ihm vorging. Eduard war immer ein Rätsel für sie geblieben. Seine Gedanken und Gefühle immer ein Geheimnis für sie geblieben.

„Was hast du auf dem Herzen?", fragte Emilien leise.

Eduard spielte eine Minute lang mit seinem Glas. Der Wein funkelte wunderschön im Licht des Feuers. Emilien betrachtete die Flüssigkeit wie gebannt und zählte in ihrem Kopf, wie viel Zeit seit seinem ersten Schluck vergangen war. Inzwischen war das Glas fast leer.

„Es tut mir sehr leid, dass ich dir nicht der Ehemann sein konnte, den du verdient hast", sagte Eduard und er merkte, dass ihm die Worte schwer über die Lippen kamen. „Ich weiß, ich habe dir kein Glück gegeben, vergib mir. Du verdienst jemanden, der besser ist als ich."

Plötzlich spürte der Graf ein leichtes Kribbeln in seinen Fingern. Er stellte das Glas auf den Tisch und streckte die Hände aus, aber das half nichts. „Etwas passiert mit mir, Emilien", krächzte Eduard und umklammerte seinen Kopf.

Die Gräfin sprang auf ihn zu und umarmte ihn an den Schultern. „Das liegt wahrscheinlich am Wein und der ganzen Aufregung der letzten Tage", sagte sie gespielt besorgt. „Steh auf, ich helfe dir in dein Bett."

Eduard stützte sich auf den Arm seiner Frau, ging langsam zu seinem Bett und ließ sich darauf nieder. Der Kopf war schwer und Arme und Beine weigerten sich, ihm zu gehorchen. Er konnte nicht klar denken und sich nicht mehr rühren. Er war wie gelähmt. „Emilien ...", mehr brachte er nicht mehr hervor. Plötzlich aber spürte er ungezügeltes Verlangen in seinen Lenden. Eduard verstand nicht, was mit ihm geschah und er sah hilflos zu seiner Frau.

Nun war ihre Stunde gekommen. Genau in diesem Zustand, so hatte es ihr die alte Kräuterfrau versprochen, könnte sie sich das von ihrem Mann holen, was ihr als seine Ehefrau zustand. Emilien war bereit, ihren Plan umzusetzen. Sie kletterte auf das Bett, knöpfte seine Hose auf und zog sie von seinen Schenkeln. Was für ein stattliches Glied er in erregtem Zustand hatte! Sie hob ihren Rock, setzte sich auf ihren Ehemann und spürte, wie Eduard sanft in sie eindrang. Emilien begann, sich rhythmisch zu bewegen, und versuchte, ihren Mann so schnell wie möglich der Ejakulation näher zu bringen.

Eduard lag regungslos da und sein Körper weigerte sich, ihm zu gehorchen. Alles in ihm loderte vor brennendem Hass. Nie hätte er gedacht, dass seine Frau zu so etwas fähig war. Er wollte sie abwerfen, sein Glied aus ihr ziehen, aber er konnte sich nicht wehren und die Vergewaltigung stoppen. Was macht sie, diese verrückte Emilien? Was wollte sie damit erreichen? Langsam kam sein Verstand zurück. Eduard schloss seine Augen und fühlte, wie die Welle der Leidenschaft ihn übermannte und er ihr seinen Samen gab. Emilien lächelte zufrieden und kletterte von ihm runter.

„Ich habe es für uns getan, für unsere Familie. Gott bewahre, ich habe heute das von dir empfangen, was mir als deine Ehefrau zusteht. Ein Kind wird uns vereinen, ich werde dir einen Sohn geben!" Emilien flüsterte aufgeregt und bedeckte Eduard sorgfältig mit einer Decke. Die Augen des Grafen wurden trüb, sein Körper wurde schlaff und er versank in tiefem Schlaf. Die Gräfin löschte die Kerzen, verließ den Raum und schloss die Tür hinter sich.

***

Letizia ging nachdenklich im schneebedeckten Garten ihres Hauses auf und ab. Seit ihrem letzten Treffen an der Kapelle gab es seit Wochen keine Neuigkeiten mehr von Eduard. Es war, als würde sich all das, was sie schon einmal mit ihrem Geliebten erlebt hatte, wiederholen. Hatte er nicht die Kraft gefunden, Emilien zu entkommen? Immerhin war er so entschlossen und ernst gewesen, als er ihr von der Scheidung berichtet hatte.

Schnee fiel in Flocken vom Himmel und ließ sich auf Letizias losen Haaren nieder. Die Marquise war traurig und beschloss, zum Haus zurückzukehren, um sich am Kamin aufzuwärmen und einen heißen Kaffee zu trinken.

Jenny nahm ihr den nassen Mantel und die Kapuze ab und servierte ihr im Wohnzimmer das gewünschte Getränk, das ihre Herrin wieder aufwärmen sollte. Dann reichte sie ihr eine Decke, die sich Letizia dankend über die Schulter legte. In diesem Moment stürzte Denis in den Raum, einen Umschlag in der Hand schwenkend. „Madame de Rambal! Eine dringende Nachricht", rief der junge Mann und fügte etwas leiser hinzu: „Von Monsieur de Gamelin."

Letizia sprang aufgeregt von ihrem Stuhl auf und griff nach dem lang erwarteten Brief. Nachdem sie die beiden gebeten hatte, sie alleine zu lassen, setzte sie sich wieder und riss das Siegel auf. Der Brief war sehr kurz und enthielt nur wenige Sätze:

Komm heute Abend in mein Haus am Greve Square.
Wir müssen reden. Eduard

Letizia zerknitterte das Papier in ihrer Hand und warf es ins Feuer. Jetzt entstand in ihrer Seele noch deutlicher der Verdacht, dass etwas Schlimmes passiert sein musste. Der Brief schien förmlich eine solche Botschaft anzukündigen, denn alles klang kalt. Es war keine Botschaft des Glücks. Letizia rief Jenny und befahl, am Abend die Kutsche bereitzuhalten, Denis sollte sie fahren, denn mit den Armands Männern konnte Letizia nicht zu Gamelins Haus fahren. Die würden ihrem Mann gleich von ihrem Besuch bei seinem Nebenbuhler berichten.

Es war gut, dass Armand für ein paar Tage nicht zu Hause weilte, da ihn wieder einmal dringende Geschäfte in den Tuilerien aufhielten. Er würde frühestens übermorgen zurück sein, hatte er ihr durch einen Boten mitteilen lassen.

Als die Dämmerung aufkam, verließ Letizia das Haus und stieg in den vorbereiteten Wagen. Jenny fuhr mit ihr, nach dem Sturm auf die Bastille hatte sie Angst, ihre Herrin alleine ausgehen zu lassen. Immer wenn es ihr möglich war, begleitete sie sie.

Die Kutsche fuhr zu einem kleinen Haus am Greve Square und Letizia stieg mit schwerem Herzen aus der Kutsche aus. An der Tür wurde sie von Eduards Diener empfangen, der ihr den warmen Wintermantel abnahm. Der Comte de Gamelin erwartete sie bereits, ging ihr entgegen und nahm sanft ihre Hand in seine. Er legte seine Lippen auf ihre Handfläche und blieb einige Minuten lang schweigend stehen, bis Letizia schließlich fragte: „Was ist passiert, Eduard? Sag es mir. Du hast dich lange nicht gemeldet. Ich habe das Gefühl, dass etwas passiert ist."

Mit einem Seufzer senkte Eduard ihre Hand und sagte in einem besonderen Unterton: „Folge mir. Wir müssen reden."

Sie gingen in ein kleines, komfortables Wohnzimmer, in dem ein Kamin knisterte und Kerzen in Kandelabern brannten. Eduard begleitete Letizia zu einem bequemen Stuhl und setzte sich ihr gegenüber. Er verschränkte die Hände im Schloss, seufzte schwer und sagte, ohne auf das Gesicht der Marquise zu schauen, mit einem Zittern in seiner Stimme: „Für dich und mich wird es keine Zukunft geben, Letizia. Mein ganzer Plan zerfiel wie ein Kartenhaus. Ich kann Emilien nicht verlassen."

Letizia sah Eduard schweigend an, doch ein Sturm wütete in ihrer Seele. Sie kochte innerlich vor Wut. Und gleichzeitig war sie so müde von Eduards dummer Unentschlossenheit! Warum wollte er an dieser Emilien festgehalten? Wie lange wollte er noch mit den Gefühlen von Letizia spielen und ihr jedes Mal neue Hoffnung geben?

Als Eduard sah, dass die Augen der Marquise hell blitzten, stand er vom Stuhl auf und hockte sich vor sie auf die Knie. Er nahm ihre Hände in seine, neigte seinen Kopf und flüsterte: „Ich wollte das nicht, Letizia, aber ... Emilien ist schwanger ..."

„Was?" Letizia sprang auf, als wäre sie mit kochendem Wasser übergossen worden. Gleichzeitig schob sie Eduard von sich weg und ging zum Fenster, begleitet von einer Welle tiefster Emotionen, die sich in ihrem Hals festsetzten und ihre Hände erzittern ließen. „So, das ist es also! Du schläfst mit ihr. Und du hattest die Frechheit, mir zu unterstellen, dass ich mich an Weihnachten mit meinem Ehemann vergnügt hätte! Ich habe seit fast zwei Jahren keine intime Beziehung mehr zu ihm, während du mit Emilien schläfst!", rief Letizia aufgebracht und heiße Tränen flossen aus ihren Augen.

Eduard erhob sich und ging auf sie zu. Er versuchte, sie an den Schultern zu umfassen, aber Letizia entzog sich ihm, drehte sich abrupt um und versetzte ihm mit aller Kraft, die sie aufbringen konnte, einen Schlag ins Gesicht. „Ich hasse dich!", schluchzte sie und lief aus dem Zimmer.

„Letizia! Warte! Lass mich alles erklären! Es ist nicht so, wie du glaubst!", rief Eduard und setzte ihr nach. Letizia schnappte sich ihren Mantel und rannte, ohne ihn überzustreifen, zu ihrer Kutsche, um so schnell wie möglich nach Hause zu kommen.

Eduard erreichte sie gerade noch, bevor sie die Tür schließen konnte. „Hör mir zu, Letizia! Ich wollte das nicht! Es ist nicht meine Schuld, dass alles so gekommen ist! Sie gab mir etwas zu trinken und vergewaltigte mich!", rief Eduard aus, aber die Marquise, die nichts hören wollte, wand sich von ihm ab.

„Lass mich in Ruhe! Ich will dich nicht mehr kennen! Ich will dich nie mehr sehen! Lass mich in Ruhe!", rief sie und schloss die Tür hinter sich. Sie befahl Denis, nach Haus zu eilen, doch Eduard stellte sich in den Weg. Er klopfte an das Fenster des Wagens und bat Letizia, die Tür für ihn noch einmal zu öffnen.

Letizia sagte mit zitternder Stimme zu Jenny: „Sag Denis, er soll fahren."

Das Dienstmädchen klopfte an die Wand des Wagens und Denis spornte die Pferde an. Eduard sprang von der Kutsche weg, um nicht von den Rädern überrollt zu werden. Bekümmert sah er die Kutsche mit der geliebten Frau davonfahren. Er verstand, dass Letizia ihm nicht vergeben würde. Er hatte sie für immer verloren.

Kapitel 22

Letizia weinte auf dem ganzen Weg zurück zu ihrem Haus. Als ihr der Butler die Tür öffnete, hatte sie plötzlich das Gefühl, dass noch jemand seinen Blick auf sie gewandt hatte. Dann sah sie ihn. Armand! Er wollte doch erst in zwei Tagen zurück sein! Was machte er hier? Sie wischte sich die Tränen ab.

„Wo warst du?", fragte Armand kalt. „Verlasst uns", forderte er bellend die Bediensteten auf und zog seine Frau geradewegs ins Wohnzimmer. Er schlug die Tür hinter sich zu, seine Augen voller Wut starrte er auf das Gesicht seiner Frau. „Ich sehe, dass Eduard de Gamelin dich mit einer unangenehmen Nachricht überrascht hat!"

„Es ist nicht so, wie du denkst, Armand", versuchte Letizia, sich zu rechtfertigen.

„Ich liege falsch? Wirklich? Sag mir, liege ich falsch und du warst nicht bei ihm?", fragte Armand höhnisch und packte seine Frau an den Schultern.

„Er, aber ... hör zu, Armand!", rief Letizia aus, als ihr Mann sie von sich wegstieß und wütend zum Fenster ging. „Hör bitte zu! Es ist alles vorbei zwischen uns! Ich schwöre dir! Ich werde dich nicht mehr an meiner Loyalität zweifeln lassen!", rief Letizia aufgebracht und sah auf den Rücken ihres Mannes.

Der starrte aus dem Fenster, seine Augen funkelten vor Enttäuschung. Wie gerne würde er diesen Gamelin töten, zerstören, mit bloßen Händen erwürgen. Armand ging zu seinem Schreibtisch.

Letizia beobachtete, wie er eine Pistole aus der Schatulle nahm. „Armand, tu das nicht, ich bitte dich!", schrie die Marquise verzweifelt und sah ihn mit flehenden Augen an.

„Ich werde mit ihm so umgehen, wie es jeder betrogene Ehemann es an meiner Stelle tun würde", gab Armand noch immer aufgewühlt zurück.

Letizia packte den Pistolengriff fester und zog ihn zu sich hin. „Nein, Armand, bitte tu das nicht! Ich schwöre, nein, ich verspreche, er wird nicht wieder in unserem Leben auftauchen! Glaube mir! Es hat sich alles geklärt.“ Der Marquis antwortete nicht und Letizia lehnte ihre Stirn an seine Hand. „Ich werde dir ab heute eine gute Frau sein. Gib mir noch eine Chance. Ich bitte dich“, flüsterte sie.

Eine Zeit lang herrschte Stille zwischen den beiden, nur hin und wieder unterbrochen von Armands lautem Durchatmen. Er musste sich beruhigen, das wusste er.

Plötzlich packte er Letizias Arm und hob sie abrupt auf seine Arme. Er zog sie an sich, drückte ihr einen heißen Kuss auf ihre halb offenen Lippen und warf die Pistole zu Boden. Letizia hing schlaff in seinen Armen, nur zu gut wissend, was kommen würde und dass es besser war, sich dieses Mal dem Beischlaf nicht zu entziehen.

Armand warf seine Frau auf ein breites Sofa, das in der Ecke des Raumes stand, und begann, ihr Kleid zu zerreißen. Als sie schließlich nackt vor ihm lag, nahm er sie mit wütenden, heftigen Stößen und zwang seine Frau vor Raserei, ihre Nägel in seine Jacke zu graben. So lange hatte er auf diese Gelegenheit gewartet. So sehr hatte sich sein Körper nach ihr gesehnt. All das bracht in diesem Moment aus ihm heraus. Nach dem Höhepunkt seines Vergnügens sackte er auf Letizias Körper zusammen. Ihre Brust hob und senke sich von ihrem schnellen Atmen. Das Bild von Eduard stieg beharrlich in ihren Kopf, doch sie verdrängte es tapfer.

***

Einige Wochen später fand Letizia heraus, dass sie schwanger war und hatte sofort das Gefühl, dass alle Fäden, die sie mit Eduard verbanden, für immer gerissen waren. Sie gehörte jetzt ganz Armand und trug sein Kind unter ihrem Herzen. Der Gedanke machte sie unerträglich traurig und sie weinte leise vor sich hin. Natürlich hätte sie auch dieses Mal wieder Madame Marchard rufen können, doch das wollte sie nicht, denn sie wusste, was Armand ein Kind bedeutete. Und so war dessen Glück unbegrenzt, als er von der Schwangerschaft erfuhr. Er dankte dem Himmel dafür, dass er endlich Mitleid mit ihm hatte und ihm eine echte Familie gab.

Eines Tages beschloss Letizia, die Neuigkeiten mit Margarita zu teilen. Die Diener spannten die Kutsche an und Letizia besuchte in Begleitung von Jenny de Ducres Villa. Draußen war inzwischen wunderbares Frühlingswetter, die Vögel sangen, der Schnee war geschmolzen, die Sonne schien warm und hell.

Letizia schaute während der Fahrt aus dem Fenster und sah schon von Weitem mehrere Karren in der Nähe der Tore der Villa. Stirnrunzelnd sagte die Marquise zu sich selbst, dass sie höchstwahrscheinlich zur falschen Zeit einen Besuch geplant hatte und Bertrand ein weiteres Treffen der Revolutionäre in seinem Haus organisierte. Trotzdem stieg Letizia aus dem Wagen aus und ging zur Haustür. Der Butler ließ sie ein und sagte, dass Madame de Ducre beschäftigt sei. Sie bat den Butler trotzdem, der Hausherrin zu sagen, dass ihre Schwägerin sie kurz sehen wolle, um eine interessante Nachricht zu übermitteln. Der Diener verbeugte sich und machte sich auf die Suche nach Margarita.

In Erwartung ihrer Cousine beschloss Letizia, schon einmal in den ersten Stock hinaufzugehen. Aus dem Salon waren Männerstimmen zu hören. Neugierig beschloss die Marquise, näher zu treten und sich anzusehen, was dort geschah.

Durch die Glastür hatte sie einen guten Blick in den Raum. Am Tisch saßen drei junge Männer mit Bertrand an der Spitze. Sie diskutierten heiß über etwas, doch Letizia konnte das Wesentliche des Gesprächs nicht erfassen, wahrscheinlich aber ging es – wie immer – um die Revolution. Die Gäste waren fast identisch gekleidet, was den Eindruck erweckte, sie seien Vertreter desselben Berufsstandes. Von den Perücken und Manschetten her nahm Letizia an, dass sie Anwälte waren.

„Was machst du hier?“, zischte Margaritas leise über Letizias Schulter hinweg, wonach diese vor Überraschung einen Schritt zurücksprang.

„Verdammt, Margarita, warum schleichst du dich so leise an?“, fluchte sie, die ihr nur zuwinkte, ihr zu folgen.

„Wir gehen in ein anderes Zimmer, wenn Bertrand uns bemerkt, wird er darüber nicht sehr glücklich sein.“

Die Frauen betraten ein blassrosa eingerichtetes Wohnzimmer am anderen Ende des Hauses mit Blick auf den Garten. Margarita bestellte Kaffee und Kuchen und nach einer Weile brachte die Zofe ein Tablett mit zwei Tassen des aromatischen Getränks und warme Croissants.

„Was bringt dich zu mir?“ Margarita fragte interessiert, aber Letizia unterbrach sie gleich mit einer Gegenfrage: „Wer sind diese Leute da drüben mit Bertrand?“

Margarita blickte ihre Cousine an. „Warum willst du das wissen?“

Letizia zuckte die Achseln und antwortete, nachdem sie einen Schluck Kaffee getrunken hatte: „Ich weiß nicht, aus irgendeinem Grund steckte ihr Bild in meinem Kopf.“

Margarita nahm einen Bissen von ihrem Croissant und antwortete eintönig: „Danton, Robespierre, Desmoulins. Du kennst sie nicht.“

„Und wo sind all die anderen, die früher zu euren Treffen gekommen sind?“

„Ha“, antwortete Margarita. „Sobald die Bastille im Sturm erobert worden war, rannten sie davon. Sie hatten wohl nicht erwartet, dass die Menschen so weit gehen würden, und hatten Angst um ihre eigene Haut. Trotz der Tatsache, dass sie die Revolution immer unterstützt haben.“

Letizia antwortete nicht. Schon wieder drehte sich hier alles um Politik, dabei hatte sie mit ihrer Schwägerin über ganz andere Themen sprechen wollen.

„Mit uns ist dafür jetzt der Herzog von Orleans, der Bruder des Königs“, sagte Margarita mit sichtbarem Stolz und ihre Wangen erröteten leicht. „Ich wusste immer, dass die Revolution eine Antwort auch in den edlen Herzen der Höchsten dieser Welt finden würde.“

„Armand und ich wären wegen dieser Männer fast gestorben“, antwortete Letizia in Erinnerung an die Oktobernacht in Versailles und stellte ihre Tasse mit einem Klirren zurück auf die Untertasse.

Diesmal sagte Margarita nichts und es herrschte eine unangenehme Stille im Raum. Letizias Cousine zappelte nervös auf ihrem Stuhl herum. Es war offensichtlich, dass ihr etwas im Kopf herumging und sie innerlich bewegt.

„Spuck es aus“, sagte Letizia scharf und sah Margarita direkt ins Gesicht.

Die war ein wenig überrascht von der Geradlinigkeit ihres Gegenübers und räusperte sich, bevor sie sprach „Weißt du, Letizia, eigentlich musst du etwas sagen ... Du kannst selbst sehen, wie die Revolution die Situation im Land beeinflusst hat. Ich denke, es ist nicht meine Aufgabe, dir das alles zu erklären. Bertrand hat nun zu dieser Zeit endlich, Gott vergib mir, die richtigen Bekanntschaften gemacht und schätzt sie sehr. Ich meine die Herren, mit denen du ihn vorhin im Wohnzimmer hast sitzen sehen. Aber nicht nur sie. Da gibt es auch noch Mirabeau oder Marat, aber die spielen keine so wichtige Rolle. Das aber führt dazu, dass deine Anwesenheit in unserem Haus, sagen wir mal ... Verwirrung stiften könnte, denn wenn unsere Gäste sehen, dass wir es mit Royalisten zu tun haben, werden sie aufhören, Bertrand zu vertrauen. Und das wäre fatal. Deshalb, Letizia, bitte ich dich, und vergib mir das, tauche nicht wieder in unserem Haus auf."

Letizia war bei diesen Worten zur Salzsäure erstarrt. „Das heißt, du sagst mir, ich soll verschwinden und mich hier nicht mehr blicken lassen? Du verzichtest auf den Kontakt zu deiner Familie?", zischte Letizia leise und hielt an sich, Margarita nicht zu schütteln.

„Wir stehen auf gegenüberliegenden Seiten, Letizia. Wenn du uns natürlich unterstützen würdest ..."

„Das reicht", unterbrach Letizia und erhob sich. „Schade, dass sich deine Prioritäten so geändert haben, Margarita. Ich kann mit Sicherheit sagen, dass du die falsche Wahl getroffen hast. Ich könnte niemals auf meine Familie verzichten, auf mein eigenes Blut, denn in schwierigen Zeiten kannst du dich nur darauf verlassen."

„Ich habe eine Familie", sagte Margarita entschlossen. „Bertrand und mein Kind. Das ist alles, was ich brauche."

Letizia wandte sich ab und ging zügig zur Tür. Als sie in der Kutsche saß, gab sie sofort den Befehl, zum Herrenhaus der Rambals zu fahren. Brennender Hass verschlang sie von innen heraus und sie fragte sich, wie sie sich zurückhalten und Margarita nicht mit einer lauten Ohrfeige ins Gesicht für ihre Worte hatte strafen können. Wahrscheinlich war dies nur der Tatsache geschuldet, dass sie Armands Schwester war.

***

Zu Hause schloss sie sich in ihren Gemächern ein, zog ihr Kleid aus und legte sich nur in ihrer Unterwäsche bekleidet auf das Sofa. Sie wollte ihre Gefühle und Nerven in Ordnung bringen. Wie konnte Margarita so gefühllos handeln! Sie war immer wie ihre eigene Schwester gewesen, die sie von Kindheit an kannte. Sie hatten so oft gemeinsam gelacht, Geheimnisse und Erfahrungen ausgetauscht. Wie konnte Margarita all dies vergessen und so niedertrampeln, wie sie es heute getan hatte. Letizia schloss die Augen auf der Suche nach Frieden.

Wenig später öffnete Armand leise die Tür zu ihrem Gemach. Er nahm in einem Sessel neben seiner Frau Platz und Letizia setzte sich aufrecht hin und legte sich ein Kissen in den Rücken.

„Wo warst du?", fragte Armand fast zärtlich.

„Bei deiner lieben Schwester", antwortete Letizia sarkastisch und schürzte wütend die Lippen.

„Haben ihr euch wieder gestritten?", fragte der Marquis mit einem Lächeln und lehnte sich in seinem Stuhl zurück.

„Ja ... und diesmal wird es keine Versöhnung mehr geben." Letizia schlug ihre Augen nieder.

„Was ist geschehen?", fragte Armand besorgt.

Letizia seufzte schwer. Jetzt würde Armands gute Stimmung wegen ihrer Geschichte ruiniert und er würde den ganzen Tag über niedergeschlagen herumlaufen. Da war sie sich sicher. Aber es gab keine andere Wahl und es macht keinen Sinn, zu schweigen. Wie auch immer, eines Tages würde Margarita auch ihren Bruder aus dem Haus werfen, wie sie es heute mit Letizia getan hat. „Sie hat uns aus ihrem Leben geschnitten. Sie sagte, dass wir auf gegenüberliegenden Seiten stehen würden und dass wir nicht mehr in ihrem Haus erwünscht sind, um Bertrands Reputation nicht zu untergraben ..."

„Meine Schwester, so scheint es, ist nicht mehr ganz richtig im Kopf." Armand faltete die Hände vor seiner Brust. Seltsam, aber aus irgendeinem Grund war er von dieser Nachricht nicht wirklich überrascht. Anscheinend war er bereits so an die Exzentrizität von Bertrand und Margarita gewöhnt, dass kein einziges Wort von ihr ihn mehr aus dem Gleichgewicht bringen konnte.

„Warum ist sie so zu uns?“, fragte Letizia verärgert und sah ihren Ehemann an. „Wir haben sie doch immer bei allem unterstützt. Auch dann, wenn es mal Streit gab.“

„Sie ist abhängig von Bertrand. Bis sie ihn heiratete, war sie nicht so. Und wir wussten anfangs nicht, mit wem Margarita da tatsächlich verheiratet war. De Ducre gehört einer alten Familie an, reich und beliebt. Wir waren froh, dass er ausgerechnet Margarita zu seiner Frau ausgewählt hatte. Eine gute Partie für sie. Und sie mochte ihn tatsächlich sehr. So war alles gut, bis zu dem Moment, als Baron und Baroness de Ducre, Bertrands Eltern, starben. Ihre Kutsche wurde auf dem Weg nach Marseille ausgeraubt und sie selbst wurden auf äußerst brutale Weise ermordet. Straßenräuber vermutlich. Sie wurden nie gefasst. Das alles geschah ein Jahr nach der Hochzeit von Margarita und Bertrand. Ich weiß nicht warum, aber er beschuldigte danach den König und die Königin, für solche Verbrechen verantwortlich zu sein, weil sie durch ihre verschwenderische Lebensweise das gemeine Volk zu Plünderungen und Mord brachten. Unserem König kam das zu Gehör und er nahm Bertrand alle Privilegien und stellte sämtliche Zahlungen an ihn ein. Die beiden hatten jedoch das Glück, dass unser Vater Margarita bei ihrer Heirat eine riesige Mitgift mitgegeben hatte, von der die beiden all die Jahre lebten. Ich nehme jedoch an, dass heute nicht mehr viel davon übrig ist, wenn man sich den Zustand ihres Hauses ansieht. Ich weiß nicht, was sie tun werden, wenn das Geld ganz ausgeht. Und du weißt ja, dass Vater ihr nach seinem Tod nur noch einen kleinen Teil ihres Erbes zusprach, aber ...“

„Immerhin einen kleinen Teil. Der kann ja noch nicht weg sein, oder?“, fragte Letizia verwirrt.

„Nun, wie sich herausstellte, hatte Vaters Testament einen Zusatz, den wir erst später bei seinem Anwalt entdeckten. Vater vermachte dieses sein Erbe nicht ihr, sondern seinem zukünftigen Enkel oder seiner zukünftigen Enkelin. Und nur er oder sie können das Geld erhalten ... Bis zu deren Volljährigkeit ist es festgelegt und weder Bertrand noch Margarita kommen an das Geld heran.“

„Wusste Charles denn, dass Margarita schwanger war? Sie sagte mir, sie habe es ihm nicht erzählt“, fragte Letizia weiter.

Armand grinste. „Das stimmt wohl auch. Aber Bertrand sagte es ihm in der Hoffnung, dass unser Vater sie dann nach seinem Tod nicht ohne Erbe lassen würde. Bertrand ist gerissen. Wenn ich gewusst hätte, wie sehr er Margarita beeinflusst und wie er ihr Leben umdreht, hätte ich Vater abgeraten, sie diesem Verräter als Frau zu geben."

„Vielleicht lohnt es sich, ihnen finanziell zu helfen ... Andernfalls wird Bertrand vor Wut völlig den Kopf verlieren", gab die Marquise zu bedenken, aber Armand schüttelte den Kopf.

„Nein, ich werde das nicht tun ... Egal wie schwer es für mich wird, ich werde die Revolution nicht sponsern. Und das würde passieren, wenn ich ihnen Geld gebe. Ich hoffe, dass sie, wenn ihre Mittel zu Ende sind und sie nichts mehr haben, um die Menschen auf der Straße und den dritten Stand zu bestechen, ihre sogenannten Freunde an ihrer Seite haben, die ihnen finanziell helfen werden. Wenn nicht, hilft es vielleicht, Margaritas Geist aufzuklären."

„Es tut mir so leid für sie ..." Letizia entfuhr ein Seufzer.

Armand legte sanft seine Hand auf den Rücken seiner Frau und streichelte sie. „Denk nicht so viel darüber nach. Sie trägt selbst Verantwortung für ihr Schicksal. Denk an unser Kind, das du unter deinem Herzen trägst."

Letizia schwieg zu dieser Bemerkung. Sie versuchte, nicht an das Kind zu denken, denn sie hatte noch immer keine mütterlichen Gefühle für das kleine Wesen, das in ihr heranwuchs. Noch immer trauerte sie innerlich ihrer verflossenen Liebe nach.

Armand sah aus dem Fenster. „Vielleicht sollte ich bei diesem Wetter einen Ausritt machen. Wenn du möchtest, kannst du mir Gesellschaft leisten, aber du musst beim Reiten gut auf meinen Sohn aufpassen."

„Vielleicht wird es eine Tochter", antwortete Letizia fast gleichgültig, doch Armand lächelte: „Ich fühle, dass es ein Sohn wird. Und ich liebe ihn schon jetzt wahnsinnig."

Kapitel 23

Einen Monat später feierten Denis und Jenny ihre Hochzeit. Letizia hatte nicht an der schönen Feier für ihre treue Dienerin gespart. Sie kaufte ihrer Zofe ein wunderschönes Hochzeitskleid, die Köche bereiteten köstliche Gerichte zu und der Wein floss in Mengen. Letizia und Armand stellten den Jungvermählten einen gemeinsamen, geräumigen Raum zur Verfügung, in dem bei Bedarf auch ein Babybett aufgestellt werden konnte. Denis und Jenny waren gerade im siebten Himmel und Letizia freute sich aufrichtig für das Mädchen, das ihr seit Jahren so treu ergeben war.

Es gab in all den Wochen kein Wort von Eduard. „So ist es das Beste", dachte Letizia. Denis erwähnte ihn gelegentlich, wenn er ihn irgendwo auf den Pariser Straßen sah, begleitet von seiner Frau, die mit der Schwangerschaft ziemlich fett geworden war. Letizia ärgerte sich jedes Mal, wenn er davon erzählte, und so befahl sie ihm schließlich, Eduards Namen nicht noch einmal zu erwähnen. Sie war angewidert, von der schwangeren Emilien zu hören, sie hasste sie und ihr Kind, obwohl sie verstand, dass es falsch war und das Baby überhaupt nicht schuld an der Situation war. Die Emotionen überwältigten sie jedoch immer wieder, was während der Schwangerschaft noch deutlicher zu spüren war.

Armand fragte ständig, wie sie sich fühlte und was er Gutes für sie tun könne. Und sie wollte nur eines – so weit wie möglich von allem, was sie belastete, entfernt sein, vor allen davonlaufen, sich irgendwo verstecken. Sie mochte ihren Zustand nicht, sie mochte die ständige Übelkeit nicht, absolut alles um sie herum war irritierend. Sie wollte, dass die Monate schnell vergingen, so schnell wie möglich gebären und so schnell wie möglich aufhören, zu leiden.

Letizia machte sich Sorgen darüber, wie sie als Mutter sein würde, weil sie bislang keine Liebe für diese kleine Kreatur empfand, die unter ihrem Herzen lag. Sie wollte nicht kalt und gleichgültig sein, sie hoffte, dass sie sich selbst überwinden und dieses kleine Wesen lieben konnte. Sie frage sich oft, wie es wohl Eduard erging. Ob er glücklich war, Vater zu werden? Welche Gefühle würde er für sein Kind mit dieser Frau aufbringen können?

***

Eduard hatte es sich in einem Sessel im großen Wohnzimmer bequem gemacht und hielt ein Buch in seinen Händen. Emilien saß in einiger Entfernung von ihm und strickte eine Kindermütze. Er blickte seine Frau von der Seite an und fragte sich, inwieweit man einen Menschen verachten konnte. Jede Linie ihres Gesichts, jede Bewegung, jeder Klang ihrer Stimme irritierte ihn. Manchmal wünschte er sich, sie in dunkler Nacht zu erwürgen, nur das Kind, das sie in sich trug, hielt ihn davon ab.

Emilien strickte mit Begeisterung wunderschöne helle Muster, ihre Augen funkelten vor Glück. Sie hatte es geschafft, Eduard blieb bei ihr, sie würde ihm ein ganz besonderes Baby schenken. Es war egal, zu welchem Preis sie es empfangen hatte, es war egal, dass er jetzt nicht einmal mit ihr sprechen wollte.

Das alles würde vorbeigehen, wenn er erst einmal seinen Sohn oder seine Tochter in den Armen halten würde. Dann würde er verstehen, dass nicht alles umsonst gewesen war. Dass ein Kind sie einander näher bringen würde. Dass er sie lieben würde. Sie sah zu ihrem Mann auf. Er schaute zwar in das offene Buch, aber sein Blick blieb starr auf einer Stelle. Emilien biss sich auf die Lippe und sie beschloss, das Risiko einzugehen und mit ihm zu sprechen.

Sie hob die kleine Mütze hoch und fragte glücklich: „Unser Baby wird dieses hübsche Mützchen lieben, was denkst du?“

Eduard strafte sie mit einem eisigen Blick. Dann schlug er das Buch mit einem Knall zu und erhob sich von seinem Stuhl. Die Antwort auf die von Emilien gestellte Frage war das Zuknallen einer, das jeder im Haus gehört haben musste.

***

Ein paar Wochen später wurde Emilien von ihrer Freundin Anna Bertlen besucht. Sie lebte seit sechs Monaten außer Landes und war sehr froh darüber, dass ihre liebe Freundin endlich schwanger geworden war. Sie strich über den kleinen Bauch mit Zuneigung und freute sich über das Wunder, dass die Gräfin de Gamelin unter dem Herzen trug.

„Alles wäre gut, aber ich sitze immer zu Hause und gehe nur im Garten spazieren. Ich bin furchtbar fett geworden, obwohl ich erst im fünften Monat schwanger bin. Eduard geht nirgendwo mit mir hin, anscheinend schämt er sich für mich. Und ich würde wirklich gerne mal wieder ausreiten, die frische, heilende Luft einatmen", sagte Emilien unter Tränen und Anna nickte verständnisvoll.

„Natürlich müssen schwangere Frauen so viel Zeit wie möglich an der frischen Luft verbringen, sie müssen laufen und einen aktiven Lebensstil führen. Warum tut Eduard dir diesen Gefallen nicht?"

Emilien schämte sich und sah von ihrer Freundin weg. Natürlich hatte sie ihr nicht erzählt, wie sie von ihrem Ehemann schwanger geworden war, das musste sie nicht wissen. Sollten doch alle Frauen dieser Welt denken, dass Eduard seine Frau liebte, mit ihr schief und mit ihr eine glückliche Familie gründete. „Er hat viel zu tun, ich versuche, ihn nicht mit solchen Nichtigkeiten abzulenken", gab Emilien zur Antwort.

„Nun, da ich hier bin, kannst du dich auf mich verlassen. Wir werden spazieren gehen und ausreiten. Du musst dich entspannen, meine Liebe." Anna lächelte und drückte ihrer Freundin glücklich die Hand.

Am nächsten Tag war das Wetter fantastisch. Die helle Sonne strahlte am Himmel und wärmte bereits mit ihren Strahlen. Es war keine einzige Wolke am Himmel zu sehen, nur eine leichte, angenehme Brise wehte. Anna gab den Dienern Anweisungen, die Kutsche zu spannen und ein paar Pferde für einen Ausritt vorzubereiten.

Emilien zog glücklich ihr Reitkleid an. Sie war in einer großartigen Stimmung, obwohl ihr Mann bereits seit mehrere Tage von zu Hause weg war. Sie wusste, dass er in seinem Haus am Greve Square war und sich höchstwahrscheinlich mit Bertrand de Ducre und anderen Revolutionären traf. Seit der Ankunft von Anna wusste Emilien, dass sie sich nicht langweilen würden, und war deshalb über seine lange Abwesenheit nicht so beleidigt wie sonst. Außerdem wusste sie, dass er ihr alles außer Haus verbieten würde, da der Arzt diesen Zeitvertreib nur dann dringend empfahl, wenn sie äußerst vorsichtig war und ausschließlich zu Fuß gingen. Sie war nicht die kräftigste Frau und zudem schon seit frühester Jugend kränklich veranlagt.

Doch Emilien reagierte trotzig. Bislang war ihr die Schwangerschaft gut bekommen und natürlich würde sie vorsichtig sein. Sie und Anna würden nur einen kurzen Ritt durch den Wald machen und dann nach Hause zurückkehren. Das würde dem Ungeborenen sicherlich nicht schaden.

Die Kutsche fuhr an den Waldrand und hielt an. Emilien und Anna stiegen aus und die Diener überprüften noch einmal die Gurte der Pferde. Sie stellten für jedes Pferd einen Hocker auf und halfen den jungen Frauen, in den Sattel zu klettern.

Emilien spürte eine unglaubliche Welle von Kraft und Freude. Wie sie diese belebenden Ausritte in angenehmer Gesellschaft vermisst hatte. Der Tag versprach, wirklich schön zu werden. Anna und Emilien ritten langsam in die Tiefen des Waldes und beschlossen, einen kleinen Bach zu besuchen. Überall herrschte eine erstaunliche Stille, die nur durch das Rauschen der Bäume und das Singen der Vögel unterbrochen wurde.

„Das ist so schön und wohltuend, Anna“, seufzte Emilien.

Anna lächelte glücklich und antwortete: „Jetzt gehen wir oft spazieren, solange deine Schwangerschaft es dir erlaubt. Ich werde nicht zulassen, dass du dich in den Wänden des Hauses langweilst.“

Emilien lächelte dankbar.

Die Pferde führten sie leise auf einem breiten Waldweg. Irgendwo in der Ferne war das Rauschen des Wassers bereits zu hören, der Bach war sehr nah. Plötzlich jedoch blieb Emiliens Pferd stehen, als würde es spüren, dass etwas nicht stimmte. Seine Augen gingen unruhig auf das sich bewegende Gras in der Nähe des Pfades. Emilien verstand nicht, was los war, und klopfte auf dem Pferd den Hals, um es am Laufen zu halten.

Anna, die ein Stück vorausgeritten war, sah zurück zu ihrer Freundin und rief: „Was ist los, Emilien?"

„Ich weiß nicht …" Emiliens Rede wurde plötzlich unterbrochen. Eine Schlange war aus dem Gras auf den Weg gekrochen und bei deren Anblick erschrak das Pferd so sehr, dass es sich vollkommen unerwartet für seine Reiterin aufbäumte. Die Gräfin ließ überrascht die Zügel los und stürzte zu Boden. Anna schrie auf und ritt zurück, um ihrer Freundin zu helfen. Sie sprang aus dem Sattel, rannte zu Emilien und hob den Kopf. Die Gräfin war bewusstlos und ein leuchtend roter Fleck hatte sich bereits über ihrem Kleid ausgebreitet.

***

Eduard sammelte die Papiere nach seinem Gespräch mit Bertrand in einem Ordner ein. Sein Kopf schmerzte, er wollte sich nur noch hinlegen und sich ausruhen. Er schloss den Ordner im Safe ein, öffnete das Fenster und ließ frische Luft in den Raum, in dem es während der stundenlangen Sitzung stickig geworden war. Das Wetter war wunderbar und er sehnte sich danach, mit Letizia wie damals in Fontainebleau ein Picknick zu machen.

Plötzlich sah Eduard einen aufgeregten Mann vor seinem Haus zu François, dem Gärtner, eilen. Der Fremde gestikulierte wild und redete ununterbrochen auf François ein, der einen Moment später seine Gartenschere zu Boden fallen ließ und zum Haus rannte. Eduard wunderte sich über den sonst so ruhigen Mann und verließ sein Büro, um nach dem Rechten zu sehen. François kam ihm bereits auf der Treppe entgegen, er war völlig außer Atem.

„Was ist los?", fragte der Graf und sah den Diener an.

„Madame … Madame de Gamelin … sie fiel von einem Pferd im Wald … sie hatte … eine Fehlgeburt", japste er nach Luft ringend.

Eduard erwiderte nichts, rannte aber in den Hof und sattelte ein Pferd, um dann eiligst zu seiner Villa in der Rue Saint Honore zu reiten. Sein Herz war betrübt ob dieser schrecklichen Nachrichten, die er gerade vernommen hatte.

Ja, es stimmte, er hasste Emilien, aber er hatte sich niemals den

Tod für diese kleine Kreatur gewünscht, die sie unter ihrem Herzen trug.

Der Butler beeilte sich, um seinem Herrn die Tür zu öffnen, sobald er ihn vom Fenster aus sehen konnte. Zur Begrüßung wies er seinen Herren darauf hin, dass der Arzt bei Madame de Gamelin sei und sich beide in ihrem Schlafzimmer befänden.

Eduard stürzte die Treppe hinauf und öffnete die Schlafzimmertür seiner Frau. Sie lag leichenblass im Bett, auf dem Tisch neben ihrem Bett lagen blutbefleckte Lumpen und eine Schüssel mit rotem Wasser. Emilien öffnete die Augen, als sie ihn hereinkommen hörte, aber als sie ihren Mann sah, schloss sie sie wieder. Der Arzt bemerkte Eduard, stand vom Stuhl auf und begrüßte ihn besorgt.

„Monsieur de Gamelin, die Dinge stehen schlecht ... Ihre Frau hatte eine Fehlgeburt. Sie ist bei einem Ausritt vom Pferd gestürzt und begann, innerlich zu bluten. Ich habe es geschafft, den Fluss zu stoppen, aber die Gräfin hat viel Blut und auch das Kind verloren", flüsterte der Arzt und sah Emilien von der Seite an. „Ich möchte Sie auch warnen ... ich hoffe aufrichtig, dass sich ihr Leiden nach einem solchen Schock nicht verschlimmert. Sie wissen um ihren Herzfehler, Monsieur, ich mache mir wirklich Sorgen um Madame ... Wie konnten Sie nur zulassen, dass sie in ihrem Zustand und mit ihrer Erkrankung auf ein Pferd steigt?"

Eduard überhörte den Vorwurf, nickte nur und sah erneut zu Emilien. Ihr Gesicht sah so traurig und erschöpft aus, dass sich das Herz des Grafen vor Mitleid grämte. Er ging zu seiner Frau und setzte sich auf die Bettkante. Er nahm Emiliens kalte, schlaffe Hand in seine und sagte leise: „Alles wird gut, Emilien. Sei stark. Der Arzt wird sich um dich kümmern, du wirst gesund werden."

Emilien schüttelte den Kopf und Tränen flossen aus ihren Augenwinkeln. „Ich will nicht mehr leben, Eduard ... Ich will dir keine Probleme und Leiden mehr verursachen ... Die einzige Person, die mich je lieben würde, ist heute gestorben. Aber Gott hat mich bestraft, weil ich mich an dir versündigt habe." Emilien schluchzte laut auf.

Der Arzt reichte ihr ein Glas mit etwas Flüssigkeit. Emilien weigerte sich jedoch, diese zu trinken. Doch der Arzt wusste, dass sich ihr Schluchzen schnell in eine Hysterie verwandeln konnte, die tödlich für sie sein konnte. Deshalb bat er Eduard, die Hände seiner Frau zu halten, und setzte eine Spritze an Emiliens Arm an. Eduard ging vom Bett seiner Frau weg und wandte sich ab. Es war sehr schwer für ihn, sie in einem so schrecklichen Zustand zu sehen. Seine Seele war ängstlich und düster.

„Ich habe ihr ein Beruhigungsmittel injiziert, in ungefähr zehn Minuten wird sie einschlafen und höchstwahrscheinlich bis zum Morgen durchschlafen. Morgen werde ich wiederkommen, um ihre Gesundheit zu überprüfen. Seien Sie jedoch darauf vorbereitet, dass, Monsieur, wenn sich ihre Krankheit verschlimmert, Madame sehr bald sterben wird“, sagte der Arzt und verabschiedete sich.

***

Letizia ging in Begleitung Jenny den Champ de Mars entlang. Das Wetter war gut. Die warme Frühlingssonne zeigte sich, auf dem Rasen hier und da saßen Paare, Frauen mit Kindern oder ganze Familien direkt auf dem Boden. Nach deren Kleidung zu urteilen, waren dies Vertreter des dritten Standes, die Adligen zeigten sich seit einiger Zeit kaum mehr außerhalb ihrer Häuser.

Letizia hatte sich deshalb ein einfaches Kleid aus Jennys Garderobe geliehen, um unerkannt auf die Straße gehen zu können. Sie sah aus wie die Tochter eines Bäckers oder Lebensmittelhändlers, deshalb achtete niemand auf sie. Kinder spielten und schrien freudig. Letizia lächelte und legte ihre Hand auf ihren Bauch. Sie gewöhnte sich langsam tatsächlich an ihre Schwangerschaft und manchmal ertappte sie sich sogar dabei, wie sie mit diesem kleinen Wesen in ihrem Bauch zärtlich sprach. Sie hatte eingesehen, dass es keinen Sinn machte, sich zu widersetzen. Eduard war Vergangenheit, er hatte sie sicherlich längst vergessen, denn es gab keinerlei Neuigkeiten von ihm. Das Schicksal hatte sie mehr als einmal zu Armand geführt und ihr die Augen geöffnet für den, der immer da war und sie so sehr liebte. Mariam de Mormon hatte recht, Letizia würde einen großen Fehler machen, wenn sie sich von Armand scheiden ließe. Plötzlich entdeckte sie in der Menge ein vertrautes Gesicht und ihr

Inneres zog sich sofort unangenehm zusammen. Es war François, Eduards Gärtner, der mit einem kleinen Jungen offensichtlich vom Markt kam. Der Junge trug Rosenschösslinge, François erklärte ihm etwas und zeigte dabei auf einen Rosenbusch.

Letizia ging langsam weiter und betete zu Gott, dass der Gärtner sie nicht bemerkte. Sie wollte nicht, dass er Eduard erzählte, dass er die Marquise de Rambal auf dem Champ de Mars in dieser einfachen Kleidung gesehen hatte. Letizias Bitten wurden jedoch nicht gehört, denn Francois blieb nur ein paar Schritte von ihr entfernt sehen und grüßte höflich. Letizia nickte ihm so höflich wie möglich zu und sagte: „Guten Tag, François. Wie ich sehe, sind die Blumenhändler wieder etwas reicher geworden."

François sah auf die Pflanzen im Arm des Jungen und senkte den Blick. „Ja, das ist der Wunsch von Madame de Gamelin."

Beim Klang des Namens ihrer Rivalin biss Letizias die Zähne zusammen und antwortete so entspannt wie möglich: „Schwangere haben unterschiedliche Macken, das verstehe ich nur zu gut."

Francois sah die Marquise traurig an und sagte schüchtern: „Oh, Madame de Gamelin ist nicht mehr schwanger, leider ... sie hat ihr Baby vor einem Monat verloren."

Letizia schluckte nervös und eine unangenehme Kälte lief ihr über den Rücken. „Was bedeutet das? Sie hat ihr Baby verloren?", fragte Letizia zurück.

„Ist vom Pferd gefallen, Madame. Im Wald. Sie wurde gerettet, aber das Kind verstarb. Sie hatte eine Fehlgeburt. Und Madame de Gamelin ist ..."

„Was ist mit ihr?" Letizia war blass geworden.

„Ihre Krankheit hat sich verschlimmert, der Arzt ist Tag und Nacht in der Nähe ihres Bettes. Madames Krankheit, das Herzleiden, hat sich verschlimmert. Monsieur Gustav, ihr Arzt, stellt keine guten Diagnosen ... Sie kann uns jederzeit ... verlassen. Mein Herr ist erschüttert. Madame tut ihm sehr leid, aber er kann ihr nicht helfen. Es ist schrecklich ..."

Letizia taumelte leicht und fasste sich an ihren Bauch. François' Blick fiel erst jetzt auf ihre bereits fortgeschrittene Schwangerschaft und seine Augen weiteten sich sofort vor Überraschung.

„Oh, Madame de Rambal, kann ich Ihnen gratulieren?", fragte der Diener und sah unverhohlen auf Letizias Bauch.

Die Marquise ergriff impulsiv François' Hand und flüsterte: „Ich bitte dich, François, erzählen Sie Monsieur de Gamelin nichts davon. Das würde ihm noch mehr Leiden verursachen, als er gerade sowieso erlebt. Ich bitte dich ..."

François verbeugte sich respektvoll. „Ich werde es ihm nicht sagen, Madame. Das ist unser Geheimnis." Dann schnippte er mit den Fingern, verabschiedete sich von den Frauen und ging mit dem Jungen seines Weges. Letizia sah ihm schweren Herzens nach.

Jenny biss sich auf die Lippe, denn sie sah den Zwiespalt in den Augen ihrer Herrin: „Was werden Sie tun, Madame?"

Letizia rieb sich die Schläfen, die zu pochen begonnen hatten. „Ich werde in die Kirche gehen ... und für Emiliens Gesundheit beten."

Kapitel 24

„Es tut mir leid, Monsieur de Gamelin. Ich habe alles in meiner Macht Stehende getan“, sagte Monsieur Gustav traurig und sah Eduard an. Mehrere Wochen hatte der Arzt vergeblich um das Leben der Gräfin de Gamelin gekämpft. Aber sie hatte längst keinen Lebenswillen mehr gehabt und war in der Nacht verstorben. Der Arzt hatte ihren Leichnam mit einem Tuch bedeckt.

Eduard seufzte schwer und legte seine Hand auf Monsieur Gustavs Schulter. „Ich bin Ihnen dankbar, dass Sie diese zwei Monate mit ihr verbracht haben“, sagte der Graf leise. „Ich werde jetzt alles Weitere veranlassen.“

Der Arzt verabschiedete sich und Eduard gab ihm einen Beutel voller Goldmünzen für die erbrachten Leistungen. Dann ging er in sein Schlafzimmer, setzte sich auf sein Bett. Die Leiche von Emilien stand vor seinem inneren Auge und ihre letzten Worte an ihn klangen in seinen Ohren. Am Vorabend ihres Todes hatte Eduard seiner Frau aus ihrem Lieblingsroman vorgelesen. Es war abzusehen, dass sie nicht mehr lange zu leben hatte und sein Mitleid wollte, dass er sich in ihren letzten Stunden um sie kümmerte. Sie hörte ihm mit einem leichten Lächeln auf den Lippen zu und stützte die Ellbogen auf die Kissen. Ihr Gesicht war blass, ihre Wangen hohl und blaue Schatten lagen unter ihren Augen. Sie war ständig müde, schläfrig und hatte keinen Appetit mehr. Auch Emilien wusste, wohin ihre Krankheit führen würde, aber sie war ruhig und erwartete den Tod als Befreiung von all den Qualen ihres Lebens.

Die junge Frau legte sanft ihre Hand auf den Arm ihres Mannes. „Ich möchte dir etwas sagen, Eduard ...“

Der Graf verstummte, legte das Buch beiseite und sah seine Frau an. Ihr Anblick ließ Eduards Herz vor Mitleid schmerzen, ein Kloß setzte sich in seiner Kehle fest. Er wusste, dass er die Ursache für den Zustand seiner Frau war. Wenn der Graf mehr Zeit mit ihr verbracht hätte, sie geachtet hätte, dann hätte sie ihr Kind nicht verloren und ihre Krankheit hätte sich nicht aufgrund der Trauer und des Schmerzes verschlimmert. Eduard hasste sich für das Leiden, das er ihr zugefügt wurde, hasste das Leben, das sie so unfair behandelt hatte. Als er jedoch in die Augen seiner Frau sah, sah er keinerlei negative Gefühle ihm gegenüber in ihnen. Ihr Blick war ruhig und warm.

„Eduard, hör zu ... Mach dir keine Vorwürfe für das, was mit uns passiert ist. Als ich dich heiratete, wusste ich nicht, dass du bereits eine Frau hast, die dein Herz besitzt. Wenn ich gewusst hätte ... Ich hätte dir nicht so viele Jahre der Qual gegeben, ich wäre nicht deine Frau geworden. Wisse das ... Ich vergebe dir alles ..."

„Emilien", begann Eduard, aber sie unterbrach ihn mit einer Handbewegung.

„Bitte unterbrich mich nicht ... Es ist sehr schwierig für mich, zu sprechen." Sie holte tief Luft. „Ich vergebe dir alles und möchte nicht, dass du dich mit Gewissensbissen quälst. Ich wünsche dir Glück und hoffe, du findest es bei der Frau, die du so liebst. Du bist eine wundervolle Person, Eduard, du hast es nicht verdient, zu leiden ..."

Eduard nahm Emiliens Hand und streichelte sie sanft. Es wäre besser gewesen, wenn sie das alles nicht gesagt hätte ... Jetzt fühlte er sich erst recht wie der allerletzte Bastard auf Erden, eine Kreatur, die nicht einmal den kleinen Finger dieser Frau verdient.

Emilien lächelte mühsam und flüsterte: „Geh schlafen, Eduard. Du bist den ganzen Tag bei mir gewesen. Ruf Monsieur Gustav, ich möchte meine Medikamente nehmen."

Eduard stand auf, ohne die Hand seiner Frau loszulassen. „Alles wird gut, Emilien. Du wirst gesund werden und das Leben wird dir wieder Freude bereiten. Die Hauptsache ist, dass du nicht aufgibst."

Emilien ließ vorsichtig seine Hand los. „Eine viel bessere Welt erwartet mich, Eduard. Ich möchte mein Kind sehen. Nur dort werde ich Frieden finden."

***

Am nächsten Morgen ging Denis aus, um für die Küche Fisch und Gemüse zu kaufen. Auf dem Markt traf er die Küchenhilfe der Familie de Gamelin, die ihm sofort berichtete, dass ihre Herrin im Morgengrauen verstorben sei. Denis ließ alles stehen und liegen und rannte nach Hause. Für zu wichtig hielt er diese Nachricht, um vorher noch andere Geschäfte erledigen zu können. Einkaufen konnte er später.

Letizia saß mit Jenny im Garten und spielte mit den kleinen Kitten, die die Hofkatze geworfen hatte. Die possierlichen Tiere liefen miauend um die beiden jungen Frauen herum, die sichtlich Freude an diesem Treiben hatten. Denis stürmte atemlos durchs Tor und ging auf die beiden zu, wobei er alle Kätzchen mit seinem Gehabe verscheuchte.

Jenny sah ihn böse an. „Was ist los mit dir, Denis? Warum bist du so außer Atem?“, horchte Letizia neugierig nach.

Denis verbeugte sich, legte seine Hände auf die Knie und atmete ein paar Mal tief durch. Letizia sah zu Jenny, die unwissend mit den Schultern zuckte, denn auch sie wusste nicht, was in aller Welt ihren Mann so aus der Puste gebracht hatte.

Schließlich kam Denis wieder zu Atem, richtete sich auf und sagte: „Ich habe schreckliche Neuigkeiten zu überbringen, Madame. Auf dem Markt traf ich die Küchenhilfe aus dem Haus der Familie de Gamelin, die mir mitteilte, dass heute im Morgengrauen Madame Emilien diese Welt verlassen hat.“

Jenny bedeckte ihren Mund mit der Hand und sah auf ihre Herrin. Letizia war blass geworden, fand zunächst keine Worte. Dann wusste sie, was sie zu tun hatte. „Jenny, hol meinen Mantel. Ich möchte in die Kirche gehen, um zu beten.“

Nur wenig später brachen die Marquise und ihre Zofe auf. Es war nicht weit bis zur Kirche Saint-Roch, den Weg machten die beiden Frauen zu Fuß. Pater Gaben, der Geistliche, ging gerade durch die Gänge und zündete Kerzen in den Lampen an. Als er die Marquise sah, senkte er respektvoll den Kopf und sagte leise: „Ich freue mich, Sie in meiner Kirche zu sehen, Madame. Womit kann ich Ihnen behilflich sein?“ Seit der Revolution waren viele Kirchen in Paris geschlossen worden, doch hier hatte der Geistliche ein Refugium für alle Gläubigen erhalten können. Letizia zögerte. Sie wollte für Emilien beten, aber sie konnte ihrem Beichtvater unmöglich all ihre Geheimnisse anvertrauen. Es war ihr einfach zu peinlich, ihm von ihrem Ehebruch zu berichten. So wandte sie ihren Blick ab und betrachtete nachdenklich die Ikonen an den Wänden.

„Ich möchte nur beten, mein Vater", flüsterte sie schließlich und der Pastor senkte den Kopf. Die Marquise setzte sich in eine der Kirchenbänke und wandte ihren Blick zum Kreuz.

So leise, dass es weder für den Pater noch für Jenny zu vernehmen war, betete sie für die Verstorbene. „Lieber Gott, ich schäme mich. Ich schäme mich für all die Worte, die ich über Emilien gesagt habe. All die bösen Gedanken, die ich ihr gewidmet habe, sind eine Schande. Ich schäme mich für den Hass, den ich für sie und ihr Kind hegte. Vergib mir, Gott. Ich bin schuldig, Gott vergib mir! Und bitte lass zur Strafe nicht meine Familie unter meinem Fehlverhalten leiden. Amen."

Der Pater betrachtete die tief in sich gekehrte Marquise, die offensichtlich innerlich sehr bewegt war. Warum war sie hierhergekommen? Letizia de Rambal war ein seltener Gast in seiner Kirche und ließ sich nur ganz selten einmal die Beichte abnehmen. Ihrem heutigen Aussehen nach zu urteilen, brauchte sie jedoch zurzeit tatsächlich Gottes Hilfe. Als die Marquise ihr Gebet beendet hatte und zum Kirchentor gehen wollte, sagte der Pater: „Kann ich dir nicht doch mit irgendetwas helfen, meine Tochter?"

Letizias Seele wollte sich so gerne jemandem öffnen. Sie wollte so gerne die Last aller Taten abwerfen, aber ihr ganzes Naturell wehrte sich dagegen, dem Pater zu beichten, was geschehen war. Hinzu kam, dass dieser Mann seit mehr als einem Jahr unter dem persönlichen Schutz ihres Mannes stand. Wer wusste in einem solchen Fall schon, ob er sich wirklich an das Beichtgeheimnis hielt. Offensichtlich war es ihr Schicksal, die ganze Last ihres Lebens auf ihren eigenen Schultern tragen zu müssen – und vielleicht musste sie eines Tages für all ihre Taten tatsächlich auch bezahlen.

„Nein, Pater, Sie können mir in keiner Weise helfen", sagte Letizia freundlich, drehte sich um und verließ die Kirche.

***

Denis stand auf und versuchte, sich vor dem strömenden Regen unter dem breiten Dach eines alten Baumes zu verstecken. Er sah aus der Ferne zu, wie die Träger Emiliens Sarg in ein tiefes Loch senkten. In seinen Händen hielt er einen Korb mit frisch gebackenen Brötchen als Zeichen der Aufmerksamkeit und des Mitgefühls für den Comte de Gamelin. Ein Auftrag von Letizia.

Eduard stand neben den Totengräbern und dem Priester. Seine Augen waren trocken, innerlich war er kalt und leer. Emilien wurde neben dem kleinen Grab ihres ungeborenen Kindes beerdigt, das hatte sie so veranlasst. Als Eduard aufblickte, sah er Denis' zerknitterte Gestalt unter der alten Eiche und flüsterte seinem Diener zu, er solle ihn ins Haus führe, damit er sich am Kamin trocknen lassen könne.

Der nickte gehorsam und führte Denis zähneklappernd und mit kalter und feuchter Kleidung in die Küche des Herrenhauses. Dort setzte er ihn auf einen Hocker an den warmen Ofen. Denis entspannte sich und langsam begann die Wärme, wieder Besitz von ihm zu ergreifen. Ein dünner kleiner Junge bot ihm einen Teller mit heißer Suppe an und Denis nahm ihn dankbar an. Als er die dampfende Zwiebelsuppe aß, sagte er sich, dass der Tag trotz der unglücklichen Ereignisse doch nicht so verkehrt war – die Suppe schmeckte köstlich.

Wenig später betrat Eduard de Gamelin die Küche. Denis sprang von seinem Hocker und verbeugte sich höflich. Der Graf winkte ihm zu und bat ihn freundlich, weiterzuessen, was dieser auch tat. Eduard setzte sich ihm gegenüber und nahm ebenfalls einen Teller mit aromatischer Suppe vom Diener entgegen. Nachdem Denis sein Mahl schweigend beendet hatte, nahm er den Korb vom Boden, den er beim Betreten der Küche dort abgestellt hatte, und sagte: „Der Korb ist für Sie, Monsieur de Gamelin. Madame de Rambal möchte Ihnen mit dieser kleinen Gabe ihr Beileid aussprechen." Eduard nahm den Korb und wollte ihn gerade einem Diener geben, da winkte Denis ab. „Nein, Monsieur, Madame wollte, dass der Korb nur in Ihre Hände fällt."

Eduard verstand den Hinweis und stellte den Korb näher an sich heran. Nachdem er Denis eine Handvoll Goldmünzen gegeben hatte, verabschiedete er sich in seine Gemächer und bestellte dorthin eine Tasse Tee.

Als er an seinem Schreibtisch Platz genommen hatte und ihm der Tee serviert worden war, lehnte er sich zurück. Es war viel passiert in den letzten Wochen und ob Emiliens schwerer Erkrankung hatte er wenig an seine Geliebte gedacht. In den frisch gebackenen Brötchen befand sich tatsächlich eine kleine Notiz von ihr. Er hatte so lange keine Briefe und Nachrichten von Letizia erhalten, dass es manchmal den Anschein machte, als sei ihre Beziehung nur ein Traum gewesen. Der Graf öffnete den Umschlag, nahm den Brief heraus und begann zu lesen.

Lieber Eduard!
Bitte nimm mein aufrichtiges Beileid an. Es tut mir wirklich leid für Emilien und dein Baby. Verzeih mir, dass ich dir erst jetzt dazu schreibe, aber es fiel mir schwer, darüber zu sprechen. Ich denke, du würdest dich nicht besser fühlen, wenn ich mich vorher bei dir gemeldet hätte. Ich war so wütend auf deine Frau und auf ihre Schwangerschaft.
Es tut mir so leid, wie alles gekommen ist, und ich bereue diese schrecklichen Gedanken, die ich hatte. Vergib mir alles, was ich gesagt oder getan habe. Nur Gott weiß, die Wege zu lenken. Ich hoffe aufrichtig, dass du wieder glücklich werden wirst! Ich wünsche dir für die Zukunft alles Gute.
Letizia

Eduard legte den Brief beiseite und lehnte sich seufzend in seinem Stuhl zurück. Er hielt eine Zigarette in seinen langen Fingern, zündete sie mit Holzkohle an und atmete tief ein. Vor den Fenstern trommelte noch immer der Regen, es war dunkel und kalt draußen.

Ja, Letizia hatte recht. Gott wusste die Wege zu lenken. Es schien ihm, als ob der Tod von Emilien und ihrem ungeborenen Kind eine Art höheres Handwerk gewesen war. Es war schrecklich, das in dieser Situation zu denken, aber ... vielleicht war dies auch seine Chance, seine Beziehung zu Letizia zu retten.

Eduard schob seine Hände in seine Hosentaschen, dann ging er zum Fenster. Auch Emilien wollte, dass er glücklich war. Warum also nicht? Warum nicht das Leben von vorne beginnen?

„Wirf alles von dir", dachte er. „Die Revolution, Frankreich, alles. Geh mit Letizia nach Korsika oder gleich nach Kanada."

Ja, das war sein Weg und er musste dafür alles in die Wege leiten. Die Häuser verkaufen und alles, was ihn hier noch hielt. Bis zum Ende des Jahres müsste er dies schaffen. Es gab keine Zeit zu verlieren.

Kapitel 25

Die Monate vergingen wie im Fluge. Der Zeitpunkt der Geburt von Letizias Baby rückte näher. Die Marquise konnte sich kaum noch mit ihrem Bauch bewegen, deshalb zog sie es in den letzten Wochen der Schwangerschaft vor, in Haus und Garten zu bleiben. Allerdings vermisste sie die Spaziergänge durch die Parks der Stadt, vermisste die Ausflüge nach Fontainebleau und in die Tuilerien. Die Marquise zählte bereits die Tage bis zur Geburt und erwartete, dass sie endlich wieder normal schlafen und gehen konnte.

Es war schrecklich kalt und regnerisch in diesem Herbst. Das Himmel war ständig grau, düster und spiegelte sich negativ in ihrer Stimmung wider. An einem solchen Abend saß Letizia in dem kleinen Wohnzimmer und bestickte eine Serviette. Jenny saß neben ihr und streichelte nachdenklich die Katze.

Armand war an diesem Abend wieder einmal nicht zu Hause, so hatte Letizia Jenny eingeladen, mit ihr eine heiße Schokolade zu trinken. Sie war so kurz vor der Geburt nicht gerne alleine. Jenny war in die Küche gegangen, um das wärmende Getränk zu holen, als sie plötzlich ein Licht am Küchenfenster sah. Jenny bat gleich Denis zu sich, der nachsehen sollte, was es mit diesem Licht auf sich haben konnte. Sie folgte ihm mit einem kleinen Abstand, denn sie hatte natürlich eine Vermutung, der sie gerne nachgehen wollte.

Draußen herrschte Frost, die Kälte drang bis in die Knochen vor. Jennys Zähnen klapperten, den sie hatte sich im Vorbeigehen nur schnell einen leichten Umhang übergeworfen. Sogleich sahen Denis und seine Frau einen Schatten auf sich zukommen. Denis war auf der Hut, hielt seine Frau zurück und drängte sie zurück.

„Habt keine Angst, ich bin es nur, Eduard“, sagte die ihnen bestens bekannte Stimme.

Jenny war erleichtert. „Sie haben uns Angst gemacht, Monsieur de Gamelin“, sagte sie und fügte leise hinzu: „Was machen Sie denn hier?“

„Ich muss mit Letizia sprechen. Dringend“, gab Eduard zur Antwort.

Jenny biss sich unsicher auf die Lippe. Was sollte sie nun tun? Immerhin wusste der Graf nichts von Letizias Schwangerschaft. Sie musste Zeit gewinnen und so bat sie ihren Mann, den Grafen in ihr eigenes Zimmer zu führen.

Letizia wartete unterdessen bereits ungeduldig auf ihre heiße Schokolade und ging langsam im Raum auf und ab, wobei sie ihren Bauch hielt. Als Jenny den Raum betracht, bemerkte sie ungeduldig: „Das hätte auch etwas schneller gehen können!“

„Entschuldigen Sie bitte, gnädige Frau“, entgegnete Jenny sogleich. „Es war nicht meine Schuld. Der Comte de Gamelin ist im Haus und möchte sich mit Ihnen treffen.“

Ein Schauer lief über Letizias Haut und ließ ihre Nackenhaare aufrecht stehen. Gott, was macht er hier? Sie hatte ihm doch deutlich gesagt, dass zwischen ihnen alles vorbei war ...

„Wo ist er?“

„In unserem Zimmer. Mit Denis zusammen. Er wartet dort auf Sie.“

Letizia seufzte schwer und sah auf ihren großen Bauch. „Nun ja, er hätte es eines Tages sowieso erfahren“, flüsterte die Marquise und verließ den Raum.

***

Eduard saß auf der Bettkante des jungen Paares Er erwartete, dass die Tür jeden Moment aufgehen würde und er seine Geliebte einfach mitnehmen konnte. Das Problem mit Armand würden sie später lösen. Irgendwann würde er einer Scheidung schon zustimmen. Endlich konnten sie zusammen sein! Das Glück war so nah, dass Eduard es kaum glauben konnte.

Als die Tür aufging, hob er in freudiger Erwartung den Kopf ... und traute seinen Augen kaum. Letizia, seine geliebte Letizia, trat ein ... und gleichzeitig war sie es nicht, denn sie war eindeutig schwanger. Der Graf stand schweigend auf, ließ die Marquise dabei allerdings nicht aus den Augen und betrachtete sie eingehend von oben bis unten. „Sieht so aus, als hätte ich etwas verpasst", sagte Eduard langsam.

Letizia versuchte, äußerlich so ruhig wie möglich zu bleiben, obwohl in ihrer Seele ein wahrer Sturm entfacht worden war. Sie schämte sich schrecklich und war verlegen, obwohl sie tatsächlich erst nach Eduards Verrat schwanger geworden war.

„Herzlichen Glückwunsch, dir und Armand", sprach Eduard, als Letizia schwieg.

Die Marquise seufzte leise. Was hatte er ihr eigentlich vorzuwerfen, was er selbst nicht auch getan hatte? „Warum bist du gekommen?", fragte sie verärgert zurück. Eduard hatte nicht das Recht, sie zu verurteilen.

Der Graf ging auf die junge Frau zu. Er berührte mit einem Finger die zarte Wange seiner Geliebten und streichelte sie sanft. Letizia ging es durch und durch. „Ich bin gekommen, um dich abzuholen und dich mit nach Kanada zu nehmen", antwortete er gedehnt.

Letizia starrte den Grafen erstaunt an. „Kanada? Was meinst du? Warum Kanada?"

„Ich habe beschlossen, die Revolution für mich zu beenden, ich habe alle Angelegenheiten an Bertrand übertragen. Mein Anwalt hat ein Haus in Quebec für mich gekauft. Meine Häuser und Liegenschaften hier in Paris stehen zum Verkauf. Ich wollte dich abholen, um mit dir ein neues Leben zu beginnen", sagte Eduard und nahm die Hand der Marquise.

Tränen traten der jungen Frau in die Augen und sie sah hilflos auf ihren Bauch, in dem sie ein Kind von Armand trug. „Ich bin schwanger", antwortete sie kaum hörbar.

Eduard ließ ihre Hand los und legte seine Hand auf ihrem Bauch. „Ich werde ein guter Vater sein."

„Nein!" Letizia stieß seine Hand von ihrem Bauch und drehte ihr Gesicht zur Wand. „Das kann ich Armand nicht antun ... Ich kann nicht vergessen, wer der wahre Vater meines Kindes ist ... Ich kann nicht mit dem Gedanken leben, dass ich Armand die einzige Freude in unserer Ehe rauben würde. Ich habe ihn schon zu sehr verletzt."

„Letizia, das zu hören, ist beängstigend für mich! Hast du keine Angst um dich selbst? Um dein Kind? Denkt darüber nach, was passieren könnte, wenn die Menschen sich noch einmal zu einem Aufstand zusammenfinden. Zu einem Aufstand, der schrecklicher ist als der auf die Bastille. Ich will dich retten! Dir helfen", rief Eduard voller Leidenschaft aus und schlug seine Faust gegen die Wand des kleinen Zimmers. „Warum willst du alles immer komplizier machen, als es sein muss? Letizia, bitte antworte mir", sagte Eduard und die pure Verzweiflung schüttelte ihn.

Letizia wischte sich salzige Tränen von den Wangen. Nachdem sie einen Blick auf dieses schöne und anmutige Gesicht ihres Geliebten geworfen hatte, kehrte sie in ihrer Erinnerung zu jenen Zeiten zurück, als sie glücklich zusammen gewesen waren, als sie sich tagelang und nachts umarmt und geküsst und geliebt hatten, als sie verrückt nacheinander waren. Diese Tage würden nicht zurückkommen. Das alles musste ein Ende haben.

„Du bist zu spät", sagte sie traurig. „Du hast den richtigen Zeitpunkt verpasst. Als ich bereit war, mit dir bis ans Ende der Welt zu gehen, hast du mich zurückgewiesen. Erinnerst du dich an diesen Tag in Fontainebleau? Erinnerst du dich an meine Worte? Ich bot an, von Paris, von Frankreich wegzulaufen. Du weigertest dich wegen Emilien. Jetzt lehne ich ab. Wegen Armand. Ich werde ihn nicht herzlos seinem Schicksal überlassen, ich bin seine Frau. Ich werde sein Schicksal mit ihm teilen, egal was auch passiert. Ich bin zu allem bereit. Denn ich weiß, dass er das Gleiche für mich tun würde. Und ich trage sein Kind unter meinem Herzen." Letizia atmete aus und öffnete die Tür. „Und jetzt sage ich dir, Eduard, geh und tritt nie wieder in mein Leben. Bitte."

Eduard schaute eine Minute lang schweigend auf die Marquise und verließ dann, nachdem er sich eine Kapuze über den Kopf geworfen hatte, das Haus der Familie Rambal – ohne einen letzten Abschiedsgruß.

Kapitel 26

In einer dunklen Novembernacht brachte Letizia ein gesundes Baby zur Welt. Es war ein Junge, den der glückliche Armand Henri nannte. Letizia lag erschöpft und schweißnass auf ihren Bettlaken, lächelte schwach und sah ihren Sohn an. Er schlief süß in den Armen des Marquis, die kleinen Hände waren fest zu Fäusten geballt. Letizia setzte sich mithilfe von Jenny auf und streckte dem Baby die Arme entgegen. Armand übergab das Kind vorsichtig seiner Frau und sie drückte es an ihre Brust.

Bewundernd besah sie sich das hübsche kleine Gesicht ihres Sohnes. Zärtlichkeit überwältigte Letizias Herz und Seele. Sie küsste seine Stirn und sah Armand strahlend an: „Ich hätte niemals gedacht, dass dieses Kind mir einen der glücklichsten Momente meines Lebens schenken würde."

Armand lächelte und küsste seine Frau liebevoll. „Ich habe versprochen, dich glücklich zu machen. Und ich hoffe sehr, dass ich auf dem richtigen Weg bin."

Letizia sah ihren Sohn an. Jetzt gehörte sie ganz Armand. Vor ein paar Tagen hatte er ihr erzählt, dass das Herrenhaus der Gamelins verkauft worden war und der alte Eigentümer das Land verlassen hatte, um nach Kanada zu fahren.

Die Marquise weinte lange und leise in ihrem Zimmer und verabschiedete sich von Bild ihrer Geliebten. Sie wusste, dass sie niemals jemanden so sehr lieben würde wie Eduard. Niemand konnte ihn ersetzen.

Und höchstwahrscheinlich würde sie ihn nie wiedersehen ...

Die Autorin

Olga Gridneva wurde am 14. Juli 1994 in der kleinen Provinzstadt Luga in Russland geboren. Die meiste Zeit ihrer Kindheit und Jugend verbrachte sie im Dorfhaus ihrer Großmutter, die über eine große Bibliothek verfügte. Die Liebe zu Büchern erwachte sehr früh, mit zehn Jahren las sie den gesamten Romanzyklus von Anne und Serge Golon über Angelica, deren Geschichte sie dazu inspirierte, ihre eigenen Geschichten zu schreiben. Im Alter von zwölf Jahren wurde der erste Roman fertig, dann weitere, darunter die Originalversion von „Korsika".

Das Publizieren in Russland funktionierte nicht, Verlage nahmen keine Bücher an, also ging sie zur Universität, um Personalmanagerin zu werden, und vergaß für eine Weile das Schreiben. Nach ein paar Jahren beschloss sie jedoch, „Korsika" neu zu bearbeiten.

Olga Gridneva ist verheiratet und zurzeit im Mutterschaftsurlaub. Zuvor war sie bei Gericht tätig. Ihre Hobbys sind natürlich das Schreiben sowie Zeichnen, Schwimmen und Reisen. Sie träumt von einer großen Familie und einer erfolgreichen Schriftstellerkarriere.

Unser Buchtipp

Marie-Claire de Bergér
Unerfüllte Träume einer jungen Liebe

ISBN: 978-3-86196-219-9, Taschenbuch

Ursula-Alexandra Baronesse von Giebel ist gerade 16 Jahre alt, als sie 1958 in der Schweiz ihre erste große Liebe in Gestalt eines österreichischen Bergsteigers trifft. Je besser die beiden Verliebten sich kennenlernen, desto erstaunlicher ist für ihre Umwelt, dass beide offensichtlich die gleiche Musik lieben, die gleichen Lieblingsspeisen haben und sich überhaupt in vielen Dingen sehr ähnlich sind. Uschi und Diether sind einfach füreinander bestimmt.

Doch über dieser unbeschwerten jungen Liebe schwebt ein dunkler Schatten, denn Uschi hat eine übersinnliche Begabung – das ist normal in ihrer Familie. Auch ihre Großtante hatte dieses zweite Gesicht. Die übersinnlichen Wahrnehmungen der Baronesse ziehen sich wie ein roter Faden durch ihr ganzes Leben – und werden bestärkt durch eine schicksalhafte Wahrsagung.

Hat die Liebe von Uschi und Diether eine Chance?